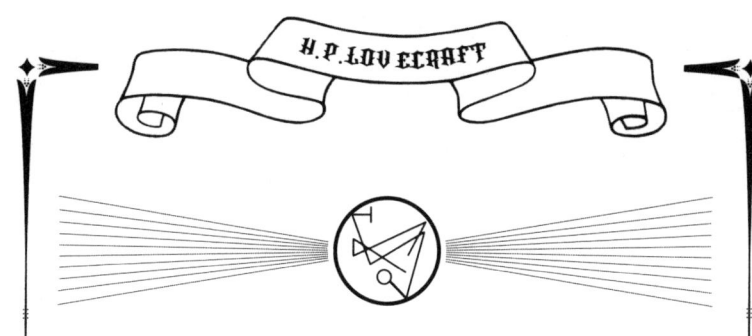

克苏鲁神话
III

〔美〕H.P.洛夫克拉夫特——著

姚向辉——译

果麦文化 出品

Pickman's Model —
H.P. Lovecraft — July 28, 1934.

The world is indeed comic, but the joke is on mankind.

h.P.Lovecraft

皮克曼的模特	001
异乡人	020
暗魔	030
奈亚拉托提普	064
潜伏的恐惧	069
烟囱上的阴影	069
暴风雨中的过路者	077
红色光芒的含义	084
眼睛里的恐怖	091
节日祭典	098
女巫之屋的噩梦	111
土丘	159

皮克曼的模特

你不必认为我发疯了,艾略特——很多人的怪癖比我稀奇得多。奥利弗的祖父不肯坐汽车,你为什么不嘲笑他?我讨厌该死的地铁,这是我自己的事情;再说乘出租车来这儿不是更快吗?要是坐地铁,咱们还得从帕克街一路爬坡走上来呢。

我知道我的神经比去年你见到我那次更紧张了,但你也没必要把我当病人看吧。原因数不胜数,老天作证,我想我还能保持神智健全就很幸运了。为什么非得追根究底呢?你以前没这么好打听呀。

好吧,既然你这么想知道,我也看不出有什么不能说的。也许早该告诉你了,因为你自从听说我和艺术俱乐部断绝来往,对皮克曼敬而远之,就一封接一封给我写信,活像个着急上火的老妈子。现在他失踪了,我才偶尔去俱乐部坐一坐,然而我的精神状态可大不如前了。

不,我不知道皮克曼到底遭遇了什么,也没有兴趣猜测。你也许会认为我和他绝交那档子事还有什么隐情——对,那正是我不想琢磨他究竟去了哪儿的原因。警察爱怎么查就怎么查吧——考虑到他们到现在还不知道他化名彼得斯在老北角租下的那个地方，我看他们只怕什么也查不出来。我都不敢说我肯定还能找到那儿——当然不是说我真的会去找，哪怕大白天的也不行！对，但我确实知道，不，很抱歉我真的知道，他为什么要租那个地方。别着急，我会说到的，我认为你也会理解先前我为什么没有告诉警察。他们会要我带他们去，但就算我知道怎么走，也绝对不可能再去那儿了。那个地方有某种东西——现在我不但不敢坐地铁，甚至（你尽管嘲笑我好了）连地下室都不敢去了。

我希望你知道，我和皮克曼绝交可不是因为里德博士、乔·米诺特或博斯沃思这些喜欢大惊小怪的老正统和他绝交的那些愚蠢理由。病态的艺术风格吓不倒我，一个人拥有皮克曼那样的天赋，无论他的作品有什么倾向，我只会觉得能认识他实属我的荣幸。波士顿从未诞生过比理查德·厄普顿·皮克曼更出色的画家。我起初是这么说的，现在依然这么说，他展出《食尸鬼盛宴》时，我的态度也丝毫没有动摇。你应该记得，米诺特就是因为这幅画才和他断绝来往的。

你要知道，一个人必须深谙艺术之道，同时对大自然有着深刻的洞察力，才有可能绘制出皮克曼那样的作品。随便哪个杂志封面画手都能胡乱泼洒颜色，然后称之为梦魇或女巫集会或恶魔肖像，但只有伟大的画家才能绘制出真正吓人和犹如活物的作品。这是因为只有真正的艺术家才懂得恐怖的解剖结构和畏惧的生理机制——知道什么样的线条和比例与潜在的本能或遗传而来的恐惧记忆有所联系，会使用恰当的颜色对比或光影效果激起休眠的奇异感觉。我不必告诉你富塞利的真迹为何能造成战栗，而廉价的鬼故事封面画只会逗得我们大笑。那些人捕捉到了某种超越生命的东西，而那些作品允许我们也窥见了短暂的一个瞬间。多雷曾经拥有这个能力。斯密拥有。芝加哥的安格瑞拉也拥有。而皮克曼做到了前无古人的程度，我向上帝祈祷，希望同样后无来者。

请不要问我他们究竟见到了什么。你也知道，就一般性的艺术而言，以大自然或活模特为蓝本而描绘的生机勃勃、会呼吸的作品，与小角色商业画手在光秃秃的工作室里按教条制造出来的东西，两者之间有着天壤之别。唔，应该这么说，真正的怪异艺术家能看见某些幻象，以此充当他的创作原型，或者从他所生活的幽冥世界召唤出他心目中的现实场景。总而言之，他的成果与欺世盗名者的贫瘠幻梦完全不同，就像实物模特画家的创作与函授学校讽刺画家的粗制滥造之间的区别。假如我见过皮克曼曾经见过的东西——还好没有！来，咱们先喝一杯，然后再继续往下说。天哪，要是我见过那个人——假如他还算人类的话——见过的东西，我肯定不可能活到今天！

你应该记得，皮克曼的专长是面部。我不认为戈雅以后还有谁能把那么多纯粹的地狱元素塞进一副五官或一个扭曲的表情。在戈雅之前，你只能去塑造了巴黎圣母院和圣弥额尔山那些滴水兽和畸形怪物的中世纪艺术家里寻找这种人。他们什么稀奇古怪的都敢相信——说不定他们真的见过呢，因为中世纪有过一些诡异的时期。我记得你离开前的那年自己也问过皮克曼，想知道他那些概念和幻象到底是从哪儿来的。他给你的回答难道不是一声阴森的大笑吗？里德和他绝交的部分原因就是那种笑声。如你所知，里德当时刚开始涉猎比较病理学，满嘴华而不实的所谓"专业知识"，成天讨论这个或那个心理和生理表征的生物学或演化论意义。他说他一天比一天厌恶皮克曼，到最后甚至感到恐惧，因为这个人的五官和表情都在逐渐朝他不喜欢的方向改变，简而言之就是非人类的方向。他时常谈论饮食，说皮克曼的食谱肯定极其反常和偏离正轨。假如你和里德有通信往来，我猜你大概会对里德说，是他自己让皮克曼的绘画影响了他的精神或激发了他的想象力。我知道我就是这么对他说的——但那是以前。

然而请你记住，我和皮克曼绝交并不是为了这种事。恰恰相反，我对他的赞赏与日俱增，因为《食尸鬼盛宴》确实是一幅了不起的艺术杰作。如你所知，俱乐部不愿展出这幅画，美术馆拒绝接受捐赠，我还可以断言也没有人肯买下它，因此皮克曼直到消失前一直将它挂在家里。现在他父亲把画带回塞勒姆去了——你知道皮克曼出身于古老的塞勒姆家族，有个长辈在1692年因为行巫术而被绞死。

我养成了经常拜访皮克曼的习惯，尤其是我开始做笔记准备撰写一部怪异艺术的专论之后。或许正是他的作品把这个点子装进了我的脑海，不过总而言之，我越是发掘，就越是发现他简直是个资料和启迪的宝藏。他向我展示他手头的所有油画和素描，其中有些墨水笔绘制的草稿，若是俱乐部里多几个人见过它们，我敢保证他一定会被扫地出门。没过多久，我就几乎成了他的信徒，会像小学生似的一连几个小时聆听他讲述艺术理论和哲学思辨，那些东西疯狂得足以让他有资格进丹佛精神病院。我的英雄崇拜态度，加上其他人越发疏远他的事实，使得他完全信任了我。一天晚上，他暗示说假如我口风足够紧，而且不至于太神经质，那么他或许可以给我看一些颇为不寻常的东西——比他家里那些稍微猛烈一些的东西。

"你要知道，"他说，"有些事情并不适合在纽伯利街做，它们与这里格格不入，在这里无论如何都不可能孕育出那种灵感。我的使命是捕捉灵魂的内在含义，你在住着暴发户的庸俗街道上找不到这种东西。后湾不是波士顿，它还什么都不是呢，因为它没有时间来积累记忆和吸引附近的灵魂。就算这儿存在精怪，也是属于盐沼和浅滩的驯服精怪，而我想要的是人类的鬼魂——有着高度组织性的生物的鬼魂，它们见过地狱，也明白所见景象的寓意。

"艺术家应该生活的地方是北角。一个真诚的审美者应该住在贫民窟，为的就是人群汇集的传统。上帝啊，人类！你有没有意识到，那种地方不完全是人造的，而是在自行生长？一代又一代人在那里生存、感知和死去，而且是在人们不害怕生存、感知和死去的年代。你知道吗？1632年的科珀山上就有了作坊，现在那些街道有一半是1650年铺设的？我可以带你看已经矗立了两个半世纪以上的房屋，它们经历的时光足以让一幢现代房屋化为齑粉。现代人对生命和生命背后的力量到底有多少了解？你说塞勒姆巫术是妄想，但我敢向你保证，我的四代曾祖母肯定有不同的看法。他们在绞架山上吊死了她，而伪善的科顿·马瑟就在旁边看着。马瑟，该死的，他害怕有人会成功地踢破这个受诅咒的单调囚笼——真希望有人对他下咒，在夜里吸干他的鲜血！

"我可以向你展示他住过的一幢房屋，向你展示他满嘴豪言壮语却不敢走进去的另一幢房屋。他知道一些事情，却没胆子在《伟绩》或幼稚的《不可见世界的奇景》里描绘。看看这儿，你知道吗？北角曾有一整套地下隧道，连接起部分人群的房屋、坟场和大海？随便他们在地面上起诉和迫害好了——在他们无法触及之处，每天都有事情在发生，夜里总会传出他们找不到来源的放肆笑声！

"哎呀，朋友，找十幢修建于1700年之前而且后来没有改过结构的房屋，我敢打赌其中有八幢我能在地窖里翻出奇怪的东西给你看。几乎每个月都能在报纸上读到消息，说工人在拆除这幢或那幢老宅时发现了砖砌封死、不知通向何方的拱廊或深井——去年你在高架铁道上就能看见亨奇曼街附近的一个工地。那里有过女巫和她们施的魔咒，有过海盗和他们从海里带来的东西,有过走私犯和私掠者——我告诉你,古时候的人们知道如何生活,如何扩展生活的疆域!哼,一个有胆量和智慧的人能够了解的不该仅仅是眼前这个世界!想一想截然相反的今天,一个俱乐部的所谓艺术家,脑壳里尽是些粉红色的玩意儿,一幅画面只要超出了灯塔街茶会的氛围,就能让他们战栗和深恶痛绝!

"现时代唯一的可取之处就是人们实在太愚蠢了,不会过于认真地探究过去。关于北角,地图、记录和导游书籍究竟能告诉你什么呢?呸!我可以带着你走遍王子街以北由三四十条小街和巷道组成的网络,外国佬在那儿泛滥成灾,但我估计知道它们存在的活人顶多只有十个。那些拉丁佬知道它们代表着什么吗?不,瑟伯,这些古老的地方壮美得如梦似幻,充满了奇观、恐怖和逃离凡俗现实的罅隙,却没有一个活人理解或从中受益。不,更确切地说,只有一个活人——因为本人对过往的挖掘刺探绝非一无所获!

"你看,你对这类事情也感兴趣。要是我说,我在那儿还有另一个工作室,在那里我能捕捉到远古恐惧的黑夜幽魂,绘制出我在纽伯利街连做梦也想不到的东西,你会有什么看法?我当然不会和俱乐部那些该死的老妈子说这些事情——特别是里德,一个白痴,传闲话说什么我是个怪物,注定要滑下逆向演化的陡坡而掉进深渊。对,瑟伯,很久以前我就认定,一个人既应该描绘世间的美丽,也必须描绘恐怖的景象,于是我去我有理由相信存在恐怖之物的地方做了一些探寻。

"我找到一个地方,我认为除我以外见过它的活人只有三个北欧佬。从距离上说,它和高架铁路并不遥远,但从灵魂角度说,两者相距许多个世纪。我盯上它是因为地窖里有一口古老而怪异的砖砌深井——就是我前面说过的那种地方。那幢屋子已经近乎坍塌,因此没人愿意住在里面,我都不想告诉你我只花多少钱就租下了它。窗户用木板钉死,不过我更喜欢这样,因为就我做的事情来说,我并不想要光亮。我在地窖绘画,那里的灵感最为浓厚,但我整修了底层的另外几个房间。房主是个西西里人,我租房用的是彼得斯这个化名。

"既然你这么上道,今晚我就带你去看看。我认为你会喜欢那些作品的,因为如我所说,我在那里稍微释放了一下自我。路程并不远,我有时候走着去,因为出租车在那种地方会引来关注。咱们可以在火车南站坐轻轨到炮台街,然后走过去就没多远了。"

好了,艾略特,听完这番长篇大论,我都忍不住要跑向而不是走向我们见到的第一辆空出租车了。我们在火车南站换乘高架列车,快十二点时在炮台街走下楼梯,沿着古老的滨海街道走过宪章码头。我没有记住我们经过了哪些路口,无法告诉你具体拐上了哪些街道,但我知道终点肯定不是格里诺巷。

最后拐弯的时候,我们来到一段上坡路,我一生中从没见过这么古老和肮脏的荒弃小巷,山墙将要崩裂,小窗格里嵌着碎玻璃,月光下耸立着半解体的古旧烟囱。视线所及范围内,我认为没见证过科顿·马瑟在世的那个年代的房子不超过三幢——我至少瞥见两幢屋子有飞檐,还有一次我觉得见到了几乎被遗忘的前复斜式尖屋顶,尽管文物研究者声称这种建筑结构在波士顿地区已经绝迹。

这条巷子里还有一些微弱的光亮,我们向左又拐进一条同样寂静但更加狭窄的小巷,这里没有任何照明;摸黑走了一分钟左右,我觉得我们向右转了一个钝角的弯。这之后没多久,皮克曼取出手电筒,照亮了一扇极其古老、虫蛀严重的十格镶板门。他打开门锁,催促我走进空荡荡的门厅,这里镶着曾几何时非常精美的深色橡木墙板——样式简单,但让我激动地想到安德罗斯、菲普斯和巫术盛行的时代。然后他领着我穿过左手边的一道门，点燃油灯，对我说别客气，就像回到自己家一样。

听我说，艾略特，我属于街头混混会称之为"硬汉"的那种人，但我必须承认，我在那个房间墙上见到的东西还是吓得我魂不附体。那些是他的画作，你要明白——是他在纽伯利街不可能画出来甚至无法展出的作品——他的所谓"释放自我"确实没说错。来——再喝一杯——我反正是非得喝一杯不可了！

企图向你描述它们的样子是毫无意义的，因为从简洁笔触中渗透出的难以言喻并且亵渎神圣的恐怖、无法想象的可憎感觉和精神上的腐败堕落完全超出了语言能够表达的范围。其中没有你在西德尼·斯密作品中见到的异域技法，没有克拉克·阿什顿·史密斯用来让你血液凝固的比土星更远的行星的地貌和月球真菌。它们的背景主要是古老的教堂墓地、深山老林、海边悬崖、红砖隧道、镶墙板的古老房间甚至最简单的石砌地窖。离这幢屋子没多少个街区的科珀山坟场是他最喜欢的场景。

前景中那些活物就是疯狂和畸形的化身——皮克曼的病态艺术体现了最杰出的恶魔绘制手法。这些活物很少完全是人类，往往只从不同的角度近似人类。绝大多数躯体大致是两足动物，但姿态向前倾斜，略带犬类生物的特征。大多数角色的皮肤呈现出令人不快的橡胶感觉。啊！此刻我又像是见到了它们！它们在做的事情——唉，求你别问得太详细了。它们通常在吃东西——我不会说它们在吃什么的。有时候它们成群结队出现在墓地或地下通道里,总是在争抢猎物,或者更确切地说,它们埋藏的宝物。皮克曼用何等有表现力的手法描绘了骇人的战利品那无法视物的面孔啊!作品中的怪物偶尔在半夜跳进敞开的窗户,蹲在沉睡者的胸口,撕咬他们的喉咙。一幅画里,它们围成一圈,朝绞架山上吊死的女巫吠叫,尸体的面孔与它们颇为相似。

但请不要认为害得我几乎昏厥的是这些可怖的主题与布景。我不是三岁的小孩,类似的东西我见得多了。真正吓住我的是那些面孔,艾略特,那些该诅咒的面孔,它们在画布上栩栩如生地淌着口水斜眼看我!上帝啊,朋友,我真的相信它们有生命!那个恶心的巫师,他将地狱的烈火掺进颜料,他的画笔是能催生噩梦的手杖。艾略特,把酒瓶拿给我!

有一幅名叫《上课》——愿上主垂怜,我竟然看到了它!听我说——你能想象一群无可名状的狗状生物在墓地蹲成一圈,教一个幼儿像它们那样进食吗?这大概就是偷换幼儿的代价吧——你知道有个古老的传说,某些怪异的生物会把自己的孩子放在摇篮里,替换被它们偷走的人类婴儿。皮克曼展现的是被偷走的婴儿的命运——他们如何成长——这时我逐渐看到了人类和非人类怪物两者的面容之间存在的某些可憎的联系。皮克曼描绘出彻底的非人类怪物和堕落退化的人类两者之间的病态渐变,建立起了某种讽刺的演化关系。狗状生物就是由活人变化而成的!

没过多久，我开始琢磨，怪物替换给人类抚养的孩子后来怎么样了，这时我的视线落在一幅画上，这幅画恰好就是我这个念头的答案。背景是古老的清教徒家庭的住所——粗重的房梁，格子窗，靠背长椅，笨拙的十七世纪家具，全家人坐在一起，父亲正在读圣典。每张脸上都满是庄严和肃穆，只有一张脸除外，这张脸上体现出的是发自肺腑的嘲笑。那是个年轻人，无疑应该是那位虔诚父亲的儿子，但本质上却是那些不洁怪物的子嗣。它是它们替换留下的后代——出于某些恶毒讽刺的念头，皮克曼把它的五官画得与他自己极为相似。

这时皮克曼已经点亮了隔壁房间的灯，彬彬有礼地拉开门请我过去，问我愿不愿意欣赏一下他的"现代研究"。我无法产生任何看法，惊恐和厌恶让我说不出话来，但我认为他完全理解我的感觉，还觉得那是莫大的恭维呢。现在我想再次向你保证，艾略特，我不是那种见了一点偏离正轨之物就会尖叫的娘娘腔。我人到中年，阅历丰富，你见过我在法国的表现，我猜你应该知道我没那么容易被打倒。另外也请你记住，我很快就恢复镇定，接受了将殖民时代新英格兰描绘成地狱领土的那些恐怖画作。唉，尽管如此，隔壁房间还是骇得我从内心深处发出了一声尖叫，我不得不抓住门框，以免跪倒在地。前一个房间展现的是一群食尸鬼和女巫蹂躏我们先辈所生活的世界，而现在这个房间将恐怖直接带进了我们的日常生活！

天哪，这个人有着何等的妙笔！有一幅作品名叫《地铁事故》，画里是波尔斯顿街地铁站，一群从不知名的地下陵墓爬出地缝的污秽怪物正在袭击站台上的人群。另一幅画的是科珀山坟场里的舞会，时代背景是现今。还有好几幅地窖场景，怪物从石墙上的窟窿和裂缝爬出，蹲坐在木桶或锅炉背后，笑嘻嘻地等着第一个猎物走下楼梯。

有一幅令人作呕的巨幅画作描绘的似乎是灯塔山的横截面，腐臭的怪物犹如蚂蚁大军，穿行于蜂窝般的地下洞穴网络之中。他肆意描绘现时代墓地里的舞会；不知为何，有一幅画的主题比其他所有作品都让我感到震撼——场景是某个不知名的地窖，几十头怪兽聚集在一头怪兽周围，这头怪兽拿着一本著名的波士顿导游书，显然正在大声朗读。所有怪兽都指着同一个段落，每一张脸都严重扭曲，仿佛正癫痫发作似的狂笑着，我甚至觉得能听见那噩梦般的回响。这幅画的标题是《霍姆斯、罗威尔和朗费罗长眠于奥本山》。

我逐渐镇定下来，重新适应第二个房间的群魔乱舞和病态审美，并开始分析我的厌恶究竟因何而起。我对自己说，这些东西之所以令人反感，首当其冲的原因是它们揭示出了皮克曼全无人性和冷血残忍的本质。这家伙在对大脑与肉体的折磨和凡人躯壳的退化之中得到了巨大的乐趣，他必然是全人类的无情仇敌。其次，它们之所以可怕，是因为它们的伟大性质。它们是有说服力的艺术——我们看见这些画作，就看见了魔鬼本身，恐惧油然而生。最奇特的一点在于，皮克曼的力量并不来自选择性的描绘和怪异的主题。没有任何细节是模糊、失真或庸俗化的；画中人物轮廓鲜明、栩栩如生，细节写实得令人痛苦。还有那些面容！

我们见到的不仅是艺术家的诠释，而是万魔殿本尊，以彻底的客观视角被描绘得像水晶一样清晰。没错，我对上帝发誓，就是这样！他绝对不是幻想主义者或浪漫主义者——他甚至懒得尝试描绘缤纷如棱柱折射光、短命如蜉蝣的迷离梦境，而是冰冷且嘲讽地直接临摹了某个稳定、机械般运转、井井有条的恐怖世界，他以艺术家的视角全面观察过那个世界。上帝才知道那是个什么样的世界，才知道他曾在何处窥视过渎神的怪物奔跑、疾走、爬行着穿过那个世界。然而无论他这些画作的难以想象的灵感源头究竟是什么，有一点是可以肯定的，皮克曼在任何意义上——不管从观念还是从实践角度来说——都是一名不折不扣、勤勉细致、近乎科学家的现实主义者。

我的主人领着我走向地窖，去他真正的工作室，我鼓起勇气，准备迎接未完成的作品给我带来地狱般的冲击。我们爬下一段潮湿的楼梯，他转动手电筒，照亮旁边一片开阔空间的角落，那里有一圈砖砌的围栏，里面显然是一口打在泥地上的深井。我们走向那口井，我见到井口直径至少有五英尺，井壁足有一英尺厚，高出地面大约六英寸——要是我没看错，那肯定是十七世纪建成的。皮克曼说，这就是他一直在说的那种东西：曾经遍布山丘内部的隧道网络的一个出入口。我在不经意间发现，井口没有被砖封死，而只是盖了一块沉重的圆形木板。假如皮克曼那些癫狂的暗示不只是说说而已，这口井就必然和某些事物有所联系，想到这里，我不禁微微颤抖。我跟着他又爬上楼梯，穿过一道窄门，走进一个颇为宽敞的房间，这里铺着木地板，陈设像间画室，有一盏乙炔气灯，光亮足够工作之用。

未完成的作品搁在画架上或靠在墙上，恐怖程度与楼上那些完成的作品不相上下，同样呈现出了画家那勤勉细致的艺术手法。他极其仔细地打好了场景的草稿，铅笔轮廓线说明皮克曼以一丝不苟的精度来获取正确的透视和比例关系。这位先生太了不起了——尽管我已经知道了那么多内情，此刻我依然要这么说。一张台子上有一套大型照相机，它吸引了我的注意力，皮克曼说他拿照相机拍摄用作背景的各种场景，他可以在工作室里看着照片绘画，不需要扛着全套家什在城里为了取景而奔走。他认为在持续性的工作中，照片与真实景象或模特一样好用，他宣称自己经常将照片用作参考。

这些令人作呕的草图和恐怖的半成品遍布房间的每个角落，其中有某种因素让我感到非常不安。气灯侧面不远处有一块大幅画布，皮克曼忽然揭开蒙在上面的盖布，我忍不住发出了刺耳的尖叫声——这是那天夜里我第二次尖叫。古老的地下室里，墙上结着硝霜，叫声在昏暗的拱顶下反复回荡，我不得不按捺住如洪水般袭来、随时会冲破堤防的冲动反应，没有爆发出歇斯底里的狂笑。仁慈的造物主啊！艾略特，不过我也说不清这里究竟有多少是真实的，又有多少是疯癫的妄想。我觉得尘世间容不下这样的噩梦！

那是一头庞大且无可名状的渎神怪物，长着炽热的血红色眼睛，骨质的爪子里抓着曾经是一个人的残破尸体，它在啃尸体的头部，样子就像孩童在吃棒棒糖。它算是蹲在地上，你看着它，觉得它随时都会扔下手里的猎物，扑向更美味的大餐。然而真是该死，那幅画能成为世界上所有恐惧的源头并不是因为这个地狱般的主题——不，不是它，也不是长着尖耳朵、充血双眼、扁平鼻子和滴涎大嘴的那张狗脸。不是覆盖鳞片的爪子和结满霉块的躯体和半蹄状的足部——不是以上这些，尽管其中任何一样都能逼疯一个敏感脆弱的人。

真正可怕的是绘画技法，艾略特——**那该诅咒、不敬神、悖逆自然的技法！** 我活到这把年纪，从未在别处见过能够如此将活物放上画布的神技。怪物就在我眼前——瞪着我，嚼着食物，嚼着食物，瞪着我——我知道只有违背了自然法则，才有可能让一个人在没有模特的情况下画出这么一头怪物，除非他窥视过未曾将灵魂卖给魔鬼的凡人不可能见到的地狱。

画布的空白处用图钉钉着一张揉皱的纸——我猜应该是一张照片，皮克曼打算根据它描绘恐怖如噩梦的背景。我伸手去抚平它仔细查看，忽然看见皮克曼像挨了枪子儿似的跳起来。自从我那一声震惊的尖叫在黑洞洞的地窖里激起不寻常的回音，他就一直在异常专注地听着动静，此刻他似乎受到了恐惧的侵袭，尽管程度无法与我的相提并论，并且更倾向于肉体而非精神。他拔出左轮手枪，示意我别出声，然后走进外面的主地下室，随手关上房门。

  我认为有一瞬间我吓得无法动弹。我学着皮克曼的样子仔细谛听，觉得我听见某处响起了微弱的跑动声，然后从某个我无法确定的方向传来了一连串吱吱或咩咩的叫声。我想到巨大的老鼠，不禁打个哆嗦。接下来我又听见了发闷的哒哒声，顿时浑身都起了鸡皮疙瘩——那是一种鬼鬼祟祟摸索时发出的哒哒声，我难以用语言形容这种声音。它有点像沉重的木头落在了石板或砖块上——木头撞击砖块——这让我想到了什么？

  声音再次响起，这次变得更加响亮。同时还有一阵震动，就好像木头落下的地方比上次落下的时候更远了。随后是一阵刺耳的摩擦声、皮克曼含糊不清的喊叫声和左轮手枪震耳欲聋的六声枪响，他不由分说地打空了弹仓，就像是驯狮人为了震慑猛兽而对空放枪。接下来是发闷的吱吱或嘎嘎叫声和轰隆一声闷响，然后又是一阵木头和砖块的摩擦声，停顿片刻，开门——我承认我吓了一大跳。皮克曼重新出现，拎着还在冒烟的手枪，斥骂在古老深井里作祟的肥壮耗子。

  "魔鬼才知道它们吃什么，瑟伯，"他笑呵呵地说，"那些古老的隧道连接墓地、女巫巢穴和海岸。不过不管是什么，肯定都所剩无几了，因为它们发疯般地想逃出来。我猜大概是你的叫声惊扰了它们。在这些古老的地方，你最好小心为妙——我们的啮齿类朋友当然是个缺点，不过我有时候觉得它们对于烘托气氛和色彩也是个有益的补充。"

好了，艾略特，那天夜里的冒险到此结束。皮克曼许诺带我来看这个地方，上帝作证，他确实做到了。他领我走出仿佛乱麻的穷街陋巷，这次走的似乎是另一个方向，因为等我们看见路灯时，已经来到了一条有些眼熟的街道上，单调的成排建筑物是纷杂的公寓楼和古老的住宅。原来是宪章街，但我过于慌乱，没有记住我们是从哪儿拐上来的。时间太晚，高架轻轨停运了，我们经汉诺威街走回市区。这一段路我记得非常清楚。我们从特里蒙街向北到灯塔街，我在欢乐街路口转弯，皮克曼在那里与我告别。我再也没有和他说过话。

我为什么和他断绝来往？你别不耐烦。先让我打铃叫杯咖啡。另一种东西咱们已经喝够了，我需要换换花样。不——不是因为我在那里见到的画作；但我敢发誓，那些画足以让波士顿百分之九十的会馆和俱乐部取消他的成员资格，现在你应该不会对我远离地铁和地窖觉得奇怪了吧。真正的原因是我第二天早晨在大衣口袋里发现的东西。还记得吧？地窖里用图钉钉在那幅恐怖画作上的揉皱纸张。我以为是某个场景的照片，他打算用来充当那个怪物的背景。就在我伸手去抚平这张纸的时候，古怪的响动惊扰了我们，我在不经意间把它塞进了口袋。哎呀，咖啡来了——要是你够聪明，艾略特，就什么也别加。

对，这张纸就是我和皮克曼绝交的原因。理查德·厄普顿·皮克曼，我所知最伟大的艺术家——也是越过生死界限、跳进神话与疯狂之深渊的最污秽的灵魂。艾略特——老里德说得对，他不再是严格意义上的人类了。他或者诞生于怪异的阴影之地，或者找到办法打开了禁忌之门。不过现在也无所谓了，因为他已告失踪——返回他喜爱出没的诡异的黑暗世界去了。来，咱们先点上吊灯再说。

别让我解释甚至猜测我烧掉的那张纸。也别问我皮克曼急于称之为耗子来搪塞我、鼹鼠般乱刨的生物究竟是什么。你要知道，有些秘密从古老的塞勒姆时代遗留至今，科顿·马瑟讲述过更离奇的事情。你知道皮克曼的作品是多么该诅咒地栩栩如生，我们都在猜测他究竟是怎么想到那些面孔的。

好吧——那张纸并不是什么背景照片，而正是他在可憎的画布上描绘的畸形怪物。它是他使用的模特，而背景活脱脱就是地下画室的墙壁。我向上帝发誓，艾略特，那是一张实物照片啊。

异乡人

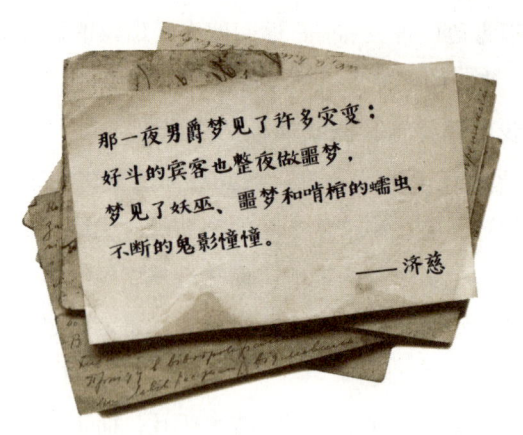

那一夜男爵梦见了许多灾变：
好斗的宾客也整夜做噩梦，
梦见了妖巫、噩梦和啃棺的蠕虫，
不断的鬼影憧憧。

——济慈

　　童年记忆只会勾起恐惧和悲哀的人是多么不幸啊。假如这个人回顾往昔，只能想到在宽阔而阴森的厅堂里度过的孤独时光，陪伴他的唯有棕色的壁挂和多得令人发疯的无数排古书，又或者在微光中敬畏地仰望奇形怪状、藤蔓缠绕的庞然巨树，看着它们在高处默然挥动扭曲的枝条，那么这个人该是多么悲惨啊。诸神赐予我的就是这些——我，迷茫而失意的我，空洞而衰竭的我。然而每当我的意识不安分地想要去另一边，我却奇异地感到满足，绝望地紧紧抓住那些凋零的记忆不放。

我不知道自己在何处诞生，只知道这座城堡无比古老、无比恐怖，充满了黑黢黢的通道；望向高耸的屋顶，你只能见到蜘蛛网和憧憧暗影。崩裂剥落的走廊里，石板总是显得令人厌恶地潮湿，到处都弥漫着该受诅咒的怪味，就像历代死者的尸体堆积在一起散发出的恶臭。阳光永远照不进这个地方，因此我时常会点燃蜡烛，目不转睛地盯着烛火以寻求安慰。室外同样看不到阳光，因为那些可怖的巨树长得太高，超过了我能爬上的最高一座塔楼。有一座黑色塔楼穿过树海，刺向不知名的外部天空，但那座塔楼已经部分坍塌，我找不到上去的通道，而顺着塔壁一块石头一块石头地爬到塔顶，又是不可能完成的事情。

我在这个地方居住的时间肯定要以年来计算，但无从判断具体的长度。肯定有人照顾我的起居，但我不记得见过除我之外的任何人，除了悄声的老鼠、蝙蝠和蜘蛛之外，我甚至不记得见过其他任何活物。我认为照顾我的人肯定年迈得令人震惊，因为我对活人的第一个印象就是他们与我滑稽地相似，但身体扭曲，皮肤皱缩，像这座城堡一样衰败腐朽。散落在地基深处那些石砌陵墓里的骸骨和骷髅在我看来并没有什么诡谲之处。我怪异地将它们与日常琐事联系在一起，觉得它们比我在许多发霉旧书里见到的彩色照片里的活人更加自然。我所知道的一切都是从这些书里学到的。没有老师启迪和引导我，在那些年里我不记得听到过任何人类的声音——连我自己的也一样。尽管我读到了交谈演讲之类的事情，但从没考虑过要开口说话。我同样从来没有想到过自己的相貌，因为城堡里没有镜子，我只是凭本能认为自己类似于书里那些被画或印出来的年轻人。我觉得自己是个年轻人，因为我的记忆实在太少了。

我时常走出城堡，跨过腐臭的护城河，躺在黑暗而沉默的巨树下，一连几个小时做我在书里读到那些内容的白日梦，我满怀渴望地幻想自己来到无尽森林外阳光灿烂的世界里，身处快乐的人群之中。有一次我尝试逃出森林，但走得离城堡越远，阴影就变得愈加稠密，空气中充满了阴郁的恐惧，我深怕自己迷失在暗夜笼罩的死寂之中，于是就疯狂地跑了回去。

就这样，我在无尽的微光时刻里做着白日梦，等待着，但并不知道究竟在等待什么。在幽暗和孤独之中，我对光明的渴望变得愈加狂热，我无法安静地休息，我向越过树顶直插未知的外部天空的黑色残破高塔伸出乞怜的双手。最后，我下定决心要爬上那座塔楼，哪怕摔死也在所不惜。哪怕看一眼天空就告别世间，也好过一辈子都没见过阳光的苟且度日。

在阴冷的微光中，我爬上磨损了的古老石阶，来到石阶断裂的高度后，我不顾危险踩着极小的立足之处向上攀爬。这个死气沉沉、没有台阶的岩石圆筒是多么可怕和恐怖啊；黑暗、毁坏、荒弃、险恶，惊起的蝙蝠无声无息地拍打翅膀。但更加可怕和恐怖的是进展的缓慢程度；因为无论我怎么爬，头顶上的黑暗都没有变得稀薄，这种新出现的寒意像永不绝灭的远古霉菌一样侵袭着我。我颤抖着思索为什么还没有见到光明，也没有胆量望向脚下的深渊。我想象大概是夜晚忽然降临在了我的头上，徒劳地用一只空闲的手摸索寻找窗眼，要是能够找到，我就可以向外和向上张望，判断我已经征服了怎样的高度。

我在那令人绝望的凹面筒壁上经过了一段似乎永无尽头、什么也看不见的恐怖攀爬，忽然间，我觉得我的头部碰到了一个硬东西，我知道我肯定来到了塔顶，至少也是某一层的底面。我在黑暗中用空闲的手触摸障碍物，发现它是石砌的，不可移动。我冒着生命危险围绕塔顶转圈，抓紧湿滑的塔壁上任何能够借力的地方。最后我试探的手终于找到了障碍物有所松动之处，我再次转向上方，以双手继续可怖的攀爬，用头部顶开那块石板或活门。上方没有任何亮光，我的双手继续向高处摸索，发觉攀爬暂时告一段落了。因为石板是一道翻板活门，门开在石砌的平面上，这个平面的周径比底下的塔楼更大，它无疑是某种宽阔的瞭望室的地面。我小心翼翼地爬上去，努力不让沉重的石板落回原处，到最后还是失败了。我筋疲力尽地躺在石砌地面上，听着它落下时砰然巨响的怪异回声，希望到需要时我还能撬开这块石板。

我相信我已经来到了不可思议的高处，远远超出了该死的树杈，我拖着身躯爬起来，摸索着寻找窗户，期待能够第一次见到我在书里读到过的天空、月亮和群星。然而每一次尝试带来的都是失望，因为我只摸到了大理石的宽大架子，上面摆着尺寸可疑的椭圆形箱子。我反复思索，猜测这个位于高处、与城堡切断联系已有无数个世代的房间究竟隐藏着何等古老的秘密。我的手突然摸到了一扇门，门固定在石砌的门洞中，由于奇异的凿刻痕迹而显得粗糙不平。我试了试，发现门锁着。我的身体爆发出无与伦比的力量，克服了所有障碍，向内拉开了这扇门。就在这时，我体验到了前所未知的最纯粹的极乐感觉，因为光明静静地穿过一道装饰华美的铸铁格栅门，顺着从我刚发现的门口向上延伸而去的石阶通道倾泻而下，那是满月的光华，我只在梦境和我不敢称之为记忆的模糊幻象中见过它。

此刻我想象着自己来到了城堡的最顶端，于是跑出门，冲上那几级台阶，但乌云忽然遮住月亮，害得我绊了一跤，我在黑暗中慢慢地向前摸索。我来到格栅门前，光线依然非常昏暗。我小心翼翼地试了试这道门，发现门没有上锁，然而我不敢推开它，因为我害怕会从这不可思议的高处跌回我攀爬的起点。这时，月亮又出来了。

在所有震惊之中，最强烈的莫过于极其出乎意料和怪诞得难以置信之事造成的震撼。就所造成的恐惧而言，我以前经历过的任何事情都无法与此刻所见到的景象、与这幅景象所蕴含的离奇含义相提并论。这幅景象本身既简单又令人惊骇，因为它仅仅是这样的：格栅门外不是从极高处见到的令人眩晕的树顶风光，而是围绕我向四面八方延伸的坚实地面，铺着和点缀着大理石质地的石板和廊柱，笼罩在古老的石砌教堂的阴影之下，教堂已经损毁的尖顶在月光下闪着诡异的光芒。

不知不觉之间，我推开格栅门，踉踉跄跄地踏上一条分岔的白色砾石小径。我陷入震惊和混沌的意识依然固守着对光明的狂热渴求，就连急切地想知道究竟发生了什么的心情也挡不住我的脚步。我不知道也不在乎此刻的经历是发疯、做梦还是中了魔法，而只是下定决心要不惜一切代价地凝视那灿烂的光辉和华彩。我不知道我是谁、我是什么和我有可能置身何处，只顾跌跌撞撞地走向前方，但这时我渐渐觉察到某种可怖的潜藏记忆使得我的行进路线并非全然出自偶然。我经过一道拱门，离开石板与廊柱的区域，我徜徉着穿过开阔的乡野，有时是走在明显的道路上，但有时也会奇怪地离开道路，径直穿过草场，只有一些残垣断壁能证明那里存在一条早被遗忘的道路。我还游过了一条湍急的河流，覆盖青苔的剥落石板说明那里有过一座消失多年的小桥。

我大概走了一两个小时，终于来到了似乎是此行目标的地方：一座爬满常青藤的庄严城堡，坐落于茂密的林木园林之中，它眼熟得令我发疯，但又充满了让人困惑的陌生感。我见到护城河已经填满了，一些熟悉的塔楼已经被拆毁，新建的几处厢房扰乱了我的视线。不过我最感兴趣也带给我极大喜悦的则是敞开的窗户——那里亮着辉煌的灯光，最快乐的宴会的欢声笑语飘扬而来。我走向一扇窗户，朝内望去，没错，我见到了一群衣着古怪的人，他们寻欢作乐，彼此之间谈笑风生。我似乎从没听过人类的交谈，只能勉强猜测他们在说什么。有些面容上的表情唤醒了遥远得难以置信的回忆，有些则彻底陌生。

我穿过一扇低窗，走进灯火通明的房间，从我一生中最快乐最饱含希望的时刻迈入我最黑暗的绝望与醒悟的惊骇时刻。噩梦瞬间降临。因为就在这时，我能够想象出的最可怖的情绪冲击笼罩了整个房间。我还没跨过窗框，毫无预兆的恐惧就突如其来地以可怕的烈度落在所有人身上，每一张脸都因此扭曲，几乎从每一条喉咙里激发出了最可怖的尖叫声。众人夺路而逃，有几个人在喧闹和惊恐中昏倒在地，被他们疯狂逃窜的同伴拖出房间。很多人用手遮住眼睛，盲目而笨拙地落荒而逃。有人撞翻家具，有人撞在墙上，好不容易才跑出许多扇门中的一扇。

他们的叫声非常骇人，我一个人浑浑噩噩地站在明亮的房间里，听着回声渐渐消失，颤抖着思索有什么我看不见的东西在我周围出没。随意扫视之下，房间里的人似乎已经跑光了，我走向一个壁龛——那是个金色的拱形门洞，通往另一个不知为何有些眼熟的房间——我觉得那里好像有个身影。我逐渐走近拱门，越来越清晰地分辨出了这个身影。这时我发出我的第一声也是最后一声喊叫——地狱般的啼吠，几乎与引发它的有毒原因一样令我反感——我完完全全、清晰得可怕地见到了这个难以想象、无法描述、不可言喻的畸形怪物，它仅仅凭借自己的身影就将一屋子欢宴宾客变成了一群癫狂的逃亡者。

我甚至无法转弯抹角地描述它的模样，因为它集合了所有不洁、怪诞、反常、可憎和令人厌恶的东西。它是个衰败、古老和凄凉的食尸鬼一般的怪物，是个腐烂、滴淌脓液的违背道德的赤裸呈现，是仁慈的大地应该永久隐藏的赤裸裸的恶心物体。上帝啊，它不属于这个世界——或者说，不再属于这个世界——但最让我恐惧的是，我在它被啃噬得露出骨骼的轮廓中见到了一个饱含恶意、令人憎恶、滑稽模仿的人类形体。而它发霉解体的衣物蕴含着某种难以言喻的特质，使得我感觉到了更进一步的寒意。

我吓得几乎无法动弹，但还不至于让我连无力地挣扎逃跑都做不到。我踉跄后退，却没有能够打破这个无可名状、无声无息的怪物施加在我身上的魔咒。它呆滞的眼珠令人作呕地瞪着我，我的眼睛像中了妖术似的拒绝合拢，还好我的视线仁慈地变得模糊，在最初的震撼过后，只能朦胧地看到那个恐怖怪物的身影。我想抬起手遮住眼睛，但我的神经陷入休克，手臂不肯完全服从我的意愿。然而这个举动却破坏了我的平衡，我不得不跌跌撞撞地向前迈出几步以避免跌倒。这时我忽然痛苦地意识到那个腐烂魔物正在靠近，我几乎想象自己听见了它可憎的空洞呼吸声。我濒临疯狂，发现自己还能伸出一只手，挡开那个已经靠得如此之近的恶臭鬼影；接下来犹如无穷尽的噩梦和地狱般的意外的灾难瞬间之中，我的手指在金色拱门下碰到了怪物伸向我的腐烂手爪。

我没有尖叫，但乘夜风而行的所有地狱饿鬼都为我尖叫，因为就在这个瞬间之中，足以湮灭灵魂的记忆像雪崩似的吞没了我的意识。就在这个瞬间之中，我知道了曾经发生过的一切，我回忆起了阴森城堡和参天巨树外有着什么，认出了我此刻伫立其中的这座经过改造的建筑物。最可怕的是，就在我缩回我污秽的手指时，我认出了面前这个不洁、可憎、睨视着我的怪物。

然而宇宙中既有苦涩也有慰藉，这个慰藉就是遗忘。就在这个无比恐怖的瞬间之中，我忘记了是什么让我感到害怕，黑暗的记忆喷涌而出，消失在交相回荡的混乱画面里。在梦中，我逃离了那座被诅咒的闹鬼城堡，无声无息地在月光下迅速奔跑。我回到遍地大理石的教堂墓地，顺着台阶走下去，发现再也打不开那个翻板石门了，不过我并不感到遗憾，因为我厌恶那座古老的城堡和那些巨树。如今我晚上和喜爱嘲笑但性情友善的饿鬼一起乘风飞翔，白天在尼罗河畔哈多斯无名山谷涅弗伦·卡的地下坟墓里嬉戏。我知道光明不属于我，只有照在岩石陵墓上的月华除外。我知道快乐也不属于我，只有大金字塔下妮托克莉斯无可名状的盛宴除外。然而，在我新获得的放肆和自由之中，我几乎要欣然拥抱那异类身份带来的苦涩了。

尽管遗忘让我平静，我却始终知道我是个异乡人，在这个世纪和依然生存的活人之中的一个外来者。自从我将手指伸向那个鎏金框架里的渎神怪物之后,我就知道了这一点。那天我伸出手指,碰到了一个冰冷而坚硬的表面。

那是一整块抛光的镜子。

暗 魔

——献给 罗伯特·布洛克

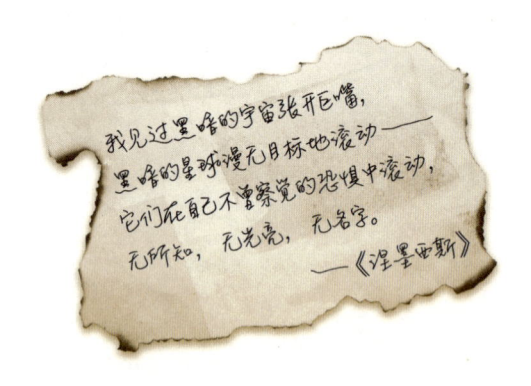

> 我见过黑暗的宇宙张开巨嘴，
> 黑暗的星球漫无目标地滚动——
> 它们在自己不曾察觉的恐怖中滚动，
> 无所知，无光亮，无名字。
>
> ——《涅墨西斯》

　　大众普遍认为罗伯特·布莱克死于闪电或放电引起的严重神经休克，审慎的调查人员不愿贸然挑战这样的结论。是的，他临终前面对的窗户确实没有破损，但大自然早已证明过她能够制造出许多匪夷所思的现象。他脸上的表情可以轻易归咎于某些原理未明的肌肉反应，与他可能见到的东西毫无关系。而他日记里的记录显然是怪异的想象力在作祟，起因是当地一些特定的迷信思想和他发掘出的某些陈年往事。至于联邦山荒弃教堂的反常情况，头脑精明、擅长分析的人稍微思索一下就会将其斥为或有意识或无意识的骗局，布莱克和其中至少一部分有着隐秘的联系——

因为死者毕竟是一名作家和画家，全心全意地沉浸在神话、梦境、恐惧和迷信的领域内，热衷于追寻怪异事物和幽冥鬼怪的景象和效果。早些时候他在城区停留过一段时间，探访一位和他一样热衷于异教仪式和禁忌传说的古怪老人，那次停留在死亡和烈火之中结束，最近肯定是某种病态本能将他从密尔沃基的家中再次吸引到了这里。尽管他在日记中矢口否认，但他很可能知晓一些古老的故事，他的死亡将一个注定能够在文学界引起巨大反响的惊天骗局扼杀在了襁褓之中。

然而，在检查过所有证据并将它们拼凑在一起的那些人里，还有少数几位紧抱着一些缺乏理性和常识的推论不放。他们倾向于从字面意思理解布莱克的日记，指出某些特定的事实值得关注，例如老教堂档案毋庸置疑的真实性，例如名叫"群星智慧"的可憎异教团体在1877年之前确实存在，例如确实有记录表明，一位名叫艾德温·M.利莱布里奇的好刨根问底的记者在1893年神秘失踪，还有最重要的，年轻作家去世时脸上表现出的巨大得足以扭曲五官的恐惧。这些笃信者中有一位走向了疯狂的极端，把在旧教堂尖顶里找到的那块古怪的有角石块连同它装饰奇异的金属盒扔进了海湾——根据布莱克的日记所说，它们应该在塔楼里，而不是没有窗户的黑暗尖顶底下。尽管受到了官方和非官方两方面的抨击，这位先生—— 一位名誉良好的内科医生，喜爱研究离奇的民间传说——依然坚称他为整个地球除掉了一件危险得不该让其存在的东西。

读者必须在这两种看法之中做出自己的判断。报纸已从怀疑论者的角度给出了诸多确凿的细节，留待读者自行勾勒出罗伯特·布莱克所见到的事物，或者他认为他见到的事物、他诡称他见到的事物。现在，让我们不掺杂个人情感、仔细而从容地研究他的日记，从主角的视角提炼出整件事情中隐秘的前后经过吧。

1934到1935年的冬天，年轻人布莱克回到普罗维登斯，寄住在一座古老寓所的楼上，寓所位于学院街旁一个绿草茵茵的庭院里，坐落在向东的高大山丘顶上，离布朗大学的校园不远，前方是大理石砌成的约翰·海图书馆。这是个舒适而迷人的地方，周围是一小片乡村般古雅的花园绿洲，友

善的肥猫趴在简易棚屋的顶上晒太阳。方方正正的乔治王风格宅邸有分层的采光屋顶、带扇形雕纹的古典式门廊、小窗格的窗户和其他体现出十九世纪初期建筑手法的特征。室内有六格镶板门、宽幅木地板、殖民地风格的螺旋楼梯、亚当时期[1]的白色壁炉和比房屋水平低三级台阶的后部房间。

　　布莱克宽敞的书房位于西南角，一侧俯瞰屋前花园，向西的几扇窗户面对山脊，景色壮丽，能看见城区较低处层层叠叠的屋顶和房屋后犹如烈焰的瑰丽日落，他把写字台放在其中一扇窗户前。远处地平线上是开阔乡野的紫色山坡。以它们为背景，大约两英里开外，耸立着联邦山那鬼怪般的隆起身影，挤在一起的屋顶和尖塔犹如鬃毛，模糊的轮廓线神秘地摇曳不定，城市冒出的烟雾盘旋而上并缠绕其中，幻化出各种奇异的形状。布莱克有一种古怪的感觉，他似乎见到了某个虚无缥缈的未知世界，假如他企图找到它的踪影，亲自踏入它的疆界，它未必一定会消失在幻梦之中。

　　布莱克从家里取来了大部分藏书，购置了一些与住所相配的古董家具，安顿下来开始写作和绘画——他单独居住，简单的家务由自己完成。他的工作室是北面的阁楼房间，采光屋顶的窗格提供了令人赞叹的光照。住下后的第一个冬天里，他出版了他最著名的五个短篇——《地下掘居者》《坟墓中的台阶》《夏盖》《在纳斯的山谷中》和《来自群星的

---

1. 指罗伯特·亚当和詹姆士·亚当开创的家具和建筑的新古典主义风格。

欢宴者》——绘制了七幅油画，主题是无可名状的非人类怪物和极其陌生的非地球景观。

日落时分，他经常坐在写字台前，恍惚地望着西面的开阔风光——不远处纪念堂的黑色塔楼、乔治王风格的法院钟楼、闹市区直刺天空的尖塔和远处微光闪烁、尖顶环绕的山丘，那里不知名的街道和迷宫般的山墙强烈地刺激着他的想象力。本地的熟人告诉他，远处那片山坡是一大片意大利人聚居区，但房屋以更古老的扬基佬和爱尔兰人时代的遗物为主。他偶尔会拿起望远镜眺望盘绕烟雾背后那遥不可及的幽冥世界，在其中辨认出单个的屋顶、烟囱和尖顶，猜测它们有可能容纳着何种怪异和奇特的秘密。即便在光学工具的帮助下，联邦山依然显得陌生和近乎虚幻，令人联想起布莱克本人的小说和画作中那些捉摸不定的玄妙奇景。哪怕山丘早已消失在灯光如群星般闪烁的紫色暮霭之中，法院的水银灯和工业信托公司的红色信号灯将夜晚照得光怪陆离，这种感觉依然会长久地萦绕在心中。

联邦山上那些遥远的建筑物中，最吸引布莱克的是一座黑色的巨型教堂。它在每天特定的时间段里显得格外清晰，到了日落时分，火烧般的天空会映衬出巍峨塔楼和耸立尖顶的黑色身影。教堂似乎坐落在特别高的地方，因为它附着煤灰的正立面和能看见斜屋顶与尖头窗顶部的北侧傲然屹立于周围凌乱的屋脊大梁和烟囱管帽之上。教堂似乎是用石块垒砌的，经历了一个多世纪的煤烟污染和风暴冲刷，它显得格外地冷酷和严峻。从玻璃窗的造型来看，这座建筑物属于哥特复兴最初期的实验性风格，比庄严堂皇的厄普约翰时期更早，部分轮廓和比例特征符合乔治王时代的风格。它大概修建于1810年到1815年前后。

几个月过去了，布莱克望着那座令人望而生畏的遥远建筑物，兴趣奇怪地与日俱增。那些宽大的窗户里从未亮起灯光，他知道教堂肯定是空置的。他等待得越久，他的想象力就越是活跃，到最后他开始幻想怪异的事物。他相信有一种模糊而独特的荒凉气场笼罩着那里，连鸽子和燕子都会避开它被熏黑的屋檐。通过望远镜，他在其他高塔和钟楼之间见到了几大群飞鸟，但它们从不在这座教堂歇脚——至少他是这么认为和写在日记里的。他将那个地方指给几个朋友看，但他们没有人去过联邦山，也完全不清楚那座教堂的现状和过往。

春天，某种深入灵魂的不安感攥住了布莱克。他已经开始写那部规划已久的小说，据说故事的原型是缅因州女巫异教的幸存者，但非常奇怪地写不下去。他越来越频繁地坐在向西的窗户前，望着遥远的山丘和连鸟群都敬而远之的黑色尖顶。花园里树木的枝杈上生发出嫩叶，整个世界生机蓬勃，布莱克的不安感觉却与日俱增。这时他第一次萌生了横穿城市去看一看的念头，他要勇敢地爬上那段怪异的山坡，走进煤烟缭绕的梦幻之地。

4月末，自古以来就蒙着阴暗色彩的**沃尔珀吉斯之夜**前夕，布莱克第一次走向了那片未知的土地。他艰难跋涉，穿过似乎没有尽头的城区街道和城区外荒凉破败的广场，最后终于踏上了那条向高处而去的大道，两旁是磨损了上百年的石阶、沉陷的多立安式门廊、窗格不透光的穹顶阁楼，他觉得这条路肯定通往迷雾外他早已熟识但遥不可及的那个世界。他看到了肮脏的蓝白色路标，却看不懂上面在说什么，此刻他注意到游荡人群都长着陌生的黝黑面容，日晒雨淋了几十年的棕色建筑物里，贩卖古怪商品的店铺挂着异国文字的标牌。他找不到从远处看见过的任何东西，他不由得再次陷入幻想：从远处望见的联邦山是一个活人从未涉足过的虚幻世界。

他偶尔会见到破败的教堂正立面或风化剥落的尖塔，但都不是他在寻找的被煤烟熏黑的那座建筑物。他向一名店主打听那座石砌的巨型教堂，尽管店主会说英语，却只是微笑摇头。布莱克走向更高处，周围的情形显得越来越陌生，阴沉的褐色小巷织成混乱的迷宫，总是将他引向南方。他穿过了两三条宽阔的大街，有一次他觉得看见了一座熟悉的塔楼。他再次向一名商贩打听那座庞大的石砌教堂，这次他敢发誓对方所谓的一无所知是装出来的。黝黑男人的脸上露出恐惧，他竭力掩饰这个表情，布莱克看见他用右手做了个古怪的手势。

走着走着，一座黑色尖塔忽然出现在他的左手边，它屹立在阴云密布的天空之下，凌驾于向南而去的缠结小巷两旁鳞次栉比的褐色屋顶之上。布莱克立刻认出了它，他从大道拐进肮脏的泥土小巷，奔向他苦苦追寻的目的地。途中他迷路了两次，但不知为何，他不敢求助于坐在门阶上的老者或家庭主妇，也不敢询问在阴暗小巷的烂泥地上喊叫玩耍的孩童。

他终于在西南方一览无余地看清了那座尖塔，庞大的石砌建筑物在一条小巷的尽头阴森森地拔地而起。此刻他站在一个冷风呼啸的开阔广场上，广场雅致地铺着鹅卵石，对面尽头是一堵高耸的护墙。他的征程来到了终点，因为这面墙壁支撑起了一块围着铁栏杆、野草丛生的宽阔台地，那是个与世隔绝的小世界，比周围街道高出足足六英尺，其中耸立着一座阴森而庞大的建筑物，尽管布莱克此刻的视角与以前不同，但这座建筑物的身份依然毋庸置疑。

废弃的教堂处于严重年久失修的状态。部分高石垛已经坍塌，几块精美的尖顶饰掉下来，几乎埋没在杂草丛生、无人打理的草坪之中。煤烟熏黑的哥特式高窗大部分没有破损，但许多石条框格早已不见踪影。考虑到天底下男孩众所周知的共同爱好，真不知道这些晦暗的彩色玻璃为何还保存得如此完好。巨大的正门完好无损，紧紧地关着。护墙顶端，生锈的铁栏杆环绕着那一整片土地，从广场有一段台阶通向铁栏杆，台阶尽头是一道铁门，他看见铁门上挂着挂锁。从铁门到建筑物的小径彻底被野草埋没。荒凉和衰败仿佛枢衣般笼罩着这里，屋檐下没有鸟儿筑巢，墙上没有常青藤攀附，布莱克从中隐约感觉到了一丝凭他的能力无法确定的险恶气息。

广场上的人寥寥无几，布莱克看见广场北侧有一位警察，他带着关于教堂的问题走向警察。那是一位强壮健康的爱尔兰人，说来奇怪，警察的回答仅仅是画个十字，然后小声说人们从不提起那座建筑物。在布莱克的追问之下，他慌慌张张地说意大利神职人员警告所有人要远离它，信誓旦旦地说有个邪恶的魔物曾经居住在那里，留下了它的印记。他本人从父亲那儿听说了有关它的阴森传说，他父亲清楚地记得小时候听到过一些怪异的声音和离奇的传闻。

曾经有个邪恶的教派在那里活动，一个非法教派，从未知的暗夜深渊召唤来**某些可怕的东西**。据说需要一位虔诚的修士才能驱逐被召唤来的东西，但也有人说只需要光明就能做到。假如奥马雷神父还在世，他肯定有很多事情可以告诉你。但现在已经没办法了，大家只能扔着这座教堂不管。如今它不会伤害任何人，而教堂的所有者不是死了就是远走他乡。1877年他们像老鼠似的逃离此处，因为当时传出了一些凶险的说法，人们注意到附近时不时有居民失踪。市政府迟早会介入，以找不到继承人的理由接管这片地产，然而与它沾上关系的人都不会有好下场。最好还是扔着它别管，等教堂自己倒塌，免得惊动应该永远在黑暗深渊中安眠的**那些东西**。

警察离开后，布莱克站在那里凝视阴森的尖顶巨塔。得知这座建筑物在其他人眼中也同样险恶，他感到很兴奋，他思考着在蓝制服复述的古老传说背后隐藏着什么样的点滴真相。那些传说也许仅仅是这个场所的险恶外观激发出的无稽之谈，然而即便如此，它们依然像是他写的故事怪异地变成了现实。

下午的阳光从逐渐消散的乌云背后露了出来，但似乎难以照亮耸立于高台上的古老神殿被煤烟熏黑的肮脏墙壁。说来奇怪，连春天都没能把铁栏杆里院子中枯萎的棕色草丛染成绿色。布莱克不由得一点一点靠近了那片抬高的土地，仔细查看护墙和生锈的围栏，寻找有可能让他进去的途径。这座黑黢黢的庙宇似乎拥有某种难以抵御的可怖诱惑力。围栏在靠近台阶的地方没有任何开口，但北侧缺少了几根栏杆。他可以爬上台阶，沿着围栏外狭窄的墙顶绕到缺口处。既然附近的居民如此疯狂地害怕这个地方，那么他就应该不会遇到任何干涉。

他爬上护墙，直到快钻进围栏才被人注意到。他望向下方，看见广场上有几个人正越走越远，用右手做先前主路上那位店主做过的同一个手势。几扇窗户砰然关闭，一个胖女人冲上街道，把几个小孩拖进一幢摇摇欲坠、没有上漆的屋子。围栏上的缺口非常容易进入，没过多久，布莱克就在荒弃院子里彼此纠缠的腐朽草丛里艰难跋涉了。风化的残破墓碑星罗棋布，说明曾经有人埋葬在这片土地下，他知道那肯定是很久以前的事情了。走到近处，教堂的庞然身影变得越来越有压迫感，但他克服了不安情绪，走上去试了试正面的三扇巨门。门都锁得紧紧的，于是他绕着这座巨大的建筑物兜圈，想找到一个更小也更容易进去的入口。尽管他并不确定他想不想走进这个荒芜、黑暗的鬼域，然而它的怪异却拖着他不由自主地向前走。

教堂后侧有一扇缺乏防护措施的地窖窗户敞开巨口，提供了他所需要的入口。布莱克向内望去，见到西沉太阳经过重重过滤的微弱光线照亮了遍布蛛网和灰尘的地下深渊。瓦砾、旧木桶、破损的箱子和形形色色的家具映入眼帘，但所有东西都蒙着厚厚的灰尘，棱角分明的轮廓线因此变得模糊。暖气锅炉锈迹斑斑的残骸说明这座建筑物直到维多利亚中期还有人使用和定期维护。

布莱克几乎不假思索地行动起来，他爬进窗户，站在积满灰尘、遍布瓦砾的水泥地面上。这是一个宽敞的拱顶地窖，没有分隔墙，右手边的对角笼罩在厚重的阴影下，他在其中看见了一道黑洞洞的拱门，这道门似乎通向楼上。置身于这座巨大阴森的建筑物之中，压抑的感觉变得尤其强烈，但他控制住情绪，仔细地四处勘察——他在灰尘中找到一个依然完好的木桶，把木桶滚到敞开的窗口，留待离开时使用。他鼓起勇气，穿过布满蛛网的宽阔房间，走向那道拱门。无处不在的灰尘呛得他难以呼吸，鬼魂般的缥缈蛛网挂遍全身，布莱克终于穿过拱门，爬上通向黑暗的破损石阶。他没带照明工具，只能用双手小心翼翼地摸索。拐过一个锐角转弯，他在前方摸到一扇紧闭的房门，摸索片刻之后，他找到了古老的门闩。这扇门向内打开，进去后他见到一条光线昏暗的走廊，两旁墙上的镶板已经遭了虫蛀。

布莱克来到了建筑物的底层，迅速开始探索周围的情况。室内的所有门都没上锁，因此他可以在房间之间自由来去。巨大的中殿是个近乎怪诞的地方，箱形凳、圣坛、沙漏状讲台、共鸣板上的灰尘堆积如山，顶层柱廊的尖拱之间挂着粗如绳索的庞然蛛网，缠绕着簇生的哥特式立柱。正在西沉的太阳将阳光送过拱形大窗上几乎被熏黑的怪异窗格，灌了铅似的骇人光线映照着这个死寂的荒凉之地。

窗户上的彩绘被煤烟污染得过于严重，布莱克几乎分辨不清它们究竟想表达什么，但就他能看清的那一小部分而言，他觉得它们非常不讨人喜欢。图案大体而言很传统，根据他对晦涩的象征主义的一些了解，布莱克认为许多图案与某些古老的主题有所联系。里面有少许几位圣人，脸上的表情简直像是在等待责难，有一扇窗户上似乎仅仅画着一片黑暗的空间，其中散落着一些螺旋状的诡异发光体。布莱克从窗户上移开视线，注意到圣坛上方结满蛛网的十字架不是普通的样式，而更像埃及黑暗时代的原始安卡符号，也就是带圆环柄的十字架。

布莱克在后殿旁的圣具室里发现了朽烂的桌台和高至天花板的书架，书架上摆满了发霉解体的书籍。他在这里第一次感觉到了客观存在的恐怖事物造成的惊骇，因为这些书籍的标题足以说明一切。它们是**黑暗的禁忌之物**，绝大多数有理性的人类从未听说过它们的名称，或者只在隐秘而胆怯的交头接耳中听过。这些被惧怕的禁书记载着模棱两可的秘密和古老得超越记忆的仪式，它们沿着时间长河从人类出现前朦胧的玄奇时代和人类的幼年时期点滴流传至今。他本人读过其中的许多书籍：可憎的《死灵之书》的拉丁文译本、险恶的《伊波恩之书》、厄雷特伯爵所著恶名昭彰的《食尸鬼典仪》、冯·容茨的《无名祭祀书》和路德维希·蒲林所著魔鬼般的《蛆虫的秘密》。但还有一些他仅仅有所耳闻甚至闻所未闻的书籍——《纳克特抄本》《德基安之书》和一部快风化粉碎的典籍，这本书使用了一种彻底无法辨识的文字，但在热衷于研究异教的布莱克看来，书里的一些符号和图画令人胆寒地眼熟。很明显，本地经久不衰的流言并非捏造。这个地方曾经祭拜过一个邪灵，它比人类更古老，比已知宇宙更广阔。

朽烂的桌台上有一本皮革装订的记录册，里面全是用某种怪异密码写成的篇章。组成手稿的是至今仍在天文学里使用、炼金术和占星术及另外一些可疑学科自古以来一直使用的常用传统符号：代表太阳、月亮、诸行星、方位和黄道十二宫的图案，它们密密麻麻地挤在纸面上，分隔和段落说明每个符号代表着一个字母。

布莱克把这本记录册塞进外套口袋，打算以后解开这套密码体系。书架上的许多厚重典籍强烈地吸引着他，他感觉到了巨大的诱惑力，打算过段时间来借走它们。他思考着它们为何能够平安度过了这么长的时间。深入内心、无所不在的恐惧在接近六十年的时光中保护这座荒弃的教堂不被访客打扰，难道他是第一个克服了这种恐惧的人吗？

彻底探索过底楼之后，布莱克再次穿过积满灰尘、仿佛幽冥的中殿，来到教堂的前厅，先前他看见那里有一道门和一段楼梯，他推测那段楼梯应该通向被煤烟熏黑的塔楼和尖顶，也就是他早已在远处熟识了的地方。上楼这段路是一种令人窒息的体验，因为灰尘积得很厚，蜘蛛在逼仄的空间里活动最为猖獗。这是一条螺旋楼梯，木质梯级高而狭窄，布莱克时不时会经过一扇被尘土遮蔽了视线的窗户，俯瞰见到的城市让他头晕目眩。尽管没有在底下见到拉绳，但爬向他经常用望远镜观察其尖头窗的塔楼时，他还是期待会在那里找到吊钟或编钟。然而希望却注定落空，因为当布莱克终于踏上楼梯顶端时，他发现塔顶阁楼里没有任何敲钟装置，而且显然有着迥然不同的用途。

房间面积约为十五平方英尺，光线昏暗，四面墙上各有一扇尖头窗，从朽烂的百叶窗板之间射进来的阳光将窗玻璃照得闪闪发亮。窗户上还安装过密不透光的帘幕，但帘幕已经基本上朽烂。积满灰尘的地板中央有个奇异的棱角石柱，高约四英尺，平均直径约两英尺，每一面上都刻着怪异、粗糙和完全不可辨识的象形文字。石柱顶上摆着一个不对称的怪异金属盒，金属盒带铰链的盖子被掀开了，里面积累了几十年的灰尘底下似乎是个蛋形或不规则球形的物体，直径约四英寸。石柱周围，七把大致完好的哥特式高背椅摆成粗糙的环形，椅子背后的墙上镶着深色护壁板，七尊漆成黑色、风化剥落的巨大石膏像贴墙摆放，它们不像布莱克见过的任何东西，只和神秘的复活节岛上那些意义不明的庞然雕像有些类似。结满蛛网的阁楼一角，墙面上建有一条竖梯，通向一道紧闭的翻板活门，活门上是没有窗户的教堂尖顶。

布莱克逐渐习惯了昏暗的光线，他发现奇特的黄色金属盒上刻着古怪的浅浮雕。他走近金属盒，用双手和手帕清理掉积累的灰尘，上面是完全陌生的图案。它们描绘的个体尽管栩栩如生，却和这颗星球上曾经演化出的所有已知生命形式都毫无相似之处。直径四英寸的准球体实际上是个近乎黑色并带有红色条纹的多面体，有着许多个不规则的平坦表面，它可能是某种非常罕见的水晶，也可能是某种矿物雕刻抛光制成的人工造物。它没有直接放在盒子的底面上，而是由环绕中轴的金属箍悬挂在半空中，金属箍伸出七根样式怪异的水平支撑物，连接在盒子内壁靠近顶端的夹角上。这块石头从暴露在外的那一刻起，就向布莱克释放出了几乎令人惶恐的吸引力。他难以移开视线，他望着石块闪闪发亮的表面，几乎觉得它是个透明的物体，内部有着无数半成型的奇妙世界。他的意识中浮现出诸多画面，他见到了耸立着石砌巨塔的外星球，见到了巍峨群山环绕但不见生命迹象的其他星球，还见到了更加遥远的深空，朦胧黑暗中只有一些微弱的搅动能证明那里存在知觉与意志。

　　他终于望向别处，注意到对面角落里通往尖顶的竖梯旁有一堆形状怪异的灰土。他说不清它为何吸引了他的注意力，但那个物体的轮廓向他的潜意识传递了某些信息。布莱克走向它，扫开悬在半空中的蛛网，逐渐辨认出它的可怖之处。手和手帕双管齐下，真相很快暴露在眼前，布莱克在复杂得令人困惑的交织情绪驱使下惊呼一声。那是一具人类的骨架，显然已经在这里躺了很久。衣物烂成布条，几粒纽扣和布料残片说明那是一件男式的灰色正装。另外还有一些零碎的证物——皮鞋、金属搭扣、圆角袖口搭配的大袖扣、样式古老的领带夹、印着《普罗维登斯电讯报》的记者证和破旧的皮革钱夹。布莱克小心翼翼地拿起钱夹查看，发现里面有几张老版的纸钞、1893年的塑封广告日历、几张印着"艾德温·M.利莱布里奇"的名片和一张用铅笔写满了备忘短句的纸片。

　　这张纸上的内容令人困惑，布莱克借着西面窗口的暗淡光线仔细阅读。上面的文字支离破碎，其中包括以下这些句子：

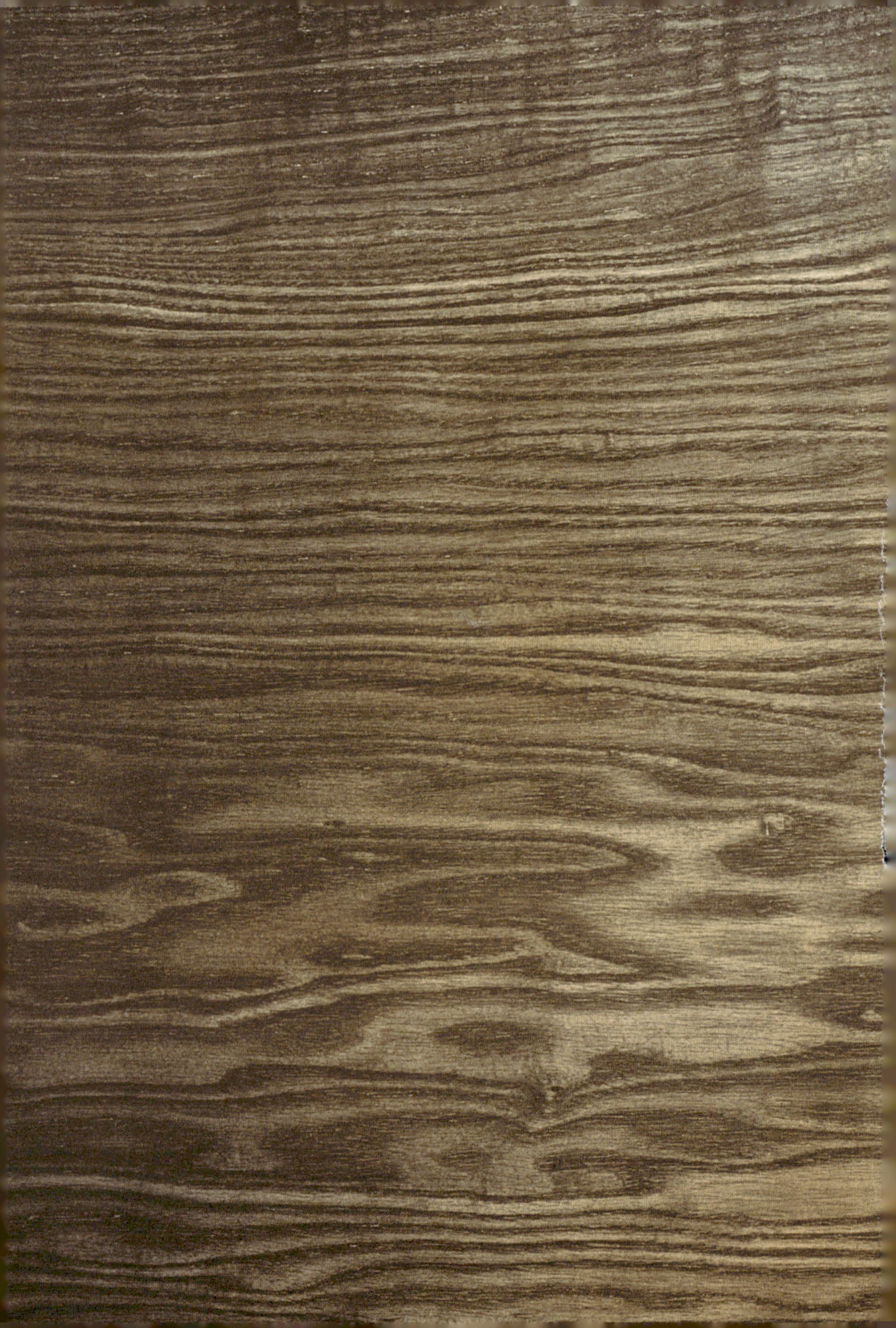

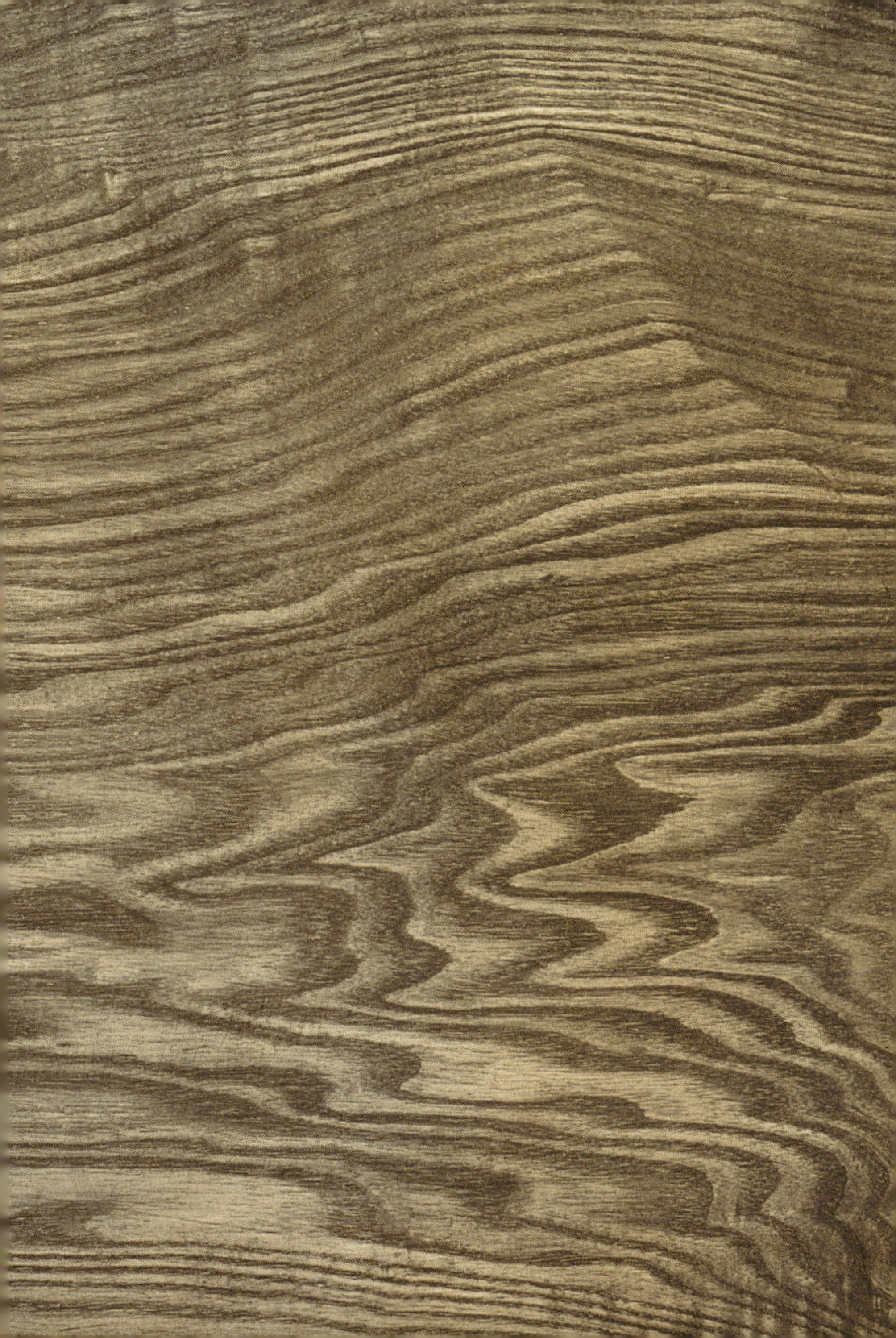

布莱克将那张纸放回钱夹里，把钱夹装进大衣口袋，转身望向灰尘中的骷髅。这些记录的含义非常明确，毫无疑问，四十二年前，这个男人走进这座荒弃的建筑物，希望能找到足够耸人听闻而其他人都不敢尝试的新闻题材。很可能其他人都不知道他的计划——谁知道呢？总之结果是他再也没有回到自己的报社。难道是被勇气压制住的恐惧突然反扑，导致他突发心力衰竭而死？布莱克弯下腰，打量反射着微光的白骨，忽然发现它们的状况有些异样。有些骨头严重离散，有几块的末端似乎奇怪地融化了。还有一些奇异地发黄，隐约有烧焦的痕迹。烧焦的痕迹还延伸到了部分衣物碎片上。颅骨的状态尤其异样——染上某种黄色，顶部有个烧焦的洞眼，坚硬的骨骼像是遭受了强酸的腐蚀。这具骨架在死寂的陵墓里躺了四十年，布莱克无从想象它都遇到过什么灾祸。

不知不觉之间，布莱克又在看那块石头了，任凭它怪异的影响力在脑海里唤起壮丽如星云的景象。他看见穿长袍戴兜帽但轮廓不似人类的生物排成长队，他仰望直插天空的巨型石雕林立于无尽的沙漠之中。他看见暗如黑夜的海底遍布塔楼与高墙，太空的旋涡中丝丝缕缕的黑色雾气飘浮在散发稀薄微光的冰冷紫色雾霭之前。除了这些，他还窥见了黑暗的无底深渊，有形与半有形的实体只在被风搅动时才能被察觉，模糊的力量规则将秩序强加于混沌之上，执掌着能解开我们所知世界里全部悖论和奥秘的钥匙。

某种难以确定来源但啃噬灵魂的恐慌陡然袭来，打破了困住布莱克的魔咒。布莱克几乎无法呼吸，他从石块前转过去，感觉到某种无定形的异类存在靠近了他，以可怖的专注凝视着他。他感觉到某种东西纠缠上了他——它并不在石块里，而是通过石块望着他——它能够轻而易举地以并非实质视线的知觉作用跟随他的一举一动。这个地方显然触动了他的神经，考虑到他发现的可憎景象就更是如此了。光线正变得越来越昏暗，他没有携带照明工具，因此他知道他必须尽快离开了。

但就在这时，在逐渐合拢的暮色之中，他认为他见到那块有着疯狂棱角的石头中发出了一丝黯淡的光芒。他努力望向别处，但某种晦暗的强迫力量将他的视线拉了回去。莫非这东西有放射性，因而发出了微弱的磷光？莫非这就是死者笔记中称之为"闪耀的偏方三八面体"的原因？这个终极邪物的荒弃巢穴到底是怎么一回事？这里曾经发生过什么，连飞鸟都不敢靠近的暗影中还栖息着什么？附近某处似乎飘来了一丝若有若无的恶臭，但他无法立刻确定其源头。布莱克抓住多年来一直敞开的金属盒的盖子，一把关上了它。盒盖在怪异的铰链上移动得很灵活，彻底遮住了无疑正在绽放光芒的那块石头。

盒盖扣上时发出了清脆的咔哒声，头顶上翻板活门的另一侧、永远处于黑暗中的尖顶里响起了一阵轻微的骚动。老鼠，毫无疑问——自从他走进这座该诅咒的建筑物，出现过的活物只有它们。话虽这么说，但尖顶里传来的那阵骚动声依然吓得他魂飞魄散，他几近疯狂地冲下螺旋楼梯，跑过仿佛会有食尸鬼出没的中殿，回到拱顶地下室里，在逐渐降临的黄昏中经过空无一人的广场，穿过联邦山上被恐惧滋扰的拥挤小巷和大路，奔向神智健全的联邦大道和学院街区如家一般的砖砌人行道。

接下来的日子里，布莱克没有向任何人提起他的探险之旅。他大量阅读某些书籍，研究了市区图书馆归档保存的多年报纸，狂热地解译他在蛛网密布的圣具室里找到的皮面记录册。他很快发现这套密码并不简单，经过长时间的努力之后，他能确定其原始文本肯定不是英文、拉丁文、希腊文、法文、西班牙文、意大利文或德文。最后，他不得不从他那些奇异学问中最幽深的井底汲取知识。

每逢傍晚，凝视西方的古老冲动就会回到布莱克身上，他会和往昔一样望向耸立于远处半虚幻世界的丛生屋顶之间的黑色尖顶。然而如今它在他眼中多了一丝恐怖的气息。他知道它蕴藏着什么样的邪恶知识，由于知道了这一点，他的幻想开始朝奇异的新方向肆意奔驰。春天的候鸟正在归来，他望着鸟群在夕阳下飞翔，想象它们和以前一样避开那座荒凉的孤独尖塔。看见一群鸟飞近教堂，他想象它们会在惊恐和慌张中回旋四散，他甚至仿佛听见了由于相距许多英里而无法传进他耳中的狂乱吱喳叫声。

布莱克在6月的日记中称他成功地破解了密码。他发现原始文本是用神秘的阿克罗语写成的，一些古老的邪恶异教曾经使用过这种语言，他在以往的研究中仅仅学习过一些皮毛。日记奇怪地没有详述布莱克解析出的内容，但他明确地对他得到的结果感到敬畏和惶恐。其中提到可以通过凝视闪耀的偏方三八面体来唤醒一个暗魔，还对它受召前所栖息的黑暗混沌深渊做了一些癫狂的揣测。这种生物据说掌握着**所有的知识**，要求召唤者做出恐怖的献祭牺牲。布莱克的部分日记显示他担心这个怪物就在外面活动——他似乎将其视为已经被召唤出来的状态——但他也补充说路灯组成了它无法逾越的一道壁垒。

他经常提到那个闪耀的**偏方三八面体**，称之为全部时间与空间的一扇窗户，追溯它的起源与历史，它在黑暗的犹格斯星球上被制造出来，后来远古者带着它来到了地球。生活在南极洲的海百合状生物视其为珍宝，把它放在那个奇异的盒子里，瓦鲁西亚的蛇人将它从它们的废墟中挖掘出来，亿万年后第一批人类在雷姆利亚久久地凝视它。它跨越了奇异的大地和更奇异的海洋，与亚特兰蒂斯一同沉没，落进一名米诺斯渔夫的渔网，被卖给来自黑色克赫姆的黑肤商人。涅弗伦-卡法老围绕它修建了神庙和没有窗户的地穴，这个行为导致后人从所有纪念碑和记录上抹去了他的名字。祭司和继任的法老摧毁了那座邪恶的殿堂，它在废墟中沉睡了许多年，直到发掘者的铲子让它重见天日，继续诅咒人类。

7月初的报纸奇异地补充了布莱克的叙述，但过于简略和随意，若不是因为日志，根本不会唤起人们对这些报道的注意。文章称在一名陌生人闯入那座可憎的教堂之后，一种新的恐慌情绪在联邦山上逐渐蔓延。意大利人风传没有窗户的黑暗尖顶里时常响起不寻常的骚动声、碰撞声和刮擦声，他们请各自教会的神职人员驱逐在他们梦境中作祟的一个怪异个体。他们声称有某种东西时常盯着一扇门，看它是否黑暗得足以让它冒险前进。报刊文章提到当地存在已久的迷信传说，却没有能够解释清楚这种恐惧以往的背景原因。如今这些年轻的记者显然不热衷于研究古老的往事。布莱克将这些内容也写进了日记，同时表达出某种奇异的懊悔心情，提到他有责任消灭闪耀的偏方三八面体和驱逐因他让阳光照进可怖尖塔而撩拨起的某些事物。然而另一方面，日记显示出他的痴迷已经发展到了危险的程度，他承认自己病态地渴望——甚至开始侵蚀他的梦境——探访受到诅咒的塔楼，再次凝视那块发光石头里的宇宙秘密。

7月17日，日报上的某些报道使得布莱克的日记陷入了极度的惊恐。他以半开玩笑的口吻讲述了联邦山近期的骚动，但布莱克不知为何却由衷地感到了恐惧。前一天夜里，雷暴雨害得全城的照明系统停摆了足足一个小时，在这段黑暗的时间里，那些意大利人险些吓得发疯。那座可憎教堂附近的居民信誓旦旦称尖顶里的魔物抓住路灯熄灭的机会，下楼来到了教堂的主体建筑物中，流窜着冲撞、翻腾，直到最后又磕磕碰碰地重新爬上塔楼，然后传来了打碎玻璃的声音。

它能够去黑暗覆盖的任何地方，见到光明却总是落荒而逃。

供电恢复之后，塔楼里传来令人震惊的喧闹声响，因为即便是从蒙着煤烟、拉着百叶窗的窗口泄漏进去的微弱光线，对怪物来说也过于强烈了。它磕碰蠕动着及时爬回了密不透光的尖顶，因为长时间暴露在光明下，它就会被送回到来时的深渊。在黑暗的那一个小时里，祈祷的人群冒雨聚集在教堂周围，用纸灯笼和雨伞想方设法地保护点燃的蜡烛和提灯——点滴守护的灯光，从潜行于黑暗中的噩梦手中拯救这座城市。最靠近教堂的那些人声称，教堂外门有一次发出了可怖的咔哒咔哒声响。

但这并不是最糟糕的部分。那天傍晚，布莱克在《公告报》上读到了记者发现的情况。这场惊吓的新闻价值终于引来了两名记者，他们无视陷入狂乱的意大利人群体，在徒劳地企图打开正门后，从地窖窗户爬进了教堂。他们发现门厅和幽冥般中庭的灰尘以奇异的方式被犁开了，朽烂的坐垫和长凳的缎子内衬古怪地遍地散落。到处都弥漫着难闻的气味，偶尔能看见星星点点的黄色污渍和像是烧焦痕迹的斑块。他们打开通往塔楼的门，因疑似听见上方传来某种刮擦声而驻足片刻，随即发现狭窄的螺旋楼梯被擦得干干净净。

塔楼里同样存在灰尘被部分抹除的情况。他们谈到七边形的石柱、翻倒的哥特式高背椅和怪异的石膏像，但奇怪地没有提及金属盒和支离破碎的古老骨架。除了污渍、烧焦痕迹和难闻气味，最让布莱克感到不安的是解释了玻璃破碎声的最后一点细节。塔楼的所有尖头窗都碎了，其中两扇以粗糙而匆忙的方式遮挡住光线，长凳的缎子内衬和坐垫里的马鬃被塞进了百叶窗板之间的缝隙。更多的缎子碎片和成把的马鬃乱糟糟地散落在不久前被擦干净的地面上，就好像某人正忙着恢复塔楼从前帘幕紧紧遮蔽的绝对黑暗状态，做到一半却被打断了。

通往无窗尖顶的竖梯上发现了泛黄的污渍和烧焦的痕迹，一名记者爬上竖梯，拉开水平滑动的活门，将微弱的手电筒亮光投向弥漫着奇异恶臭的漆黑空间，他见到的只有黑暗和门口附近一地各种各样、没有明确形状的垃圾。他的结论当然是欺诈。有人在捉弄这些迷信的山丘居民，或者某些狂热分子为了他们所谓的福祉而蓄意放大他们的恐惧。也可能是一些更年轻、更见过世面的居民精心策划了这起骗局，排演给外部世界看。这件事还有一个好笑的尾声，警方派遣警员前去核实这篇报道，接连三个人找出形形色色的借口来逃避任务，第四个人很不情愿地去了，他很快返回警局，没有在记者的叙述之外补充任何细节。

从这个时间点开始，日记显示出布莱克内心的恐惧和神经质的忧虑像涨潮一样越积越高。他责怪自己没有采取任何行动，疯狂地猜测下一次电网崩溃将造成何种后果。记录证实，他在后来的雷暴雨期间曾三次致电电力公司，癫狂地请求公司以最极端的预防手段避免再次断电。记者在探索黑暗的塔顶房间时未能发现装有石块的金属盒和遭受奇异损毁的古老骨架，日记时常会表达出对此事的担忧。他推测这些东西都被搬走了，但究竟被什么人或什么东西搬去了什么地方，他就只能瞎猜了。然而最让他担惊受怕的还是他自身的处境，他觉得他的心灵和潜伏于远处尖顶里的恐怖怪物之间存在某种邪恶的联系，正是因为他的鲁莽，那个属于黑夜的畸形魔物才从终极黑暗的虚空中被召唤了出来。他似乎觉得某种力量一直在牵引他的意志，这段时间里拜访过他的人都记得他总是心不在焉地坐在写字台前，隔着西面窗户遥望城区盘旋烟雾背后的远处尖塔林立的山丘。日记不厌其烦地讲述某些特定的恐怖噩梦，声称那种邪恶的联系在睡梦中变得日益强大。他提到一天夜里他忽然醒来，发现自己穿戴整齐地身处室外，正在机械地从学院山走向西方。他一次又一次地陈述他坚信的事实：尖塔里的怪物知道该去哪儿找他。

人们记得，7月30日之后的那一周，布莱克开始精神崩溃。他不肯洗漱更衣，一日三餐全都打电话订购。访客注意到他把绳索放在床边，他说梦游症迫使他每晚必须绑住脚踝，绳结能困住他的行动，至少他会在企图解开绳结时清醒过来。

他在日记里讲述了害得他精神崩溃的那次恐怖经历。30日晚上睡下后，他忽然发现自己在一个近乎漆黑的空间里摸索。他只能看见一些水平短条纹状的微弱蓝光，但能闻到一股不堪忍受的恶臭，听见上方传来轻微而鬼祟的怪异混杂声响。每走一步，他都会被什么东西磕绊一下，每弄出一点响动，上方就会像应答似的响起一些声音——模糊的搅动声，还有木头在木头上小心翼翼地滑动的声音。

他摸索的双手有一次碰到了一根石柱，石柱的顶上空无一物，随后他发觉自己抓住了砌在墙上的竖梯的横档，犹疑地摸索着爬向另一个臭味更加强烈的空间，一股炽热的气浪从上方滚滚涌来。他眼前出现了万花筒般的幻象，所有图像间歇性地融入深不可测的暗夜深渊，更黑暗的恒星与行星在内部盘旋回转。他想到传说中的终极混沌，盲眼愚神、万物之主阿撒托斯盘踞在其中央，无心智无定形的大群舞者环绕着它，无可名状的手爪攥着可憎的长笛，吹出尖细的单调笛音哄它入睡。

来自外部世界的刺耳声响刺穿他麻木的知觉，他惊醒过来，语言无法表达他发现自己身在何处后感觉到的惊恐。他永远也不会知道那究竟是什么声音，也许是迟到的烟花爆炸，整个夏天你都能听见联邦山上传来这种声音，那是居民在向主保圣人或意大利老家出身的圣徒致敬。总而言之，他尖叫起来，发狂般地跳下竖梯，跌跌撞撞地跑过几乎毫无光线、遍地障碍物的房间。

他立刻就知道了自己身处何方，他不顾一切地冲下狭窄的旋转楼梯，每次转弯都绊倒和撞伤自己。这是一场噩梦般的逃窜，他跑过结满蛛网的巨大中殿，这里的阴森拱顶向上抬升，进入睨视其下的暗影领域之中，他目不视物、跌跌撞撞地穿过遍地垃圾的地下室，爬进路灯下吹着风的外部世界，他疯狂地跑下杂乱山墙幽冥般的坡面，穿过黑暗高楼林立的死寂城区，爬上陡峭的东向峭壁，回到自己古老的住所。

第二天早晨，他的意识逐渐恢复，他发现自己穿戴整齐地躺在书房的地板上，衣服上满是尘土和蛛网，每一英寸身体都疼痛瘀肿。他走到镜子前，见到头发被严重烧焦了，上半身最外面的衣物里附着了一股奇异、邪恶的臭味。这时，他的精神彻底崩溃了。从那以后，他每天都只是身穿晨袍筋疲力尽地躺着，几乎什么都不做，只是望着西面的窗户，见到有可能下雷阵雨就不寒而栗，在日记里写一些疯狂的东西。

8月8日将近午夜的时候，一场大风暴降临了。闪电在全城各处反复落下，据称还出现了两团巨大的火球。暴雨如注，接连不断的雷声害得几千人难以入眠。布莱克对电力系统崩溃的恐惧达到了彻底疯狂的地步，凌晨一点左右，他试图打电话给供电公司，然而考虑到安全问题，电话公司这时已经中断了服务。他在日记里写下了一切——他在黑暗中盲目写下的巨大、神经质并且常常难以辨认的潦草文字本身就讲述了越来越强烈的癫狂和绝望。

为了看清窗外的情况，他不得不让房间保持黑暗，大多数时候他似乎都待在写字台前，焦虑地隔着城区在大雨中绵延几英里的灯光和屋顶，望着远处标出联邦山所在位置的微弱光点。他不时在日记上涂涂写写，前言不搭后语的句子散落在两页纸上，例如："灯光绝对不能熄灭""它知道我在何处""我必须摧毁它"和"它在召唤我，但这次也许并无伤害之意"。

057

接下来，全城的电灯同时熄灭。根据供电公司的记录，事情发生在凌晨2点12分，但布莱克的日记里并没有写下时间。那条记录仅仅是："灯灭了——**上帝啊，救救我。**"与此同时，联邦山上的守护者和他一样焦虑，被雨水浇得透湿的人成群结队行走在广场上和邪恶教堂周围的小巷里，他们拿着用雨伞遮挡的蜡烛、手电筒、油灯、十字架和意大利南部常见的各种少有人知的护身符。每逢电闪雷鸣他们就会祈祷，暴雨逐渐转弱，闪电随之减少并最终完全消失，这时他们纷纷用右手做那个神秘的畏惧手势。一阵狂风吹灭了大多数蜡烛，那里陷入了充满威胁的黑暗。有人叫醒了圣灵教堂的梅尔卢佐神父，他匆匆忙忙地赶到阴森的广场，尽其所能地念出或许有用的词句。黑黢黢的塔楼里确凿无疑地发出了无休止的古怪声音。

至于凌晨2时35分发生的事情，我们可以参考以下诸位的证词：神父，一位聪明、受过良好教育的年轻人；中央警局的威廉·J.莫纳汉巡警，一位极为可靠的警官，他刚好巡逻到教堂一带，停下来查看人群的情况；聚集在教堂护墙周围的七十八个人里的大多数，尤其是在广场上能看见教堂向东的正立面的那些人。当然了，没有任何证据表明那里存在违背自然规律的东西。有可能导致如此事件的原因不计其数。没有人能确定一座巨大、古老、通风不良、荒弃多年的建筑物里五花八门的物品之间会发生什么样奇异的化学作用。恶臭有毒的蒸气——自燃——长期腐败产生的气体压力——无数种现象中的任何一种都有可能为此负责。当然了，另一方面，我们也绝对不能排除蓄意欺骗的可能性。事件本身其实颇为简单，前前后后加起来还不到三分钟。梅尔卢佐神父生性严谨，在过程中多次看表。

事件始于黑暗塔楼里确凿无疑地响起了沉闷的摸索声。在此之前，教堂里已经依稀飘出了某种怪异和邪恶的臭味，此刻忽然变得强烈且有侵犯性。接下来，大家听见了木头劈裂的巨响，一大块沉重的东西掉下来，砸在东向正立面底下的庭院里。蜡烛已经熄灭，因此人们看不见塔楼，但掉下来的东西离地面很近，因此人们知道那是塔楼东面窗户被煤烟熏黑的百叶窗。

就在这时，一股令人完全无法忍受的恶臭从不可见的高处滚滚涌来，颤抖的守护者们感到窒息和恶心，站在广场上的那些人险些被熏倒在地。另一方面，空气开始颤动，像是有翅膀在使劲拍打，狂风忽然吹向东方，比先前的任何一股气流都猛烈，它掀飞人们的帽子，打翻了还在滴水的雨伞。没有蜡烛的黑夜之中，一切都变得影影绰绰，但向上看的几个人认为他们见到墨黑的天空下有一大团更浓厚的黑色在迅速扩张——某种仿佛无定形烟云般的东西以流星般的速度射向东方。

这就是全部的经过。恐惧、敬畏和不适使得守护者几乎动弹不得，不知道应该怎么做甚至该不该做任何事情。由于不清楚究竟发生了什么，他们没有放松戒备。片刻之后，一道迟到的闪电用刺眼的光芒劈裂了倾泻洪水的天空，震耳欲聋的雷声随即响起，他们为之祷告。半小时后，大雨终于停歇，又过了十五分钟，路灯再次点亮，疲惫而湿透的守护者放松下来，各自回家。

第二天的报纸在对暴雨的一般性报道外，也连带着提了几句这些事情。联邦山怪异事件后的耀眼光芒和震耳欲聋的炸裂声在更东面的地方似乎尤其剧烈，同时那附近的人们也注意到了一股突然爆发的特异臭味。这些现象在学院山尤其明显，炸裂声惊醒了所有沉睡的居民，引发了五花八门的混乱猜测。在那些本来就醒着的人之中，只有寥寥几位见到了那道反常的闪光在山顶附近爆发，或者注意到有一股难以解释的向上气流几乎剥光了树叶，并吹倒了花园里的植物。尽管事后没有找到任何痕迹，但众人一致同意那道单独爆发的闪电肯定击中了附近的什么地方。陶-奥米茄兄弟会的一名年轻人认为他在闪电爆发前见到空中有一团形状怪诞的可怖烟云，然而没有人能够证实他的说法。不过，这几位目击者一致认为从西方而来的狂风和难以忍受的恶臭比迟到的闪电来得更早，但闪电过后短暂存在某种焦臭味的说法同样普遍。

以上几点都得到了细致的讨论，因为它们或许有可能与罗伯特·布莱克的死亡存在关联。普西-德尔塔宿舍楼上房间的后窗正对着布莱克的书房，9日早晨，宿舍房间里的学生隔着书房向西的窗口注意到一张扭曲而苍白的脸，他们猜测过他为什么会做出那个表情。当天傍晚，他们看见那张脸还是同一个姿势面对窗口，不禁担忧起来，留意查看他的公寓有没有亮起灯光。晚些时候，他们去按那套暗沉沉的公寓的门铃，最后叫来警察，用蛮力撞开大门。

僵硬的尸体直挺挺地坐在窗口的写字台前，闯入者见到他突出而呆滞的双眼，扭曲的五官十分恐怖，他们厌恶得几近呕吐，纷纷转过身去。没过多久，法医前来验尸，尽管窗户没有破损，报告上依然将死因归为电流冲击或接触电流引起的神经反应。他完全无视了死者的可怖表情，认为一个人有着如此异常的想象力和不稳定的情绪，在经历极端强烈的冲击时造成此种结果并非全无可能。法医之所以会推测他拥有那些性格特质，不但因为在公寓里找到的书籍、绘画和手稿，也因为写字台上日记里盲目乱写的那些内容。布莱克将他癫狂的叙述持续到了最后一刻，尸体被发现时，他痉挛收缩的右手还紧握着一支笔尖折断的铅笔。

灯光熄灭后的记叙极为支离破碎，只有部分字迹尚能清晰辨认。部分调查人员从中得出的结论截然不同于秉持唯物主义的官方裁定，然而他们的揣测在保守主义者之间几乎没有机会得到采信。戴克斯特医生的迷信行为对这些想象力过于丰富的空想家更是毫无帮助，他将那个奇异的盒子和有棱角的石块扔进了纳拉甘塞特湾最深的航道，那块石头在教堂无窗的黑暗尖顶里被发现时确实在自体发光。布莱克本身就想象力过剩、精神不稳定，发现已经消亡的邪恶异教留下的惊人踪迹更是雪上加霜，绝大多数人以此来解释他在生命尽头书写的狂乱文字。下面就是那些记叙，或者更准确地说，那些记叙中尚能辨认出的部分。

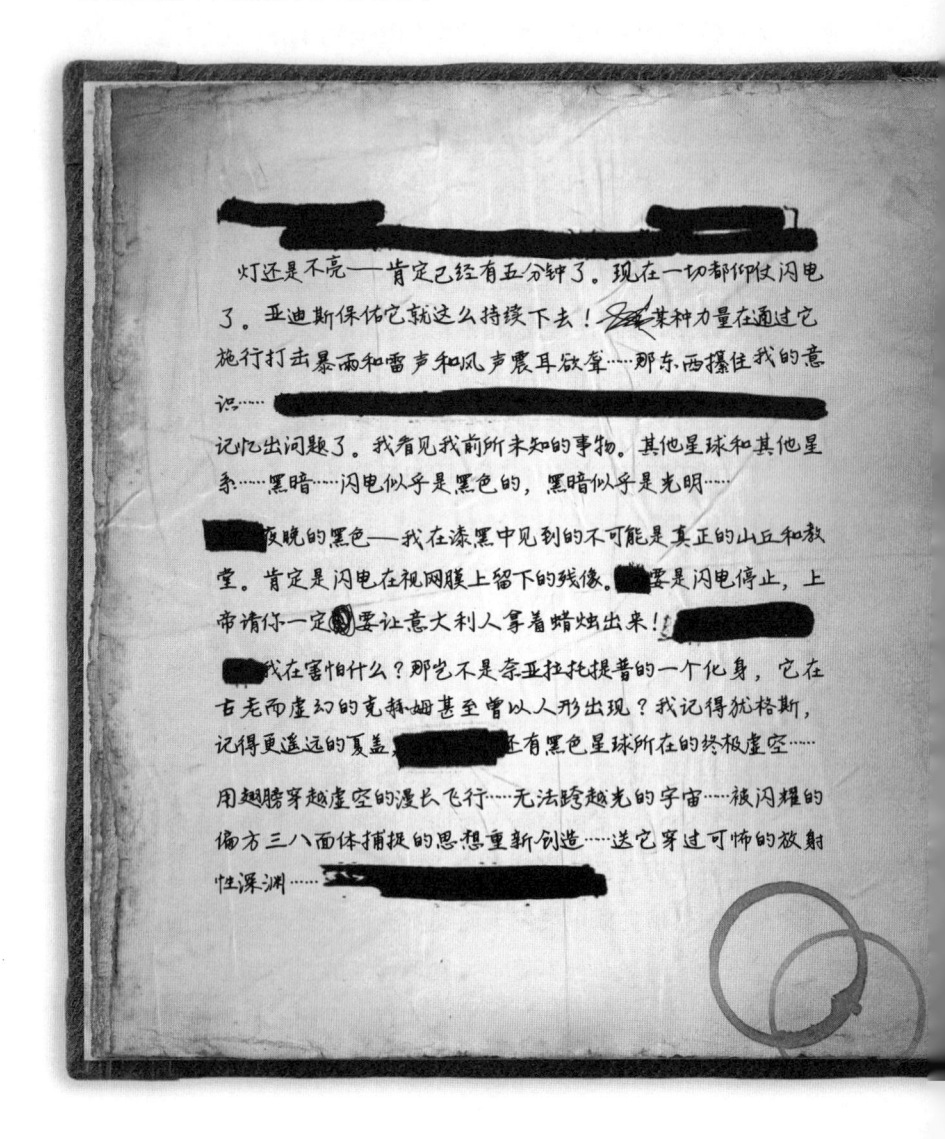

灯还是不亮——肯定已经有五分钟了。现在一切都仰仗闪电了。亚迪斯保佑它就这么持续下去！██某种力量在通过它施行打击暴雨和雷声和风声震耳欲聋……那东西攥住我的意识……

记忆出问题了。我看见我前所未知的事物。其他星球和其他星系……黑暗……闪电似乎是黑色的，黑暗似乎是光明……

██夜晚的黑色——我在漆黑中见到的不可能是真正的山丘和教堂。肯定是闪电在视网膜上留下的残像。██要是闪电停止，上帝请你一定██要让意大利人拿着蜡烛出来！██

██我在害怕什么？那它不是奈亚拉托提普的一个化身，它在古老而虚幻的克赫姆甚至曾以人形出现？我记得犹格斯，记得更遥远的夏盖██还有黑色星球所在的终极虚空……用翅膀穿越虚空的漫长飞行……无法跨越光的宇宙……被闪耀的偏方三八面体捕捉的思想重新创造……送它穿过可怕的放射性深渊……

我叫布莱克——罗伯特·哈里森·布莱克，住在东奈普街620号，宏尔沃基，威斯康辛……我在这颗星球上——

阿撒托斯怜悯我吧！——闪电停止了——恐怖——我能用一种非视觉的可怕知觉看见一切——光是暗，暗是光……那些人聚在山上……守护……蜡烛和护符……他们的神父

距离感消失了……远就是近，近就是远。没有光——没有玻璃——看见了尖顶——那座塔楼——窗户——能听见——罗德里克·乌瑟——我疯了，或者要疯了——那东西在塔楼里搅动和摸索——我就是它，它就是我——我想出去……必须出去，联合那些力量……它知道我在什么地方

我是罗伯特·布莱克，但我在黑暗中看见了塔楼。有一股可怕的臭味……感官变异了……钉住塔楼窗户的木板劈裂和松开者……咿呀……恩盖……犹格

我看见它——逼近了——地狱恶风——庞大、模糊、黑色翅膀——犹格-索托斯拯救我——三瓣的燃烧眼睛……

奈亚拉托提普

　　奈亚拉托提普……蠕行的混沌……我在最后……我将向倾听的虚空诉说……

　　我无法清晰地记得事情是从何时开始的，但应该是几个月以前。大众的紧张情绪强烈得可怕。正值政治与社会剧变之时，对骇人的切身危险的奇特忧惧更是笼罩在所有人头上。那种危险无所不在、无所不包，那种危险只有在深夜最恐怖的幻梦中才有可能被想象出来。我记得来来去去的人们都脸色苍白、充满担忧，小声念叨着谁也不敢有意识地重复或向自己承认他曾听到过的警告和预言。怪异的罪恶感降临在这片土地上，从群星间的深渊最底下吹来冰寒的气流，使得人们躲在黑暗而偏僻的角落里瑟瑟发抖。季节轮换发生了恶魔般的改变——炎热在秋天令人畏惧地逗留，所有人都觉得这个世界乃至于整个宇宙已经脱出已知神祇或力量的支配，落入了未知神祇或力量的掌控之中。

　　就在这段时间里，奈亚拉托提普走出了埃及。没有人说得出他的身份，但肯定有着源远流长的当地人血统，他的外貌仿佛法老。法拉欣[1]见到他都会跪拜，但谁也说不出为什么。他说他从长达二十七个世纪的黑暗中觉醒，他听到过的讯息并非来自这颗星球上的任何一个地方。奈亚拉托提普来到文明的国度，他肤色黝黑，身材纤瘦，带着恶意的气息，经常购买玻璃和金属制造的奇异器具，将它们组合成更加奇异的器具。他经常谈论科学，尤其是电学和心理学，他举办有关能量的展览，观众离开时往往连话也说不出来，但他的名声很快就达到了显赫的高度。人们一方面战栗不已，一方面又怂恿其他人去看奈亚拉托提普。无论奈亚拉托提普去什么地方，安宁都会因此消失，因为夜阑人静的时辰往往充满噩梦激起的尖叫声。噩梦激起的尖叫声从没像这样成为一个社会问题，如今智者几乎希望能禁止人们在夜阑人静的时辰睡觉，免得城市里此起彼伏的叫声惊扰了怜悯众生的苍白月亮，就让月光照得桥下悄然流动的绿色河面闪闪发亮，古老的教堂尖顶在病态的天空下默默地崩裂瓦解吧。

　　我记得奈亚拉托提普来到我所在城市的情形，那座城市巨大而古老，充满了不计其数的犯罪。我的朋友向我讲述他的事情，说他的启迪有着无可抗拒的魅力和吸引力，我的内心燃起渴望，迫不及待地想探索他最终极的秘密。我的朋友说它们极为可怕和扣人心弦，超出了我最狂热的梦想。黑暗

---

1. 指古埃及文明被基督教文明和阿拉伯文明取代以后，仍继续在尼罗河冲击河谷及中东其他地方耕耘的、带着古埃及血统的佃农。

的房间里，投射在屏幕上的图像是除奈亚拉托提普之外没有人胆敢预言的东西，他喷吐出的火花慑服了从未被慑服过的听众，你能从他们的眼神中看得出来。我还听说国外有传闻称，认识奈亚拉托提普的人能见到其他人看不到的景象。

在那个炎热的秋天，我和躁动不安的观众一起前去观看奈亚拉托提普，我们走过令人窒息的夜晚，爬上似乎没有尽头的楼梯，来到那个密不透风的房间里。屏幕上影影绰绰，我看见戴兜帽的人影行进在废墟之中，黄色的邪恶面孔在坍塌的墓碑后窥视。我看见世界抵抗黑暗，抵抗来自无尽空间的毁灭波动。盘旋，翻搅。在暗淡冷却的太阳周围搏杀。火花环绕着观众的头顶惊人地闪耀，毛发根根竖起，怪异得我无法用语言形容的阴影冒出来，踞伏于众人的头顶上。我比其他人更加冷静和讲求科学，用颤抖的声音喃喃揭穿道："骗术""静电"。奈亚拉托提普于是赶我们出来，我们走下高得令人眩晕的台阶，来到潮湿、炎热、空无一人的午夜街道上。我大喊说我不害怕，我绝对不会害怕，其他人和我一起喊叫以寻求安慰。我们彼此信誓旦旦地说这座城市依然如故，仍然充满生机。见到电灯开始熄灭，我们一遍又一遍咒骂供电公司，互相嘲笑对方的诡异表情。

我相信我们感觉到从发绿的月亮中降下来了某些东西，因为当我们开始依靠月光行走时，不知不觉地逐渐组成了古怪的队形，而且似乎知道我们将要去往何处，尽管我们谁也不敢细想这个问题。我们一度望向人行道，看见砖块已经松动，被野草顶得离开了原位，生锈的金属轨道隐约可见，显示出电车曾经运行的路线。我们又看见一辆电车，孤零零的，没有窗户，破旧不堪，几乎侧翻。我们环视地平线，却找不到河畔的第三幢摩天高楼，而且第二幢的剪影顶端也残缺不全。我们分成几列纵队，每个小队似乎都被拉向不同的方向。一个消失在左手边的狭窄小巷里，只留下令人震惊的呻吟声久久回荡。另一个鱼贯走进杂草丛生的地铁入口，嚎叫间的笑声只能用疯狂形容。我所在的队伍被吸引着走向开阔的乡野，很快感觉到了与炎热秋季格格不入的寒意。我们大踏步走进黑暗的荒地，见到周围的邪恶白雪在月光下闪闪发亮。没有任何足迹、难以解释其存在的白雪，中间只分出了一条通道，尽管两侧的雪墙反射着月光，那条沟壑却比夜色还要黑暗。我们梦游似的走进那条深沟，相比之下队伍显得微不足道。我在末尾踟蹰不前，因为被月光染成绿色的白雪中的黑色沟壑让我害怕，随着同伴的身影依次消失，我觉得我听见了令人不安的哀嚎的回响，然而我停止前进的意志力非常薄弱。就仿佛已经进去的那些人在召唤我，我浑身颤抖，胆战心惊，半飘半走地进入了庞然雪垛之间那视不见物、无法想象的旋涡。

感官敏锐得歇斯底里，精神错乱得丧失反应，只有诸神才能说清那是一种什么体验。让人恶心、有感知力的黑影在不是手的手中翻腾，盲目地盘旋经过腐烂造物的恐怖午夜，死亡世界的尸体长满曾是城市的溃疡，阴森的狂风扫过苍白的群星，它们的闪耀随之变暗。世界之外存在着恐怖生物的模糊鬼魂，不洁神殿那若隐若现的廊柱坐落在太空下无可名状的岩石之上，直插光明与黑暗的领域以外令人眩晕的虚无真空。就在这催人呕吐的宇宙坟场之中，从超越时间的不可思议、没有光亮的密室中，传来了使人疯狂的沉闷鼓声、亵渎神圣的长笛吹出的尖细单调的呜咽声。随着这可憎的敲击声和吹笛声，缓慢、笨拙而荒谬地跳起舞蹈的是庞大、阴郁的终极神祇——这些盲眼、无声、无意识的畸形怪物，它们的灵魂就是奈亚拉托提普。

潜伏的恐惧

烟囱上的阴影

我去风暴岭山顶那座荒弃古宅追寻潜伏的恐惧，那个夜晚天空中雷声滚滚。我并非单独一人，尽管我对怪诞和恐怖的热爱使得我的职业生涯成了接连不断的在文学与生活中求索奇异可怖之物的旅程，但我没有让这种感情把我变得有勇无谋。两个肌肉发达的忠诚壮汉跟着我，机会到来时我就叫来了他们，在我那些可怕的探索活动中，他们已经与我合作很久了，因为他们格外适合做这些事。

我们悄悄地离开村庄，因为自从一个月前的可怖恐慌事件——噩梦般令人毛骨悚然的死亡——发生后，直到现在仍有记者在此逗留。后来我想到他们或许能够帮助我，但我当时并不想见到他们。上帝啊，若是我允许他们一同参加探索行动，我大概就不需要独自背负这个秘密如此之久了。我之所以独自背负秘密，是担心世人会说我发疯或被潜藏其中的可怖寓意逼疯。然而现在我无论如何都要开口了，否则堆积在内心的思绪会让我发狂，真希望我从一开始就没有隐匿真相。因为我，也只有我，知道是什么样的恐怖之物潜伏在那座幽冥般的荒凉山峰上。

我们乘一辆小型汽车在原始森林和丘陵地带穿行了许多英里，直到被林木覆盖的陡坡挡住去路。夜色之下，没有了平时闹哄哄的成群调查人员，这片乡野在我们眼中显露了险恶得异乎寻常的一面，我们时常不顾有可能会引来注意而使用乙炔头灯。天黑后，这里看上去不怎么安全，即便我对潜行于此的恐怖之物茫然无知，也会感觉到弥漫此处的病态气氛。这里没有野生动物，死神窥伺之时，它们比人类更加睿智。被闪电打得伤痕累累的古树变得逆反自然地庞大和扭曲，其他植物反常的浓密和躁动，杂草丛生、遍布雷击熔岩的地面上隆起了古怪的土堆和圆丘，让我想起等比例放大无数倍的毒蛇和骷髅头。

恐惧已经在风暴岭潜伏了一个多世纪。灾难使得全世界第一次注意到了这块区域，我也是在阅读新闻报道时才知道具体情况的。此处是卡茨基尔山脉里一块荒凉而偏僻的高地，荷兰文明曾短暂而无力地渗透进来过，败退后只留下了几幢近乎废墟的宅邸和一些堕落退化的后代，他们住在与世隔绝的山坡上的几个可鄙的小村庄里。州警队伍设立之前，普通人极少造访这片地区，但即便到了现在，警察也极少在巡逻时来到此处。另一方面，那种恐惧在附近所有的村庄里都是个历史悠久的传统，这些可怜的杂交种偶尔会离开他们居住的山谷，用手工编织的篮子交换他们无法通过狩猎、养殖或制造得到的基本生活必备物品。

潜伏的恐惧居住在人们避而远之、荒弃多年的马滕斯宅邸中，这座建筑物位于坡度渐缓的最高处。这个地方由于时常遭遇雷暴袭击，因而得名风暴岭。一百多年以来，这座树木环绕的古老房屋始终是极其疯狂和异常恐怖的民间故事的题材。这些故事声称有种无声致命的、体型庞大的蠕行魔物每逢夏季就会肆虐乡里。流民啜泣着坚称有恶魔会在天黑后抓走落单的旅行者，他们或者就此失踪，或者遭到肢解啃噬后令人惊恐地被弃尸荒野；偶尔还会悄声说有血迹一直通向山顶宅邸。有人说雷声能将潜伏的恐惧召唤出栖身之处，也有人说雷声就是它的吼声。

除了这片穷乡僻壤的居民，谁也不会相信那些五花八门、互相矛盾的故事，尤其是人们对只被瞥见半眼的魔物的描述总是支离破碎、过度夸张。然而，农夫或村民都毫不怀疑马滕斯宅邸是食尸恶鬼的出没之地。这栋房子没有什么特别的历史，调查人员在听取非法居住者讲述一些格外栩栩如生的故事后也曾探访过那座建筑物，但从未发现过任何值得恐惧的证据。老祖母们讲述马滕斯幽魂的怪异传说，这些传说涉及马滕斯家族本身、家族遗传的奇特的异色双瞳、反常的漫长家族史和诅咒了这个家族的凶案。

带我来到事发现场的恐怖事件出乎意料、不祥地印证了此处山民最疯狂的传奇故事。夏天的一个夜晚，一场猛烈得前所未有的雷暴雨过后，非法居住者闹出的喧杂声响吵醒了附近乡间的所有人，普通的噩梦绝对不可能制造出这种响动。可怜的当地人聚在一起尖叫哀嚎，称不可名状的恐怖降临在他们头上，人们没有怀疑他们。他们没有看见它，但听见了从一个小村庄传来的惨叫声，因此知道蠕行的死神已经来了。

天亮后，民众和州警跟着颤抖不已的山民来到他们所谓死神降临的地方。死神确实来过。闪电打得一个非法聚集村落的地面凹陷，几间散发恶臭的棚屋被摧毁。然而与有机体遭受的毁灭性打击相比，财产损失简直无足轻重。应该有七十五人居住在这里，但放眼望去连一个活物都看不到。地面一片狼藉，遍布血液和人类遗体的碎块，它们过于生动地展示了恶魔般利齿和尖爪的摧残痕迹，可是人们却没有看见离开屠杀现场的明显足迹。大家迅速达成一致的意见，认为罪魁元凶是某些可怖的动物，而不是提出指控，认为看似神秘莫测的死亡事件仅仅是堕落退化社群中常见的龌龊残杀。人们发现估计人口中有大约二十五人并非死亡而是失踪后，这个指控被提了出来，却依然难以解释五十个人如何能被数量仅有一半的二十五人杀害。但事实仍旧是事实：夏天的一个夜晚，闪电从天而降，留下一个无人生还的村庄，而尸体遭到了可怕的摧残、撕咬和抓挠。

激动的乡村居民立刻将这起恐怖事件与闹鬼的马滕斯宅

邸联系在了一起，尽管两者之间相距超过三英里。州警对此表示怀疑，只是漫不经心地将宅邸纳入调查范围，发现宅邸已经彻底空置后就完全放弃了这条线索。乡间和村庄的居民却极为仔细地搜查了那座建筑物，把屋子里的东西翻了个遍，探到池塘和溪流的底部，夷平灌木丛，翻查附近的森林。然而一切努力都徒劳无功。除了毁灭生命，死神来去无踪。

调查进入第二天，报纸大肆渲染这个事件，记者蜂拥而至风暴岭。通过采访当地的老太婆，他们细致地报道了这起惨案，阐明恐怖魔物的历史。刚开始我只是没精打采地阅读那些报道，因为我是一名恐怖事物的鉴赏家。但一周过后，我觉察到事件中有某种气氛奇异地让我感到不安，于是1921年8月5日，我来到勒弗茨角村——离风暴岭最近的一个村庄，公认的调查人员大本营——住进记者云集的一家旅馆。三周后，记者逐渐散去，我可以基于这段时间内细致询问和勘察得到的结果，自由自在地展开一场可怖的探险了。

就这样，在今天这个夏季的夜晚，听着隆隆雷声从远处传来，我停车熄火，带着两位全副武装的同伴，徒步爬上风暴岭最后一段遍地土丘的山坡，将手电筒的光束投向逐渐出现在前方大橡树之间犹如鬼魅的灰色墙壁。在这个病态的黑夜里，孤单而无力的摇曳照明之下，巨大的箱形建筑物呈现出了白昼难以揭示的恐怖的隐晦征兆。但我没有犹豫，因为我带着坚定不移的信念而来，想要确认一个想法。我认为是雷声将死亡恶魔从某个可怖的秘密场所召唤而来的，无论这个恶魔是有形实体还是无形瘟疫，我都想看看。

我先前已经彻底查探过这片废墟，因此非常清楚我的计划。我选择扬·马滕斯的旧卧室充当守夜地点，他的凶案极大地影响了乡野传说。我隐约觉得这位多年前的受害者的居所最适合实现我的目标。这个房间的面积约为二十平方英尺，和其他房间一样，也装着曾经是家具的垃圾废物。房间位于二楼的东南角，房间东面开了一扇大窗，南面是一扇较窄的窗户，两者都没有了玻璃和百叶窗。东面大窗正对着巨大的荷兰式壁炉，用瓷砖拼贴出浪子回头的圣经画，南面窄窗对着一张嵌入墙壁的大床。

经过枝叶过滤的雷声越来越响，我开始安排计划的细节。首先，我将随身带来的三副绳梯并排拴在大窗的窗台上。我知道它们通往外面草丛中一个合适的位置，因为我亲自测量过距离。然后我们三个人从另一个房间拖来一张四柱大床，将它横放在窗前。我们在床上铺满杉树的枝条，然后拔出枪躺在床上，两个人休息，第三个人放哨。无论恶魔从哪个方向来，我们都有可用的逃生路径。假如它从宅邸内部来，我们可以爬窗口的绳梯逃跑，假如从外面来，则是房门和楼梯。根据先前的案例判断，即便在最不妙的情况下，它也不会追赶我们到太远的地方。

我从午夜到凌晨一点放哨，尽管置身于险恶的老宅之中，身旁是毫无遮挡的窗户，雷鸣和闪电离我们越来越近，但我奇异地感觉非常疲倦。我躺在两名伙伴之间，乔治·本奈特靠近窗户,威廉·托比靠近壁炉。本奈特睡着了,对我造成影响的异乎寻常的瞌睡感显然也捕获了他,尽管托比的脑袋也耷拉下去了,但我还是指定他值下一轮班。说来奇怪,我竟然极其专注地盯着壁炉看个不停。

越来越响的雷声肯定影响了我的梦境,因为在我入睡的短暂时间里,启示录般可怖的幻象进入了我的脑海。有一会儿我半梦半醒,多半是因为靠近窗口睡觉的人不太安稳,把一条胳膊压在了我的胸口上。我没有清醒得足以看见托比是否在放哨,但对此格外焦虑。邪恶之物的存在从未如此强烈地折磨着我。后来我肯定又睡着了,因为当超乎我过去全部经验和想象的尖叫声将夜晚变得无比可怖时,我的意识陡然跳出了一片幽魂般的混沌。

那种尖叫能让人类恐惧与痛苦的灵魂绝望而疯狂地抓挠通往遗忘的乌木大门。我在赤红的疯狂和魔性的嘲笑中惊醒,越来越深地跌进病态恐惧和切骨痛苦在其中无穷重复与回荡的不可思议的景象。房间里没有一丝光,但我右手边空荡荡的,因此我知道托比不见了,只有上帝才知道他的去向。我左手边那位沉睡者的胳膊还沉甸甸地搁在我的胸口上。

就在这时,毁灭性的雷霆震撼了整座山峰,闪电照亮了古老森林里最黑暗的地穴,劈裂了扭曲树木中最年长的元老。一颗恐怖的火球爆发出魔怪般的闪光,沉睡者忽然惊醒,强光从窗外照进来,将他的影子清晰地投在火炉上方的烟囱上,我的视线再也没有转开。我依然还活着,而且没有发疯，这是个我无法理解的奇迹。我无法理解，因为烟囱上的黑影绝对不属于乔治·本奈特或任何一名人类，而是亵渎神圣的畸形怪物，来自地狱最底层的深渊。这个无可名状、没有定形的可憎魔物，任何一个意识都不可能完全记住它，任何一支妙笔都不可能清晰描述它。下一秒钟，我就孤零零地待在这座受诅咒的宅邸里了，浑身颤抖，胡言乱语。乔治·本奈特和威廉·托比没有留下任何踪迹，甚至都没来得及反抗，从此下落不明。

暴风雨中的过路者

在森林环绕的宅邸中经历过那场骇人事件后，我紧张而疲惫地在勒弗茨角旅馆的房间里躺了好几天。我不记得我是如何回到车上、启动引擎和不为人发现地溜回村庄的了。因为我的脑海里没有留下任何清晰的印象，只记得伸展狂野手臂的参天巨树、恶魔般低沉的雷声和映在那附近随处可见的低矮土丘上的冥府幽影。

我颤抖着思索是什么投下了那足以让大脑崩裂的黑影，我知道我终于挖出了世间最无可比拟的恐怖魔物——它是来自外部虚空的无可名状的灾害，我们偶尔能听见它在空间最偏僻的角落发出的恶魔般的微弱抓挠声，但我们有限的视觉仁慈地免除了我们目睹它的机会。我见到的黑影，我几乎不敢分析或辨认它的形状。那天夜里有某种东西躺在我和窗户之间，每次我无法遏制本能去识别它的本源，身体就会开始颤抖。要是它发出了一声嘶吼、吠叫或窃笑该多好啊，即便是这些异响，也能减缓那宛若深渊的丑恶感觉。然而它却是那么沉默。它将一条沉重的手臂或前腿压在了我的胸口上……显然它是有机生物，至少曾经是……扬·马滕斯，我侵入了他的房间，他埋葬在宅邸附近的墓地里……我必须找到本奈特和托比，假如他们还活着……它为什么先挑选了他们，把我留到最后？……睡意如此浓重，而梦境如此恐怖……

没过多久我就意识到我必须把这段经历告诉其他人，否则肯定会彻底精神崩溃。我已经下定决心，绝对不会放弃探寻潜伏的恐惧，因为无知让我焦躁不安，无论事实证明真相有多么恐怖，我都认为不确定比直面真相更令人痛苦。我相应地在脑海里构思了最合理的策略：我该选择谁来托付我的信任，我该如何寻找那个毁灭了两个人、投下噩梦般黑影的怪物。

我在勒弗茨角的熟人主要是亲切友善的记者，他们中间有几位还留在村里，搜集那场悲剧的最终回响。我决定在他们里面选择一名同伴，我越是思考，就越是觉得我属意一个名叫亚瑟·芒罗的男人，他肤色黝黑、身材瘦削，年约三十五岁，他的教育背景、品位、智力和脾气全都证明他这个人不会受到传统观念和经验的束缚。

9月初的一天下午，亚瑟·芒罗听我讲述了那段经历。我从一开始就发觉他既表示出了兴趣又对我感到同情，我讲完以后，他用敏锐的思维和明智的判断分析和讨论整件事情。更重要的是，他的提议极其讲求实际，他认为我们应该推迟在马滕斯宅邸的行动，先用更充实的历史和地理资料武装头脑。在他的主持下，我们走遍乡间，搜寻有关可怖的马滕斯家族的情报，最终发现一名乡民的祖辈的日记具有无与伦比的参考价值。山里有些混血儿在那起恐怖和混乱的惨剧后没有逃往更偏僻的山坡，我们花了大量时间与他们交谈。我们的终极目标是在其详尽历史的指引下毫无遗漏而明确地仔细调查整幢宅邸，在此之前我们要同样毫无遗漏而明确地仔细调查与非法居住者传说中各种惨剧存在关联的所有地点。

调查的结果刚开始谈不上有什么启发性，但制作成表格后，它们似乎揭示出了一个颇为显著的趋势。简而言之，恐怖事件频发的地区靠近那座宅邸，或者靠近宅子旁过分茂密的森林。然而也存在例外。是的，吸引了全世界目光的那起恐怖事件就发生在没有树木的开阔空间内，它和那幢宅邸还有与其相连的森林毫无相似之处。

至于潜伏的恐惧是什么、长得像什么，我们从惊恐而愚蠢的棚屋居民那儿一无所获。他们一口气就说出了一条蛇和一个巨人、一个雷霆恶魔和一只蝙蝠、一只秃鹫和一棵会行走的树之类的描述。然而，我们依然认为我们有正当理由认为它是活生生的有机生命，对雷暴极为敏感。尽管部分故事提到了翅膀，但根据它厌恶开阔空间的特征，陆生动物的推测更有可能成立。与后者不相容的事实只有一点，那就是敏捷性，这个怪物的动作必须极为敏捷，才能完成之前的恶行。

熟悉那些非法居住者之后，我们觉得他们在许多方面奇怪地讨人喜欢。他们是淳朴的生灵，不幸的血脉和与世隔绝致使他们退化。他们害怕外来者，但慢慢地习惯了我们的存在。后来在搜寻潜伏的恐惧时，我们砍掉了宅邸周围的所有灌木丛，拆毁了所有分隔墙，他们给了我们巨大的帮助。我们请他们帮我们寻找本奈特和托比，他们表现出了由衷的哀伤。因为他们想帮助我们，但知道这两位受害者和他们失踪的族人一样，也已经彻底从这个世界上消失了。事实上，他们有大量同胞被杀和失踪，本地的野生动物同样早已灭绝，我们对此当然已经深信不疑，满怀忧惧地等待着新的悲剧来临。

10月中，毫无进展使得我们陷入了迷茫。最近的夜晚总是晴天，阻止了恶魔侵袭的发生，我们对宅邸和乡野的搜索完全徒劳无功，几乎逼得我们要将潜伏的恐惧视为某种非物质的存在了。我们担心天气转冷会妨碍调查，因为所有人都赞同恶魔到冬天通常会暂时蛰伏。因此，我们怀着匆忙和绝望的心情，赶在夏令时的最后一周前去搜查恐怖之物造访过的小村庄。由于非法居住者的恐惧情绪，这个小村庄如今已经空无一人。

非法居住者的小村庄没有名称，在缺少树木但有山峰遮风挡雨的谷地中已经存在了很久，两侧的高地分别叫锥山和枫丘。村庄更靠近枫丘一侧，有些粗糙的住所就是在枫丘的山坡上挖出来的窑洞。从地理角度说，小村庄位于风暴岭山脚西北两英里之处，离橡树围绕的宅邸大约三英里。就小村庄和宅邸之间的路程而言，从小村庄出发有足足二又四分之一英里完全走在开阔的乡野中，除了一些仿佛盘蛇的低矮土丘，地面颇为平整，植被只有牧草和零散的杂草。考虑到这样的地形，我们最终得出结论，恶魔肯定来自锥山的方向，锥山是一道遍覆林木的南向狭长山体，终点与风暴岭最西头的突出部相距不远。我们跟随蛛丝马迹最终找到了地形突变之处：枫丘上一起滑坡的发生地点，一棵单独生长、参差断裂的高大树木，召唤出邪魔的那道闪电就落在它的树身上。

亚瑟·芒罗和我超过二十次仔细搜查被侵袭的村庄的每一英寸土地后，气馁的情绪夹杂着另一种模糊而全新的恐惧充满了心头。发生了如此骇人的惨案之后，我们却没有找到任何线索，这一点本身就极为反常，即便是可怖和反常在此处已经殊为普遍。我们在阴云密布、越来越暗的天空下行动，一方面觉得做什么都是徒劳，另一方面又觉得必须做些什么，两者结合产生了一种可悲的漫无目标的狂热情绪。搜查变得更加细致，我们重新走进每一间村舍，再次在每一个窨洞里寻找尸体，翻遍了附近山坡上每一丛荆棘的根部，查看有没有巢穴或洞窟，但一切努力均告失败。可是，就像我说过的，新的、不确定的恐惧凶险地笼罩着我们，就仿佛有长着蝙蝠翼的狮鹫隐伏于山巅，用看遍了宇宙深渊的妖魔巨眼睨视人间。

下午的时间悄然过去，光线越来越暗，我们逐渐看不清东西了。雷暴云在风暴岭上空聚集，隆隆雷声传入我们的耳朵。在这么一个地方响起的雷声自然让我们心惊肉跳，还好此刻不是夜晚，否则比它更轻微的声音也会造成同样的效果。话虽如此，但我们衷心希望暴雨能持续到黑夜完全降临之后。怀着这样的希望，我们结束了在山坡上毫无目标的搜寻，准备赶往最近一个有人居住的小村庄，召集一批非法居住者协助我们进行调查。他们尽管胆小，但还是有几个年轻人，因为我们的保护和指导而受到鼓舞，答应提供一些帮助。

可是，我们刚改变前进的方向，足以阻挡视线的滂沱大雨就落了下来，找地方躲雨变得迫在眉睫。天空极度黑暗，几乎像是深夜，害得我们凄惨地磕磕绊绊，借着频繁划破天空的闪电的光亮和我们对小村庄的详尽了解，我们很快找到了漏雨情况较轻微的一间小木屋。这间小木屋是用原木和木板胡乱钉成的，依然完好的房门和唯一的小窗都面对枫丘。我们插上门闩，抵挡狂风暴雨，然后又装上粗糙的窗板，我们先前已经搜索了许多次，因此知道窗板放在何处。木屋里伸手不见五指，坐在摇摇晃晃的木箱上，这种处境令人沮丧，但我们还是点燃了烟斗，偶尔用手电筒照一照周围。我们时不时能从墙上的裂缝中看见闪电，下午的天空暗得难以置信，每一道闪电都极为清晰。

暴风雨中的等候让我颤抖着想起了风暴岭上那个恐怖的夜晚。自从经历了那场噩梦，一个怪异的问题就一直在我心中回荡，此刻这个问题又跳进了我的脑海。我再次陷入沉思，无论恶魔是从窗口还是从室内摸近我们三个人的，在被那个巨大的雷霆火球吓走之前，它为什么会先抓走左右两边的两个人，却把中间的一个人留到最后呢？不管从哪个方向摸近，我都应该排在第二个，它为什么不按照自然顺序下手呢？它难道是用什么长而又长的触手掠食的吗？或者莫非它知道我是首领，打算让我面对比那两位同伴更可怕的命运？

就在这些纷乱的思绪中，老天像排戏似的存心想让这些念头变得更加恐怖，一道极其强烈的闪电落在附近，山崩滑坡的巨响随之而来。与此同时，狂风的嚎叫声噩梦般地越来越响。我们确定枫丘上那棵孤零零的大树又被击中了，芒罗从木箱上起身，走向小窗去确认损伤的程度。他取下窗板，风雨声震耳欲聋，我完全听不见他在说什么。我望着他探出身去，试图想象已经化为万魔殿的大自然。

　　风势渐渐平息，异乎寻常的黑暗开始消散，说明雷暴雨正在过去。我原本希望这场雨能一直下到夜里，帮助我们探究真相，然而一丝微弱的阳光从我背后墙板上的节孔照进房间，这种可能性因此消失。我向芒罗建议，我们不妨把房间里弄得光亮一点，稍微淋淋雨也在所不惜，我提起门闩，拉开简陋的木门。室外的地面一片狼藉，布满了烂泥和积水，那场小型滑坡给山坡增加了许多个新鲜的土堆。然而我并没有看见任何东西值得我的同伴探身在窗外默不作声地注视。我走到他所在的窗口，拍了拍他的肩膀，但他一动不动。我开玩笑地摇了摇他，拉着他转过来，一时间致命的恐怖用触手缠住了我，这种恐怖扎根于超越时间存在的无限遥远的过去和深不可测的黑夜深渊。

　　因为亚瑟·芒罗已经死了。**他的头部遭到啃咬和挖凿，面部已经荡然无存。**

红色光芒的含义

1921年11月8日，一个被暴风雨蹂躏的夜晚，在一盏投下阴森暗影的提灯帮助下，我像白痴似的独自挖掘扬·马滕斯的坟墓。我是从下午开始挖掘的，因为当时有一场雷暴雨正在酝酿，此刻天已经黑了，风雨已经在密实得癫狂的枝叶之上爆发，我感到非常愉快。

我认为自从8月5日的惨剧过后，我的意识就有一部分脱离了正轨。古宅里魔鬼般的影子，努力探究真相却屡屡碰壁，10月那场暴雨中在小山村发生的惨剧。事后我为我无法理解其死因的同伴挖了一个墓穴。我知道别人同样不可能理解，就让他们以为亚瑟·芒罗迷路失踪了吧。他们组织过搜索，却一无所获。非法居住者也许能理解，但我不敢进一步惊吓他们了。我本人似乎冷淡得不近人情。我在宅邸里受到的震撼影响了我的大脑，我现在只剩下了一个念头，那就是查明这个已经在我脑海中变得无比巨大的恐怖魔物的真相，使得我发誓坚持沉默和单独行动的亚瑟·芒罗之厄运的真相。

仅是我掘墓的景象就足以让任何一个普通人心惊胆战了。巨大、狰狞的原始树木在头顶睥睨我，就像地狱般的德鲁伊神庙的立柱。它们让雷声变得发闷，风声变得安静，只允许极少的雨点落到地面。宅邸后院疤痕累累的树木之间，枝叶间漏下的微弱闪光照耀下，荒弃古宅爬满潮湿藤蔓的石墙拔地而起，无人照看的荷兰式花园离我比较近，某种白色真菌状、过度营养、从未见过充足阳光的恶臭植物已经彻底污染了步道和花坛。离我最近的是坟场，畸形的树木肆意伸展疯狂的枝杈，根系顶开了不洁的石板，从沉睡其下的物事中汲取毒液。在极其古老的黑暗森林中腐烂和衰败的棕色枯叶覆层之下，我时不时能看见一些低矮土丘的险恶轮廓，它们是这片闪电肆虐之地的标志性地貌。

历史带领我找到这个古老的坟墓。是的，其他一切都结束于恶魔般的嘲讽之中，我拥有的只剩下了历史。现在我认为潜伏的恐惧没有实体，而是一个长着獠牙的幽灵，乘着午夜闪电来去。从我和亚瑟·芒罗一起挖掘出的大量当地传说来看，我认为这个幽灵就是死于1762年的扬·马滕斯。这就是我像白痴似的挖掘他的坟墓的原因。

马滕斯宅邸由亥赫特·马滕斯修建于1670年，他是一位富裕的新阿姆斯特丹商人，对英国统治下的地位变动感到不满，于是找了一块偏僻林地的山顶，修建了这座宏伟的住所，他很高兴此处杳无人烟，风景优美。这个地点只有一个不足之处，那就是每逢夏季就常常遭到猛烈的雷暴雨袭击。在选择此处山顶修建宅邸时，马滕斯先生以为这种频繁爆发的自然现象只是那一年的特殊情况。然而随着时间推移，他知道这种事在当地极为常见。后来他发现这种雷暴雨对他的健康有害，于是他增建了一间地下室，在暴风雨最猛烈的时候入内躲藏。

亥赫特·马滕斯的后代不如他那么有名，因为他们是在仇视英国文明的环境中被抚养长大，得到的教导是避开而不是接受殖民者。他们的生活极度与世隔绝，据说孤立导致他们的语言和理解能力都出现了偏差。从外貌上来说，他们所有人都具有异色双瞳的遗传特征，一只眼睛是蓝色，另一只是棕色。他们与社会的接触变得越来越少，到最后只能和庄园内众多的奴仆家庭通婚。这个繁茂家族中有很多人显示出堕落和退化，搬到山谷的另一头居住，融入混血儿人群之中，如今这些可怜的定居者就是他们的后代。剩下的那些人阴郁地抱着祖传的宅邸不放，变得越来越排外和寡言，对频繁爆发的雷暴雨养成了一种神经质的反应方式。

外界对这些事情的了解主要来自年轻的扬·马滕斯，奥尔巴尼会议的新闻传到风暴岭，他在某种躁动情绪的驱使下加入了殖民地军队。在亥赫特的子孙中，他是第一个出去见世面的。六年的军旅生涯结束后，他于1760年返乡，尽管他也有马滕斯家族的异色双瞳，但他的父亲、叔伯和兄弟都像憎恨外来者一样憎恨他。马滕斯家族的怪癖和偏见不再能够打动他，山中的雷暴雨也不像以前那样毒害他的心灵了。恰恰相反，周围的环境使他感到抑郁，他时常写信给奥尔巴尼的一位朋友，称他计划舍弃家族的庇荫。

1763年春，扬·马滕斯在奥尔巴尼的朋友乔纳森·吉福德，因为通信伙伴的沉默而担忧。考虑到马滕斯宅邸的气氛和扬与家人的不和，他就更加着急了。他决定亲自去探望扬，于是骑马进入山区。根据他的日记，他于9月20日来到风暴岭，发现宅邸的情况极为衰败。长着古怪眼睛的马滕斯家族性格阴沉，他们污秽的动物性一面让他震惊，他们用断断续续的喉音说话，声称扬已经死了。他们坚称他在去年秋天被闪电劈死了，就葬在现已无人打理的下沉式花园背后。他们领访客去看坟墓，坟头毫无标记，连墓碑都没有。马滕斯家族的一些反应让吉福德感到厌恶和怀疑，一周后他带着铁锹和锄头回来，挖开了朋友的坟墓。不出所料，他发现了被蛮力砸烂的颅骨，返回奥尔巴尼后，他公开指控马滕斯家族谋杀了他们的血亲。

尽管缺少法律证据，但消息在乡野地区迅速传开，从那时起，马滕斯家族受到了外部世界的放逐。没有人愿意和他们打交道，民众像对待受诅咒之地似的避开他们偏僻的庄园。他们不知怎的想办法靠领地内的物产坚持了下来，远处山上时常能看见灯光，象征着他们还活着。最后一次有人看见那些灯光是1810年，但到最后灯光出现得越来越不频繁。

另一方面，宅邸和所在的山峰逐渐成了恶魔传说的孕育之地。人们越发不肯靠近那个地方，悄声流传的每一种民间奇谈都在给传说添油加醋。1816年之前，再也没有人去过那里，直到非法居住者发觉宅邸的灯光消失了很长一段时间。人们组织队伍前去调查，发觉老宅早就荒弃，部分已坍塌成废墟。

庄园里没有发现白骨，因此人们猜测他们并没有死，而是离开了。整个家族似乎早在几年前就迁走了，临时搭建的阁楼显示出他们在搬家前已经繁衍了多少人口。他们的文明水准跌落到了极低的程度,朽烂的家具和散落的餐具在其主人离开前已被弃用多年就足以证明这一点。然而尽管令人害怕的马滕斯家族不复存在,但闹鬼古宅造成的恐惧依然如故。随着新的怪异故事在退化堕落的山民之间开始流传,这种恐惧变得更加剧烈了。古宅屹立在山顶上,一个激发恐惧的荒弃场所,与扬·马滕斯的复仇鬼魂联系在一起。我挖开扬·马滕斯坟墓的那天夜里,它依然屹立在我身旁。

先前我用"像白痴似的"形容我漫长的挖掘过程,无论目标还是方法,我这么说都非常恰当。扬·马滕斯的棺材很快就重见天日了,里面只有尘土和硝石,然而我还在气头上,恨不得把他的鬼魂挖出来,于是我毫无理性而笨拙地挖开了棺材底下的土地。上帝才知道我希望能找到什么——我只知道我在挖向一个人的坟墓深处,而他的鬼魂每到夜晚就会出来游荡。

我的铁锹挖穿了脚下的土地,我的脚很快也陷了下去,很难说此刻我究竟挖到了何等骇人的深度。在眼前的环境下,这种事情当然极为恐怖,因为地下空间的存在可怖地证明了我的疯狂猜想。跌下去的一小段距离熄灭了提灯,不过我立刻掏出手电筒,开始观察这条朝两个方向无限水平延伸的狭窄隧道。隧道足够让一个人在其中匍匐穿过,换一个神智健全的人,在此时此刻肯定不会这么做,然而我陷入狂热,早已把危险、理性和洁净抛诸脑后,一心只想揭开潜伏的恐惧的秘密。我选择了宅邸的那个方向,不顾一切地钻进狭窄的隧道。我盲目而迅速地向前蠕动，偶尔用我放在身前的手电筒照一照前方。

该用什么语言形容一个人迷失在深不可测的地底的景象呢？他手足并用，扭曲身体，气喘吁吁。他疯狂穿行于永恒黑暗笼罩下弯曲盘绕的通道之中，完全忘记了时间、安全、方位和目标的存在。这其中不乏令人毛骨悚然之处，然而当时我的情况就是如此。我爬了不知多久，过去的生活褪色变成久远的记忆，我成了幽暗深渊中拱动的鼹鼠和蛆虫的伙伴。事实上，我只会在漫长的蠕动爬行后偶尔打开已经被我遗忘的手电筒，让光明怪异地照亮隧道前方延展、弯曲的板结肥土。

这样爬了不知道多久，手电筒的电池快要耗尽，隧道忽然向上形成陡峭的坡度，改变了我的前进方式。我抬起眼睛，毫无准备地看见我即将熄灭的手电筒在前方一段距离外照出了两团魔鬼般的反光。两团确定无疑、邪恶的光辉激起了让我发疯的模糊的记忆。我不由自主地停下，但大脑做不出让我后退的反应。那双眼睛开始迫近，但我看不清它长在一个什么样的身体上，只能勉强分辨出一只爪子。多么恐怖的爪子！这时我听见头顶上远远传来了轰隆声，我知道这个声音。那是山区的狂野雷声，已经达到了癫狂的强度——我肯定向上爬了不少时间，因此地表离我不远。发闷的雷声隆隆作响，那双眼睛带着空洞的恶意注视着我。

谢天谢地，当时我并不知道那是什么，否则我大概已经死了。召唤出怪物的雷霆救了我，骇人的对峙持续了一段时间，外面看不见的天空中爆发出一道闪电，闪电在这附近时常劈向山岭，被犁开的土地和大小不一的闪电熔岩随处可见，那就是它留下的痕迹。这道闪电以神话般的狂怒撕开这条可憎隧道上方的土壤，让我什么也看不见、什么也听不到，还好我没有昏过去。

山崩地裂，泥土滑坡，周围一片混乱，我绝望地挣扎乱扒，直到雨点落在头上才镇定下来，这时我发现我从一个熟悉的地点爬出了泥土：风暴岭西南山坡上一片没有森林的陡峭空地。接连不断的片状闪电照亮了坍塌的地面和从较高处林木覆盖的山坡向下延伸的怪异矮丘的残骸，然而周围过于混乱，我找不到我是从何处钻出那致命的地下墓穴的了。我的大脑和土地一样混乱，我忽然看见南方远处爆发出一团红色的火光，这时我几乎忘记了我刚才经历的那种恐怖感觉。

然而两天后当非法居住者告诉我那团红色火光是什么时，我感觉到的恐怖超过了肥土隧道、那只爪子和那双眼睛带给我的震颤。之所以更加恐怖，是因为真正发生的事。二十英里外的一个小村庄里，那道帮助我重返地面的闪电造成了一场恐惧的骚乱，一只无可名状的怪物从一棵低垂的大树上掉进了一座房顶难以承重的小木屋。怪物企图肆虐，但狂乱的非法居住者在它逃跑前点燃了小木屋。它掉下去的时候，恰好就是大地砸在长着那只爪子和那双眼睛的不可知之物身上的那个瞬间。

眼睛里的恐怖

假如一个人像我一样了解风暴岭的可怖之处，却依然坚持独自追查潜伏于此的恐惧，那么这个人的精神只怕绝对称不上正常。至少两个恐惧的化身被摧毁了，然而这点成就在栖息着各种恶魔的冥国依然无法保障人们的身心安全。尽管发生的事情和揭示的真相变得越来越骇人，我却在以更强烈的热忱继续探究真相。

在爬行遭遇了那双眼睛和那只爪子两天后，我得知就在那双眼睛盯着我的同一个时间，另一个怪物怀着恶意爬上了一户人家的房顶，我体验到了因惊吓而发生的痉挛。不过，伴着惊吓而生的还有好奇和诱人的怪异感，它们夹杂在一起，最终的产物是几近愉悦的感官体验。有时候在最骇人的噩梦中，不可见的力量抓着一个人掠过陌生的死亡城市的屋顶，飞向尼斯的狰狞巨口，你会觉得尖叫着同梦魇的旋涡坠入无底深渊都是一种快乐。风暴岭这个清醒时置身其中的噩梦亦是如此，发现有两个怪物同时在此处肆虐，我最终产生了一种疯狂的渴望，想刨开那片被诅咒区域的地面，徒手从每一英寸遭到毒害的土壤中挖出在其中睨视我们的死亡。

我以最快速度回到扬·马滕斯的坟墓，重新挖开以前挖掘过的地方，但却一无所获。大面积塌方抹去了地下隧道的所有痕迹，豪雨又把大量泥土冲回坑洞之中，因此我无法判断那天我到底挖了多深。我还艰难地去了一趟烧死那头带来死亡的怪兽的小村庄，然而收获完全比不上我的付出。我在那座倒霉的小木屋的灰烬里找到了几块骨头，但显然都不属于那只怪物。非法居住者称怪物只杀死了一个人，但根据我的判断，他们弄错了，因为除了一名人类的完整颅骨，我还找到了另一些骨骼碎片，它们无疑在某个时候属于一名人类的颅骨。怪物落到房顶上仅仅是一眨眼的事情，尽管有人目击，但没有人能说清它的模样。匆忙间瞥见一两眼的人只是称之为恶魔。我检查了它潜伏的那棵巨树，却没有分辨出任何明显的痕迹。我尝试寻找道路进入幽暗森林，但我实在难以忍受那些病态的庞然树干和恶毒地扭曲盘绕直到钻进地面的蛇形巨大树根，因此最后放弃了这个念头。

  我的下一步行动是像显微镜一样仔细地重新检查那个荒弃的小村庄，死神曾在这里收割了大量生命，亚瑟·芒罗见到了某个东西，却没能活下来描述它的模样。尽管先前徒劳的搜索已经极为细致，但现在我有了新的证据需要验证：恐怖的地下爬行让我相信，这种丑恶怪物至少有一个发育阶段是地下生物。11月14日，这次我将探索范围集中在锥山和枫丘俯瞰不幸村庄的山坡上，尤其是后者的滑坡区域的松软泥土。

  下午的调查没有得到任何收获，黄昏降临时，我站在枫丘上，望着底下的小村庄和山谷对面的风暴岭。绚丽的日落过后，即将满月的月亮升上天空，将银光洒向平原地带、远处的山峦和随处可见的怪异低矮土丘。何等静谧的田园牧歌景象，然而我憎恨它，因为我知道它隐藏着什么。我憎恨嘲讽的月亮、虚伪的平原、化脓的山峰和那些险恶的土丘。在我眼中，一切都感染了令人憎恶的传染疾病，受到隐秘、扭曲力量同谋的操控。

我心不在焉地望着月光下的这一切，某种地形要素的性质与排列方式之中的怪异特征逐渐吸引了我的视线。我对地理学缺乏深入了解，但从一开始就觉得附近地区的古怪土堆和圆丘很不寻常。我注意到它们广泛分布于风暴岭周围，在平原地带比较少，在山顶附近比较多，史前冰川在演奏它惊人的幻想曲时，无疑发现山顶附近的阻力比较小。此时此刻，月亮低垂，月光投下长长的怪异阴影，一个极有说服力的念头忽然跃入脑海：土丘构成的点线系统与风暴岭的山顶有着某种奇异的关系。山顶无疑是中心，从它无定形、无规则地辐射出了一排排、一行行的点，就仿佛衰败的马滕斯宅邸投出了无数条肉眼可见的恐怖触手。关于触手的念头让我难以解释地战栗起来，我停下来，转而分析我为什么会认为土丘是冰川活动的现象。

我越是分析，就越不这么认为，我打开了思路，怪诞而恐怖的类比基于地表面貌和我在地下的恐怖经历如泉水般涌了出来。我不由自主地喃喃自语，吐出支离破碎的疯狂词句："我的上帝啊！……鼹鼠丘……该诅咒的地方就像个蜂窝……多少个……宅邸的那天夜里……他们先掳走了本奈特和

托比……从左右两边……"我冲向离我最近的土丘，癫狂地挖了起来。我不顾一切地挖掘，身体在颤抖，但欢欣鼓舞。我不停地挖，最后由于某种难以名状的情绪而大声尖叫，因为我挖到了一条隧道或通道，与那个恶魔般的夜晚我爬过的那条几乎一模一样。

在此之后，我记得我在奔跑，一只手拎着铁锹。一场可憎的奔跑，穿过月光照耀下土丘历历可见的草场，穿过闹鬼的山坡丛林下败坏而陡峭的深渊。跳跃、惊叫、喘息，跑向恐怖的马滕斯宅邸。我记得我毫无理性地挖开长满荆棘的地下室的每个角落，只为了找到土丘构成的邪恶宇宙的核心。后来我记得我在偶然发现那条通道时发出了怎样的笑声。这个洞窟位于古老的烟囱底部，浓密的杂草在那里簇生，我带在身边的唯一一根蜡烛投射出怪异的阴影。我不知道究竟是什么依然潜伏于那地狱般的蜂巢中，等待雷霆将其唤醒。怪物已经死了两只，也许没有更多的了。然而我燃烧的决心依然还在，我要揭开恐惧最隐秘的真相，此刻我再次确信那是某种有定形、有实体的有机生物了。

我犹豫起来，考虑是应该立刻拿出手电筒，单独探索这条通道，还是应该回去召集一群非法居住者再踏上征程，然而外面忽然吹来一阵狂风，熄灭了蜡烛，将我置于彻底的黑暗之中，同时也打断了我的思路。月光不再透过头顶的裂隙和空洞照进地下室，标志性的隆隆雷声险恶地越来越近，大难临头的惶恐感觉袭上心头。互相缠结的纷乱念头占据了我的大脑，带领我摸索着躲进地下室最深处的角落。但我的眼睛从头到尾都没有离开过烟囱根部的可怖洞口。闪电刺穿外面的森林，照亮顶壁上的裂缝，微弱的光芒落进室内，我瞥见了崩裂的砖块和病态的杂草。混合了恐惧和好奇的感觉每一秒都在吞噬我。暴风雨会唤醒什么怪物？还有没有怪物能够被召来？借着一道闪电的亮光，我在一丛茂密的植物背后藏好，这里能看见洞口又不会被发现。

假如上天还有一丝慈悲心，那就迟早会从我的意识中抹掉我见到的景象，让我平静地安度余生。如今我夜不成寐，打雷时必须服用鸦片。事情发生得非常突然，毫无征兆。难以想象的遥远洞窟深处响起了仿佛大老鼠奔跑的噩梦般的脚步声，随着一阵地狱般的喘息和闷哼声，从烟囱下的洞口迸发出了麻风鳞屑般不计其数的生物，令人作呕的黑暗子嗣仿佛腐烂有机物的洪流，凡人的疯狂和病态最阴森的结合再怎么丑恶也不可能比得上它的万分之一。它们犹如毒蛇身上的黏液，沸腾着、混杂着、涌动着、翻滚着，从敞开的洞口喷发而出，像传染病似的蔓延开，挤出地下室的每一个开口——它们涌出宅邸，散入被诅咒的午夜森林，前去散播恐惧、疯狂和死亡。

只有上帝才知道它们的具体数量——肯定以千计算。在明灭闪烁的闪电光芒下看着那道洪流，我震惊得无以复加。洪流逐渐稀疏，足以看清单独的个体了，我发现它们都是矮小、畸形、多毛的怪物或猿类，是猴类族群的丑恶而魔异的讽刺变形。它们可憎地毫无声息。落在最后的掉队者之一转过身，以经过长期磨练的娴熟动作抓住一只比较弱小的同伴，习以为常地把后者变成了一顿饭食，从头到尾发出的声音充其量不过一声尖叫。其他个体抢夺剩下的残渣，塞进嘴里吃得津津有味。尽管恐惧和厌恶令我头晕目眩，但我病态的好奇心最终占据了上风。最后一只畸形怪物单独爬出酝酿未知噩梦的深渊世界，我掏出自动手枪，在雷声的掩盖下向它开枪。

血红色黏稠的疯狂洪流，尖啸着、蠕动着，彼此追逐，在闪电丛生的紫色天空下穿过遍地鲜血的无尽通道……记忆中那个鬼怪狂欢的场景，无定形的幻觉和万花筒般的变异。过度营养的畸形橡树连成森林，巨蛇般的树根扭曲着，从栖息着几百万食人恶魔的土地中汲取无可名状的汁液。山丘状的触手从水蛭般悖逆自然的地下源头向外摸索……疯狂的闪电照亮了爬满恶意藤蔓的墙壁、遍覆真菌植被的魔异拱廊……感谢上帝让丧失意识的我凭本能回到人类居住的地方，回到在晴朗夜空和静谧群星下沉睡的小山村。

我花了足足一个星期恢复，然后从奥尔巴尼请了一群人来用炸药摧毁马滕斯宅邸和风暴岭的整个山顶，堵死能找到的所有土丘下的地洞，砍伐一些营养过剩、仅凭其存在就足以侮辱理性的巨树。他们做完这些事之后，我稍微能睡一会儿了，但只要我还记得潜伏的恐惧背后是何等无可名状的秘密，真正的安眠就永远不会到来。这件事将日夜纠缠我，谁敢保证灭绝措施是彻底的，世界上的其他地方不存在类似的现象呢？知道了我脑子里的那些事情，谁想到地下的未知洞窟会不对未来的某些可能性产生噩梦般的恐惧？我见到井口或地铁口都会忍不住颤抖……医生为什么不能给我一剂猛药，帮助我睡眠，在打雷时让大脑保持平静？

开枪打死无法用语言形容的落单怪物后，我在手电筒的光芒下见到的景象实在太平常了，过了将近一分钟，我才醒悟过来，精神陷入狂乱。那东西令人恶心，有点像一只肮脏的白毛猩猩，有着尖利的黄牙和缠结的毛发。这是哺乳动物退化的终极产物；是在与世隔绝的环境下交配繁衍、在地上和地下靠吃人保证营养的可怖结晶；是潜伏在生命背后混沌和恐怖的化身。它死去时看着我，这双眼睛唤起了我混乱的记忆，它和在地下隧道里瞪着我的那双眼睛一样，也拥有某种怪异的特征。**一只眼睛是蓝色的，另一只是棕色的**。它们是古老传说中马滕斯家族的异色双瞳，无声的恐惧顿时吞噬了我，我知道了那个消失的家族后来的命运。因雷声而发狂的可怕的马滕斯家族。

节日祭典

> 魔鬼迷惑人心，扭虚幻为现实。
> ——拉克坦提乌斯

我远离家乡，东方海洋的魔咒落在我身上。暮光时分，波浪拍击岩石的声音传入耳中，知道它就在山丘的另一侧，晴朗的夜空和最早出现的几颗晚星映衬着山丘上七扭八歪的柳树。由于父辈的召唤，我正在前往一个古老的小镇，我踩着刚落下不久的浅薄积雪走在小路上，这条路沿山坡向上延伸，指向在树枝间闪烁不定的毕宿五，通往我从未见过但经常梦到的古老小镇。

时值圣诞节日，尽管人们称之为圣诞节，但大家心里都知道这个节日早于伯利恒和巴比伦的时代，早于古埃及的孟菲斯甚至早于人类。节日当天，我终于来到了东方海边的这个古老小镇。古时代节日祭典被禁止之后，我的族人来到这里定居，私下里继续举行仪式。他们还命令子孙后代，每百年都必须举行一次节日祭典，以免远古秘密的记忆在岁月中遗失。我的族人历史悠久，早在三百年前这片土地有人定居前就已经有了悠久的历史。他们是异邦人，因为他们是黑皮肤的鬼祟遗民，来自南方令人陶醉的芝兰花园，说的是另一种语言，后来才学会了蓝眼渔民的语言。如今他们分散各方，唯一共同拥有的就是没有其他活人知晓的神秘仪式。那天晚上，只有我一个人在传奇故事的引诱下回到这个古老渔村，为的仅仅是可怜而孤独的缅怀而已。

踏上山丘的顶端，黄昏时分的金斯波特冷冰冰地出现在眼前。白雪皑皑的金斯波特还有着老旧的风向标和尖顶、屋脊大梁和烟囱管帽、码头和小桥、柳树和墓地。陡峭、狭窄、弯弯曲曲的街道构成的无穷曲径，顶端屹立着教堂、连时间都不敢侵袭的镇中央的险峻山峰。殖民时代的房屋以各种角度和高度搭建、分散在各处，仿佛孩童杂乱无章的积木块一般搭成了无尽的迷宫。霜雪覆盖的山墙和复斜屋顶展开灰翼，显得十分古旧。扇形窗和小拼格窗户在寒冷的暮色中一扇接一扇点亮灯光，与猎户座和远古的群星交相辉映。海浪拍打着朽烂的码头木板，我的族人多年前驶过隐秘永恒的大海来到了这片土地上。

来到山顶的坡道旁，还有一个地势更高的山头，凄凉阴冷，暴露在寒风中，我知道那里是坟场，黑色墓碑在白雪下可怖地探出头来，仿佛庞大尸体身上腐烂的指甲。小路上连一个脚印都没有，非常偏僻，有时候我觉得我能听见远处传来风吹过绞架的可怕的吱嘎声响。1692年，他们吊死了我的四名族人，但我不知道死刑具体在何处执行。

我走向蜿蜒通向海边的坡道，竖起耳朵寻找傍晚时分村镇的欢快响动，然而我什么都没有听见。我想到目前的时节，心想这些老派清教徒说不定有着非同寻常的圣诞习俗，从头到尾都是聚在火炉旁默然祈祷。想到这里，我不再寻找欢声笑语和街头行人，而是径直走过亮着灯光但静悄悄的农舍和阴影笼罩的石墙，古老商店和海边酒馆的标牌在带咸味的微风中吱嘎摆动，空无一人的泥土道路两旁，窗帘拉紧的窗户里透出灯光，照得廊柱之间大门上奇形怪状的门环闪闪发亮。

我看过小镇的地图，知道我的族人住在哪儿。据说他们都认识我，欢迎我的到来，因为传说不会死亡。因此我加快步伐，穿过后街，来到环形广场，踏上全镇唯一一条完全铺上了石板的人行道，踩着新雪走向市集背后绿巷的起点。旧地图依然准确，我没有遇到任何麻烦。他们在阿卡姆找到我的时候声称镇上已经通了电车，那肯定是在骗我，因为我头顶上一条电线都没有。不过就算有电车，轨道肯定也会被大雪盖住。我很庆幸我选择了步行，因为在山顶上看见的白色村庄确实非常美丽。此刻我迫不及待地想敲开我的族人的家门，那是绿巷左手边的第七幢屋子，这幢房屋落成于1650年之前，有着古老的尖屋顶和突出的二层楼。

我来到门前，屋子里亮着灯光，从菱形的窗格看来，它肯定基本上保持了古旧的状态。向外突出的二楼悬在长满

青草的狭窄街道之上,几乎碰到了对面房屋的突出部分,我就仿佛置身于隧道之中,位于低处的石板门阶上没有任何积雪。小街没有人行道,许多房屋的大门却建得很高,需要爬上两端有铁栏杆的台阶才能摸到。这是个古怪的场面,不过新英格兰对我来说很陌生,我本来就不知道这里会是什么样子。尽管景色宜人,但若是积雪上能有几个脚印、街上能多几个行人、房屋能少几扇拉紧窗帘的窗户,我肯定会感到更加愉快。

  我叩响古老的铸铁门环,心里怀着几分畏惧。奇怪的遗产、荒凉的夜晚和有着奇特习俗的古镇的怪异寂静都加剧了我心中的恐惧。我的敲门得到了回应,这时我完全害怕了起来,因为在门吱吱嘎嘎打开之前,我没有听见任何脚步声。然而我的害怕没有持续多久,因为出现在门口的是一位穿睡袍和拖鞋的老先生,他淡漠的面容让我安心,他打着手势告诉我他是哑巴,用铁笔在随身携带的蜡板上写下古老而不寻常的欢迎字句。

他带领我走进一个点着蜡烛的低矮房间,粗大的房梁裸露在外,只有几件黑乎乎的十七世纪的死板家具。历史在这里是鲜活的现实,没有缺少任何一点特质。房间里有个洞窟般的壁炉,还有一台手摇纺车,一个驼背的老妇人背对我坐在纺车前,她身穿宽松的罩衣,阔边女帽压得很低,尽管已是节庆季节,但她依然在纺线。房间里潮湿得无法形容,我不明白为什么没有生火。左侧放着一把高背椅,面对拉着窗帘的成排窗户,上面似乎有人,但我不敢确定。我不喜欢我见到的所有东西,再次感觉到了先前的恐惧。使得恐惧感愈加强烈的正是先前让它消退的东西,因为我越是看老人那张淡漠的脸,那张脸上渗透出的淡漠就越是让我害怕。那双眼睛从不转动,皮肤与蜡也过于相似。最后我断定那根本不是他的脸,而是一张精巧得仿佛出自恶魔之手的面具。他软弱无力的手古怪地戴着手套,在蜡板上用亲切的口吻写字,请我稍等一段时间,然后领我去节日祭典举行的地点。

老人把椅子、桌子和一堆书指给我看,然后转身离开房间。我坐下看书,发现那是一些年代久远的发霉古籍,其中有老摩利斯特狂放的《科学奇迹》、约瑟夫·格兰维尔可怖的《撒都该教徒的挫败》(出版于1681年)、雷米吉乌斯令人震惊的《恶魔崇拜》(1595年出版于里昂),其中最可怖的无疑是阿拉伯疯人阿卜杜拉·阿尔哈萨德的《死灵之书》，而且是被查禁的奥洛斯·沃尔密乌斯的拉丁文译本。我从未见过这本书，但听说过一些与它相关的怪诞传闻。没人和我说话，我只能听见外面招牌在风中晃动的吱嘎声，还有戴着女帽的老妇人默然劳作时纺车转动的呼呼声。我觉得整个房间、这些古籍和这些人都异常病态和令人不安，然而既然我遵从古老的传统，接受父辈的召唤，前来参加陌生的祭典，那么我早就准备好见识怪异的事情。于是我静下心来读书，没多久就战栗着沉浸在了《死灵之书》里，对正常的意志和良知来说书里的内容都过于丑恶。这时我觉得我听见了高背椅所面对的一扇窗户关闭的声音，难道先前有人悄悄地打开了那扇窗户？我非常不喜欢这种感觉。紧接着响起的呜呜声迥异于老妇人转动纺车发出的声音。不过这个声音非常轻微，因为老妇人在非常用力地转动纺车，而古老的挂钟刚好敲响。在此之后，我感到高背椅上没有人了。老人回来的时候，我正在专注而战栗地读书，他换上了长靴，身披宽松而古朴的服装，坐在先前那把高背椅上，因此我看不见他的身影。接下来的等待让我精神紧张，我手里那本亵渎神圣的古籍更是如此。时钟敲响十一点，老人站起身，飘似的走到角落里巨大的雕花木柜前，取出两件带兜帽的斗篷。他自己穿上一件，老妇人放下了手里单调的纺线工作，老人把另一件斗篷披在她身上。两人走向通向室外的大门，老妇人一瘸一拐地缓缓前行，老人拿起我刚才在读的那本书，拉下兜帽盖住他一动不动的脸或面具，示意我跟他走。

我们走进古老得难以想象的小镇，天上没有月亮，曲折的街道织成罗网。合着窗帘的窗户里，灯光一盏接一盏熄灭，天狼星睨视戴兜帽披斗篷的人影悄无声息地流淌出每一个门洞，在这条或那条街道上组成一支支怪异的队伍，经过吱嘎作响的招牌和极为古老的山墙、茅草覆盖的屋顶和菱形窗格的窗户。队伍穿行于陡峭的巷弄之中，腐朽的房屋在两旁层叠交错、风化坍塌。队伍悄然穿过开阔庭院和教会墓地，晃动的提灯拼出怪诞的星座图案。

我置身于默不作声的人群之中，跟随着我一言不发的向导。他们推挤着我的手肘似乎柔弱得异乎寻常，压迫着我的胸膛和腹部软涨得悖反自然。我没有见到任何一张面孔，听见他们说出哪怕一个单词。怪诞的队伍沿着山坡向上蠕行，我注意到所有人正在朝同一个地方会聚，疯狂巷弄的焦点是镇中央那座高丘的顶端，那里屹立着一座庞大的白色教堂。先前在路上爬到坡顶俯瞰黄昏中的金斯波特时我见过这座教堂，当时我不禁心生寒意，因为毕宿五有一瞬间仿佛悬在了阴森尖塔的最顶端。

教堂周围有一片开阔地，部分是教堂墓地，反射出一束束诡异的光线，部分是半铺石板的广场，风几乎扫掉了所有的积雪，旁边林立着一些可憎的古老房屋，都有尖屋顶和突出的山墙。鬼火在坟墓上跳舞，照亮了可怖的景象，却怪异地没有投下阴影。墓地的另一侧没有房屋，我的视线越过山顶，能看见海港上空的闪烁群星，然而小镇却完全隐没在黑暗中。偶尔有一盏提灯恐怖地起伏穿过长蛇般的小巷，前来追赶此刻正在无声无息走进教堂的人群。我等在旁边，看着人群流淌进黑洞洞的大门，等到最后几个掉队者也进去为止。老人屡次拉我的袖子，但我下定决心要走在队伍的末尾。然后我走进了教堂，令我惧怕的老人和纺线的老妇人走在我前方。跨过门槛进入在未知黑暗中挤满了人的教堂之前，我最后扭头看了一眼外部世界，见到墓地的磷光将病态光芒照在山顶的铺路石上。这时我不禁战栗，因为尽管寒风吹走了绝大部分积雪，但靠近门口的小径上还留着几小块。回望的一瞬间，我仓皇的双眼似乎看见经过的人群没有在雪地上留下任何足迹，连我也不例外。

先前进入教堂的那些人的提灯是仅有的照明，但光线昏暗，因为大部分人已经消失了。队伍顺着高背白色长凳之间的过道走向在讲坛前张开可憎大嘴的翻板活门，悄无声息地蠕动着进入地下室。我呆呆地跟着他们走下已经被鞋底磨平的台阶，来到阴冷潮湿、令人窒息的地下室。夜晚游行者队伍的蜿蜒末尾显得异常恐怖，我看着他们扭动着钻进一个古老的墓穴，眼前的景象变得更加恐怖。然后我注意到墓穴的地面上有个洞口，队伍像泥浆似的灌进洞口。没过多久，我们就沿着不祥的台阶向下走了。这条狭窄的螺旋楼梯湿漉漉的，弥漫着一股特殊的气味，它无穷无尽地盘旋着伸向山丘的深处，滴水的石块和剥落的灰泥构成了单调的墙壁。这是一场寂静而令人胆寒的下降，走了长得可怕的一段时间，我注意到墙壁和台阶的材质逐渐改变，现在像是直接从岩石中凿刻出来的了。更让我不安的是，如此之多的脚步落下，却没有发出任何声音和激起任何回声。经过了漫长如万古的下降后，我发现有一些旁道或隧洞从不知名的黑暗深处连通了这条充满了暗夜神秘的巷道。越来越多的通道出现了，仿佛是不洁的地下墓窟，渗透出无可名状的凶险。腐败刺鼻的恶臭渐渐浓烈得难以忍受。我知道我们肯定走出了那座山的范围，已经来到了金斯波特的地下，想到一个如此古老的小镇的地下竟被邪恶之物蛀得千疮百孔，我就忍不住要颤抖。

这时，我看见了苍白的光辉在骇人地闪耀，听见不见天日的暗河在阴森地流淌。我再次颤抖，因为我不喜欢这个夜晚带来的这些事物，痛苦地希望父辈没有召唤我参加这个原始的仪式。台阶和通道变得宽阔，这时我听见了另一种声音：**长笛无力地吹奏出的尖细而嘲讽的呜咽乐声**。忽然间，地下世界广阔无边的景象在我面前展开——喷涌而出的病态绿色焰柱照亮长满真菌的岸边，油腻的河水从从恐怖深渊流淌而出拍打着河岸，汇入古老汪洋最黑暗的缝隙。

我头晕目眩，沉重地喘息着望向这亵渎神圣的阴阳交界：泰坦般的伞菌、丑恶如麻风病的火焰和黏稠的河水，我看见披着斗篷的人们在焰柱旁围成半圆形。这是圣诞节的仪式，比人类更古老，注定要比人类更长久。这个原始的仪式献给冬至和白雪过后春季必将到来的约定。这个仪式属于烈火和永生、光明与音乐。我在冥界般的洞窟里看着他们举行仪式，他们跪拜病态的焰柱，挖出黏糊糊的植物扔进河水，植物在萎黄色的火光中闪烁绿光。我望着这一切，看见一个无可名状的生物远离光源蹲伏于地上，用力地吹奏令人厌恶的嘈杂音乐。它吹笛的时候，我觉得我还听见了某种足以毒害心灵的发闷的振翅声，这种声音从我看不清的恶臭的黑暗深处传来。然而最让我害怕的还是那道焰柱，它像火山似的从深得难以想象的地底喷射而出，不像正常的火焰那样投出阴影，给上方的硝石涂上一层恶心、有毒的铜绿色。尽管火焰在剧烈地沸腾，但没有带来任何暖意，有的只是湿冷黏腻的死亡和腐败。

  领我来的老人蠕动着挤到丑恶火焰的旁边，面对围成半圆形的人群，僵硬地做出仪式性的动作。仪式进行到某几个阶段，人群顶礼膜拜，尤其是当老人将他带在身边的可憎的《死灵之书》举过头顶的时候。既然父辈特地用信件召唤我来参加节日祭典，那么我也只好跟着人群膜拜了。老人朝黑暗中半隐半现的吹笛手打个手势，无力的呜咽笛声改变音阶，声音也稍微响亮了一些；随之而来的恐怖既无法想象也出乎意料。我被如此的恐怖所震慑，趴在长满苔藓的地面上几乎不能动弹，恐惧的源头不属于这颗星球或任何一颗星球，只可能来自群星之间的疯狂太空。

  从冰冷火焰的腐败光芒以外无法想象的黑暗之中，从无声无息、无人知晓地向前涌动的不可思议的黏稠河流所流经的冥国渊薮之中，一群温顺、经过训练的混种有翼生物有节奏地拍打着翅膀飞向众人，健全的眼睛无法看清它们，健全的大脑无法记住它们。它们绝对不是乌鸦、鼹鼠、秃鹫、巨蚁、吸血蝙蝠或腐烂的人类，而是一种我无法也绝对不能记住的生物。它们无力地扑腾前行，半是用长蹼的脚，半是用肉膜翅膀。它们来到祭祀人群之中，戴兜帽的人抓住它们骑上去，顺着没有光照的大河离开，投入孕育惊恐的深渊和通道，有毒的源泉在那里滋养未知的可怕瀑布。

纺线的老妇人已经随着人群离开，只剩下老人站在那里，因为他示意我抓住一头动物，和其他人一样骑上去，但我拒绝了。我挣扎着站起身，看见无可名状的吹笛手已经不在视线内了，但有两头那种动物耐心地等在一旁。我不肯从命，老人掏出铁笔和蜡板，用文字说他代表我的祖辈，正是他们在这个古老的地方建立了圣诞崇拜，说天意要我返回故乡，而最秘密的仪式还没有举行呢。他用非常古老的手写下这些文字，看见我依然犹豫不决，他从宽松的长袍里取出印章戒指和怀表，两者都有我的家族纹章，以此证明他的身份。然而这是多么恐怖的证据啊，因为我从古老的文件中得知，我的曾曾曾曾祖父在1698年下葬时就戴着这块怀表。

这时，老人掀开兜帽，把脸上的家族特征指给我看，但我除了颤抖再没有其他反应了，因为我确定那张脸只是一个恶魔般的蜡制面具。扑腾而行的动物不耐烦地抓挠苔藓，我注意到老人也同样焦躁不安。一只动物蹒跚着慢慢走开，他连忙转身去拉住它。这个突然的动作使得蜡制面具脱离了他应该是头部的部位。噩梦般的处境阻挡了我沿着来时的石阶跑回去，于是我投向了那条泛着泡沫流向海底洞穴的油腻的地下大河，我主动跳进了地心恐怖汇集而成的腐烂汁液，以免我疯狂的叫声引得藏在病害滋生的深渊中的魔怪大军扑向我。

我在医院里得知，黎明时分，有人在金斯波特港发现了几乎冻僵的我，我抱着一根命运派来拯救我的漂流圆木。他们说我昨晚在山丘小路上拐错弯，掉下了奥兰治角的沿海峭壁。这是他们根据积雪上的脚印推断出来的。我无话可说，因为所有事情都不对劲。所有细节都是错误的，因为宽阔的窗户外是连绵如海洋的屋顶，其中只有五分之一看上去很古老，而底下的街道传来了电车和汽车的声音。他们坚持说这就是金斯波特，我当然无法否认。得知医院就在中央山丘上的旧坟场旁之后，我陷入了癫狂的谵妄。他们将我转入阿卡姆的圣玛丽医院，我在那里可以得到更好的照顾。我也更喜欢这家医院，因为医生比较宽容，他们甚至帮助我从米斯卡托尼克大学图书馆借来了馆方妥善保管的《死灵之书》抄本。他们说起了"精神错乱"，认为我应该从脑海中扫除所有恼人的强迫念头。

于是我再次阅读那个可憎的章节，我不禁加倍地感到毛骨悚然，因为这些内容对我来说并不新鲜。无论脚印显示我去了哪儿，我都亲眼见过那一切。我最好完全忘记我是在哪

109

里见到那些东西的。清醒的时候,没有人能逼我想起那段经历,但我的梦境充满了恐惧,原因是某些我不敢引用的篇章。我只敢引用一个段落,是我从复杂难懂的中古拉丁文勉强译成英文的。

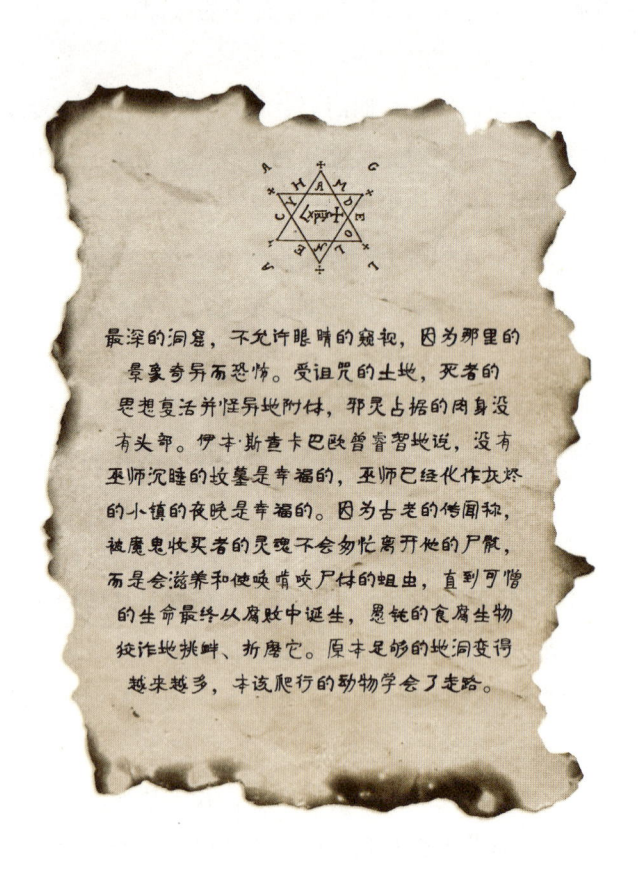

最深的洞窟,不允许眼睛的窥视,因为那里的景象奇异而恐怖。受诅咒的土地,死者的思想复活并异地附体,邪灵占据的肉身没有头部。伊本·斯查卡巴欧曾睿智地说,没有巫师沉睡的坟墓是幸福的,巫师已经化作灰烬的小镇的夜晚是幸福的。因为古老的传闻称,被魔鬼收买者的灵魂不会匆忙离开他的尸骸,而是会滋养和使唤啃咬尸体的蛆虫,直到可憎的生命最终从腐败中诞生,愚钝的食腐生物狡诈地挑衅、折磨它。原本足够的地洞变得越来越多,不该爬行的动物学会了走路。

女巫之屋的噩梦

究竟是噩梦造成了高烧还是高烧带来了噩梦，沃尔特·吉尔曼并不知道。阴沉、郁结的恐惧潜伏在一切背后，恐惧的对象既是这座古老的城市，也是屋顶山墙下散发着霉味、亵渎神圣的这个阁楼房间。房间里，他不是在单薄的铸铁小床上辗转反侧，就是写作和研究、与数字和公式较劲。他的耳朵变得越来越敏感，达到了异乎寻常和难以忍受的地步，他早就不给壁炉架上的廉价摆钟上发条了，滴答声在他听来就像炮兵部队的齐射轰鸣。入夜之后，外面那黑暗城市的微弱响动、虫蛀墙板里老鼠发出的声音和百年老屋里不见天日的梁木的吱嘎声就足以让他觉得像是坠入了喧嚣的万魔殿。黑暗似乎永远伴随着无法解释的怪声——然而某些时候他更害怕噪声会忽然平息，他因此听见某些他怀疑潜伏在它们背后的更诡秘的其他声音。

他住在一成不变、充满传说故事的阿卡姆市，簇生的复斜屋顶在阁楼之上晃动、沉降，在古老黑暗的日子里，女巫藏匿在教区阁楼躲避国王的鹰犬。在这座城市里，没有其他地点比他这个山墙下的阁楼房间拥有更加阴森恐怖的记忆，因为这幢房屋和这个房间曾经是长者凯夏·梅森的栖身之处，她最后逃离塞勒姆监狱的经过始终无人能够解释。那是1692年的事情，狱卒发疯了，胡言乱语说有个满嘴白色尖牙的毛皮小动物飞快地蹿出凯夏的牢房，连科顿·马瑟也说不清楚用某种红色黏稠液体涂画在灰色石墙上的曲线和折角到底是什么。

也许吉尔曼不该学习得这么勤奋。非欧几何、微积分和量子物理已经足以耗尽任何人的脑力，而假如一个人把它们与民间故事混在一起，企图追寻潜藏在哥特神话和壁炉边流传的疯狂传闻背后的多维世界怪异知识，那么他就不太可能完全免于精神压力的折磨了。吉尔曼来自黑弗里耳，但在进入阿卡姆的大学后才开始将数学知识和古老而怪诞的魔法传说联系在一起。米斯卡托尼克大学的教授劝他放慢步伐，主动减少了他在某几个方面的课程。他们甚至禁止他查阅记载了禁忌秘密的古籍，这些古籍存放在大学图书馆一个上锁的保险库里。然而所有的预防措施都来得太迟，吉尔曼已经从阿卜杜拉·阿尔哈萨德令人恐惧的《死灵之书》《伊波恩之书》的残卷和冯·容茨被查禁的《无名祭祀书》里得到了某些可怖的线索，他将这些线索与他研究的有关空间属性和已知与未知维度之间联系的抽象方程式联系在了一起。

他知道他的住处是古老的女巫之屋，事实上，这正是他租下这里的原因。埃塞克斯县的档案里有大量的文件记录了凯夏·梅森的审判经过和她在压力下向刑事裁判庭吐露的情况，这些内容对吉尔曼的吸引力超越了一切理性。她向霍桑法官承认，直线和曲线可以用来确定方向，从而穿过空间之墙去往其他空间，她暗示说这种直线和曲线经常用于女巫的午夜集会，牧场山另一头白色石壁中的黑暗山谷和河中间无人居住的荒岛都是集会的举行地点。她还提到了黑暗之人、她发誓效忠的誓言和她新得到的秘密名字"纳哈布"。后来她在牢房墙上画出那些图案，最终消失得无影无踪。

吉尔曼相信和凯夏有关的那些怪事，得知她的居所在二百三十五年之后仍旧屹立，他感觉到了一种别样的兴奋。他还听说了阿卡姆市一些悄然流传的风言风语，例如凯夏直到今天依然偶尔出没于老屋和狭窄街道上，例如睡在这幢那幢屋子里的人身上会出现不规则的人类牙印，例如五朔节和万圣节前后人们会听见孩童的哭叫声，例如这些可怖时节过后弥漫在老屋阁楼上的臭味，例如有一只满嘴尖牙的毛皮小动物纠缠着那幢破败的屋子和这座城市，会在黎明前最黑暗的时间拱醒人们。他下定决心要不惜代价地住进这个地方。他很容易就搞到了一个房间，因为这幢房屋不受人欢迎，很难租出去，业主用它经营最廉价的寄宿生意。吉尔曼说不清他觉得能在那儿发现什么，但他知道他想待在这么一幢建筑物里，此处的环境天晓得怎么忽然让十七世纪一个普普通通的老妇人拥有了极其深邃的数学洞见，很可能超过了普朗克、海森堡、爱因斯坦和德西特等大师钻研出的最新成果。

他踏遍了人力能达到的每一个角落，在墙纸剥落的地方研究木料和石膏壁板，寻找神秘图案的蛛丝马迹。他在一周内想方设法租下了东头的阁楼房间，据说凯夏就是在那里练习巫术的。这个房间本来就是空置的，因为没人愿意在那里长久地停留，但波兰房东非常谨慎，不怎么愿意把它租出去。然而在发烧之前，吉尔曼没有碰到任何怪事。没有鬼魂般的凯夏穿行于暗沉沉的走廊与房间之中，没有毛皮小动物钻进他阴森的居所拱他，他坚持不懈的搜索也没有找到女巫魔咒的任何记录。有时候他会漫步于未铺石板、散发霉味、错综复杂的阴暗小巷之中，建造年代未知的怪异的棕色房屋斜立着、摇摇欲坠，小窗格仿佛讥讽地看着一切。他知道怪异的事情曾在此处发生，在表象下，他觉察到恐怖的过去未必已经彻底消亡，至少在最黑暗、最狭窄、最曲折的小巷里还存在着。他两次划船登上河中央被视为不祥的小岛，绘制了苔藓覆盖、起源隐晦而古老的成排灰色立石构成的奇特夹角的草图。

吉尔曼的房间很宽敞，但形状怪异、不规则。北墙从外向内肉眼可见地倾斜，低矮的天花板向着同一个方向朝下和缓地倾斜。倾斜的墙壁和房屋北侧笔直的外墙之间肯定存在一定的空间，不过除了一个明显的老鼠洞和另外几个已经被堵住的老鼠洞，他在室内找不到通往这个空间的出入口，然而从室外看能见到一扇很久以前被木板钉死的窗户。天花板以上的空间同样无法进入，不过那片空间的地板肯定是倾斜的。吉尔曼从阁楼的其他部分顺着竖梯爬上遍布蛛网的顶层空间，发现了多年前曾经存在的洞口的残存痕迹，但这个洞口被古老沉重的木板封得死死的，而且用殖民时代常见的结实木钉再次加固。无论吉尔曼如何劝诱，固执的房东都不允许他调查这两个已被封死的空间。

慢慢地，他对房间里不规则的墙面和天花板的兴趣越来越强烈，因为他开始从怪异的角度中领悟到了某种数学意义，这种意义似乎能够为其存在目的提供一些隐晦的线索。他想到，老凯夏选择这个有着怪异角度的房间肯定有她无懈可击的理由，她不是声称过她通过某些特定的夹角穿越出了我们所知的世界空间的边界吗？他的兴趣逐渐从倾斜表面背后难以探测的虚空转开，因为现在他觉得这些表面的用途与他所在的这部分空间关系更大。

大脑发热的感觉和怪梦是从2月初开始的。一段时间以来，房间的怪异角度似乎对吉尔曼造成了近乎催眠的奇特效果。随着凄冷的冬天向前推进，他发现自己越来越常专注地盯着向下倾斜的天花板与向内倾斜的外墙之间的夹角。在这段时间里，他开始难以集中精神完成日常的学业，他对此非常烦恼，期中考试给他带来的担忧变得极为强烈。然而听觉超常造成的痛苦也不小。生活成了持续不断、几乎不堪忍受的噪声折磨，他还一直有某种令他胆战心惊的印象：另外存在一些声音在听力范围的边缘颤动，它们很可能来自生命之外的疆域。就清晰可辨的噪声而言，目前最讨厌的莫过于耗子在老旧墙板里弄出来的响动。它们的抓挠声有时候显得不只鬼祟，而且心怀不轨。声音从北面倾斜的墙壁里传来时，往往夹杂着某种单调的叽嘎声；声音从倾斜的天花板上封死了一个世纪的屋顶空间传来时，吉尔曼总是会绷紧神经，像是准备迎接某些正在等待时机的恐怖之物跳下来彻底吞噬他。

怪梦完全超出了健全神志的意识范围，吉尔曼觉得它们肯定是他研究数学和民间传说的共同结果。他花了太多时间思考方程式告诉他的、在我们所知的三维空间之外必然存在的晦暗地带，思考老凯夏·梅森有没有可能在某种超乎一切想象的力量引导下发现了通往这些地带的大门。泛黄的县法院档案里有她和指控者双方的证词，可憎地暗示着存在某些超出人类经验的事物——至于那个四处乱窜的毛皮小动物，也就是她的魔宠，档案里对它的描述尽管有着各种难以置信的细节，却也不可思议地写实。

那东西比老鼠小，市民奇异地称之为"布朗·詹金"——似乎是一起不平常的群体共感妄想症的产物，因为1692年有不少于十一个人作证见过它的身影。时间较近的传言同样为数不少，相似之处多得令人困惑和惶恐。证人称它浑身长毛，形如老鼠，但满嘴尖牙和胡须丛生的面孔却邪恶地酷似人类，爪子也像极小的人手。它在老凯夏和魔鬼之间传递消息，食粮是女巫的鲜血——它像吸血鬼似的吸血为生。它会发出可憎的嗤嗤窃笑声，会说各种各样的语言。在吉尔曼那些光怪陆离的怪梦里，最让他感到惊恐和恶心的莫过于这个亵渎神圣的混血小怪物了，它的形象在他的幻觉中飞掠，比清醒的意识从古老档案和近期传闻中推测出的模样还要丑恶一千倍。

吉尔曼在梦中坠入了颜色不明的深渊和令人困惑的杂乱声响中。深渊的物质和重力特性以及与他存在的关系，他甚至都无从猜测。梦中他从不走路或攀爬、飞行或游泳、爬行或蠕动，但总感觉他自觉不自觉地行动着。他完全不能准确地判断自身的情况，因为每次望向手臂、腿部和躯干，视线似乎总会被某些怪异的透视关系所扰乱。但他能感觉到他的肉体器官和生理机能发生了一些奇特的转变和扭曲的投射——然而与正常的比例与性质之间依然不无某种怪诞的联系。

那些深渊并不是真空的，其中挤满了难以用语言形容的棱角物体，构成它们的是颜色异乎寻常的物质，一部分似乎是有机物，其他的似乎是无机物。一些有机物组成的物体往往会唤醒他意识深处的模糊记忆，然而他无法在意识里形成概念，以准确理解它们究竟在嘲讽地模仿或暗示什么。在后来的梦境中，他逐渐能够区别那些有机体的不同种类，每个种类似乎都有截然不同的行为模式和基本运动方式。在这些种类中，他觉得有一类的行动比其他的成员稍微缺乏逻辑和意义。

所有物体，无论是有机物的还是无机物的，都完全超越了语言能够描述的范围，甚至不可能被他理解。吉尔曼有时候将无机物组成的物体比作棱柱、迷宫、簇生的立方体与平面和硕大无朋的建筑物，而有机物组成的物体让他想到成堆的气泡、章鱼、蜈蚣、有生命的印度神像和活过来像毒蛇一般蠕动的错综复杂的阿拉伯蔓藤花纹。他看见的所有东西都无比险恶和恐怖。每次当有某个有机物个体似乎注意到他，因而改变了动作方式，他就会感觉到巨大的恐惧，通常会因此惊醒过来。至于那些有机物个体是如何运动的，他说不出个所以然来，就像他难以说清他自己是如何运动的一样。他逐渐注意到了另一个谜团——某些个体时常会陡然从空无一物的空间里冒出来，或者以同等突兀的方式彻底消失。呼啸、咆哮的混乱噪声充斥深渊，他无论如何都不可能分析清楚它们的音调、音质和节奏。但噪声似乎与所有难以定义的物体——无论是有机物的还是无机物的——在视觉中出现的隐约变化有着同步关系，吉尔曼一直害怕噪声的强度会在某一次无法解释但又不可避免的起伏中提高到让他无法忍受的地步。

但吉尔曼并不是在这些极度陌生的幻梦旋涡中见到布朗·詹金的。那个骇人的恐怖小怪物总是出现在清浅、清晰的梦境之中，这种怪梦会在他即将落入梦乡最深处时对他发动袭击。他躺在黑暗中努力保持清醒，百年老屋的房间里悄然亮起微弱的摇曳辉光，阴险地占据了他大脑的倾斜平面的汇聚点冒出紫色迷雾。那个恐怖怪物似乎从墙角的老鼠洞里钻出来，踩着沉陷的宽幅木板地面，啪嗒啪嗒地跑向他，毛发丛生的人类小脸上写满了邪恶的期待——还好上帝仁慈，这个噩梦总在怪物碰到他之前就会消散。它长着恶魔般的尖利犬牙。吉尔曼每天都企图堵死老鼠洞，但无论他用什么东西堵洞，隔板背后的真正房客每到夜里都能啃开障碍。有一次请房东用铁皮钉死了那个窟窿，但第二天夜里，老鼠又啃出了一个新的洞口，并且不知怎样把一小块古怪的骨头从这个洞口拖拽了出来。

吉尔曼没有向医生透露他发烧的情况，因为他知道若是医生命令他去大学医务室看病，他就绝对不可能通过考试了，现在的每分每秒都需要用来突击复习。即便如此，微积分D和高等普通心理学这两门课程他依然没能过关，幸好在学期结束前还有一丝弥补失误的希望。3月，新要素进入了他比较浅的前期梦境，布朗·詹金那噩梦般的形象往往伴随着一个犹如星云的模糊身影出现，而这个身影一天比一天更像一个弯腰驼背的老妇人。如此变化给他造成的不安超过了他能解释的范畴，不过最后他认为这个身影很像他在废弃码头附近彼此纠缠的黑暗小巷里遇到过两次的一个丑陋老太婆。每一次相遇，老太婆邪恶、挖苦和似乎无缘无故的注视都让他几乎战栗——尤其是第一次，恰好有一只大得畸形的老鼠跑过旁边一条小巷被阴影笼罩的入口，导致他荒谬地想到了布朗·詹金。此刻他心想，那些神经质的恐惧肯定反映在了自己错乱的梦境之中。

不可否认，老屋有些不健康的影响，然而先前病态的兴趣使得他不肯离去。他认为夜复一夜的怪梦仅仅是发烧的结果，等他退烧就可以免于那些恐怖幻象的折磨了。然而，那些幻象太过于恐怖逼真。每次醒来，他都隐隐觉得自己经历的事情要比记得的多得多。他十分确定在一些他不再记得的噩梦中，他和布朗·詹金以及老妇人都交谈过，两者怂恿他一起去某个地方见能力更为强大的第三个生物。

临近3月末，他在数学方面越来越得心应手，但其他科目一天比一天让他烦恼。他能够以几近本能的技法解黎曼几何的难题，对四维空间和拦住了班上其他同学的各种艰深知识的理解震惊了厄普汉姆教授。一天下午，他们讨论空间中可能存在的怪异曲面，以及宇宙中我们所在区域与其他区域是否理论上可以接触，即便是最遥远的恒星和星系之间的无垠深渊，甚至是爱因斯坦时空连续体之外、只在假说中能够勉强设想的宇宙天体。虽然吉尔曼的某些假设加剧了人们对他神经质和孤僻性情的看法，但他对这个课题的理解赢得了所有人的钦佩。让学生们对他产生质疑的是他严肃地声称一个人若是拥有了超越全人类认识的数学知识，就有可能自由地从地球走向宇宙无限的点中任意一个具体的点。

如他所说，这种跨越只需要两个阶段：首先，经过一条通道离开我们所知的三维领域；其次，经过一条通道在另一个点位返回三维领域，这个点位有可能极度遥远。完成这种跨越不需要像在许多其他情况下那样丧失生命。来自三维空间任何一处的任何生命体应该都能在四维空间继续存活，是否能在第二阶段继续存活取决于它选择在何处返回三维空间。有些星球的居民也许能在另外一些星球上生存，即便后者属于其他的星系或其他时空连续体内类似维度的相空间，但肯定也有为数众多的星球不适合前者的居民生存，虽说从数学上说两者是毗邻的天体或来自邻接的空域。

某一个维度内的居民同样有可能活着进入其他一个或多个未知、无法解释的维度，无论后者位于特定的时空连续体以内还是以外，反之亦然。可以基本肯定的猜测是，从低维度向高维度迁移而产生的变异不是毁灭性的。吉尔曼无法明确解释最后这个假设的理由，不过他在其他复杂问题上的明确足以弥补他在此处的不明确。他还论证了高等数学与魔法学知识某些特定方面的联系，这些知识从不可言喻的远古——人类时代和人类出现前的时代——传承至今，先人对宇宙及其法则的了解要远远超过我们，厄普汉姆教授尤其喜欢这部分的观点。

4月初，吉尔曼非常苦恼，因为他的慢性热症毫无消退之意。同样让他烦恼的还有梦游，这幢屋子里的另外几位租客都说他有这个问题。他似乎经常不在床上睡觉，楼下的租客屡次在深更半夜听见吉尔曼房间的地板吱嘎作响。那位先生还声称在夜里听见鞋跟踩出的脚步声，但吉尔曼认为他肯定听错了，因为鞋和其他物品到早晨总是还在原处。住在这么一幢病态的古老屋子里，一个人有可能产生各种各样的幻听——比方说吉尔曼本人，哪怕是大白天，也很确定倾斜墙壁之外和倾斜天花板之上的黑暗虚空中时常传来抓挠怪声的并不是老鼠。他异常敏感的耳朵开始在早已封死多年的屋顶空间里寻找微弱的脚步声，有时候这种响动的幻觉真实得令人痛苦。

然而，他知道他确实成了梦游症患者。别人曾两次在半夜发现他的房间空无一人，但衣物都摆在原处。向他证实这件事的是弗兰克·艾尔伍德，他的这位同学家境贫寒，不得不住进这幢不受人欢迎的肮脏房屋。艾尔伍德经常在深夜学习，曾经上楼找吉尔曼请教微分方程的问题，却发现吉尔曼不在房间里。艾尔伍德的敲门没能得到回应，他直接推开没有上锁的房门——这么做确实有些冒昧，然而他非常需要帮助，觉得房间的主人不会介意被他轻轻推醒——但两次他都发现吉尔曼不在房间里。得知此事之后，吉尔曼思考过他光着脚、只穿睡衣有可能去什么地方游荡。他决定，若是别人再发现他梦游，他就必须查明真相，他考虑要在走廊的地面上洒些面粉，看一看脚印会通向何方。房门是唯一可能的出口，因为窄窗外不存在落脚之处。

随着4月逐渐过去，吉尔曼被发烧折磨的耳朵捕捉到了乔·马泽尔维奇哀怨的祈祷声，这位迷信的织布机修理工在底层有个房间。马泽尔维奇曾前言不搭后语地讲述过老凯夏的鬼魂和喜欢拱人的尖牙毛皮小动物的漫长故事，声称有些时候它们闹腾得过于厉害，只有他的银十字架能够赐他安宁，十字架是圣斯坦尼斯拉斯教堂的伊万尼奇神父为此特地给他的。此刻他祈祷是因为巫妖狂欢日越来越近了。五朔节前夕，也就是瓦尔普吉斯之夜，地狱里最黑心的恶魔在人间漫游，撒旦的所有奴仆聚集起来举行无可名状的仪式和祭典。这段时间对阿卡姆来说总是很难熬，尽管米斯卡托尼克大道、高路和萨尔顿斯托尔街的好市民会假装一无所知。坏事总会发生——往往会有一两个孩子失踪。乔了解这些事情，因为他的祖母在旧大陆听她祖母讲过这方面的往事。在这个季节，最明智的做法就是祈祷和数念珠。凯夏和布朗·詹金有三个月不曾靠近乔、保罗·考延斯基或任何人的房间了，它们这么安静可绝对不是好事。它们肯定在策划什么阴谋。

4月16日，吉尔曼拜访了一位医生的诊所，惊讶地发现体温不像他担心的那么高。医生仔细询问他的情况，建议他去看神经科的专家。回想起来，他很高兴他没有去找更爱刨根问底的大学校医。老瓦尔德隆先前就限制过他的活动，这次肯定会强迫他休息——但现在他不可能休息，因为他那些方程式离推导出了不起的结果只有一步之遥了。他非常确定他已经接近了已知宇宙和第四维度之间的边界，谁敢说他不能走得更远呢？

然而即便满脑子都是这些念头，他却对这种怪异信心的来源有所怀疑。危险临近的迫切感觉难道仅仅来自他日复一日写满纸张的方程式吗？封死的屋顶空间里那些轻柔、鬼祟、想象出来的脚步声让他提心吊胆。最近他还多了一种感觉，那就是有人在坚持不懈地劝说他去做某些他不该做的可怕事情。梦游症又怎么解释？深更半夜他去了哪儿？哪怕在大白天和完全清醒的状态下，偶尔也会在喧闹得令人发疯的熟悉声音之中悄然渗入他耳朵的声音又是怎么一回事？除了魔鬼的吟唱之外，这个世界里找不到相应的旋律，有时他害怕那是陌生的梦境深渊中模糊的尖叫和咆哮。

另一方面，梦境本身也越来越残暴了。在较浅的前期梦境中，邪恶的老妇人已经异常清晰，吉尔曼知道在贫民窟惊吓他的正是她。他不可能认错她佝偻的脊背、畸长的鼻子和皱缩的下巴，她破烂的棕色衣物与他记忆中的毫无区别。她脸上的表情恶毒而喜悦，他醒来时还记得有个沙哑的声音曾劝诱和威胁他。他必须拜见黑暗之人，并和他们一起去终极混乱中心的阿撒托斯王座。这就是她的原话。他必须用自己的鲜血在阿撒托斯之书上签字，他一个人已经在探究之路上走了那么远，现在他必须领取一个新的秘密名字了。他之所以不跟她、布朗·詹金和第三者前往毫无意义的尖细笛声永远鸣响的混沌王座，是因为他在《死灵之书》里见过阿撒托斯这个名字，知道它代表着一个恐怖得无法用语言形容的远古恶魔。

老妇人总是在下斜面与内斜面的交叉点突然出现。她显形的位置更靠近天花板而不是地面，每天夜里在梦境变迁之前，她都会比前一晚更靠近他、更加清晰。布朗·詹金也一样，每晚都比前一晚更靠近一点，泛黄的长牙在不自然的紫色磷光中闪烁骇人的寒光。它尖细的窃笑越来越深地烙印在吉尔曼的脑海里，早晨醒来他依然记得它念出"阿撒托斯"和"奈亚拉托提普"时的发音。

更深沉的梦境中的事物同样变得更加清晰，吉尔曼觉得包围他的微光深渊就处于第四维度。那些动作显得极为缺乏意义和规律的有机物个体很可能只是我们这颗星球上包括人类在内的生命体的投影。其他个体在各自的维度空间内是什么样子？他不敢思考这个问题。两个行动较为规律的事物——一个是彩虹色椭球形泡泡堆，另一个是小得多的多面体，颜色难以辨认，表面的角度总在快速变幻——似乎注意到了他。他在庞大的棱柱、迷宫、簇生的立方体与平面和类似建筑物的物体之间改变位置时，这两个物体会跟着他飘浮游动。另一方面，模糊的呼啸和咆哮声在持续变响，就好像即将到达某种恐怖的顶点或他绝对不可能承受的强度。

4月19日至20日夜间，怪梦有了新的发展。吉尔曼不由自主地在微光深渊中移动，泡泡聚集体和小多面体跟着他飘浮，他注意到附近一些巨型棱柱集簇的边缘构成了非常特别的规则夹角。下一个瞬间，他离开了深渊，颤抖着站在怪石嶙峋的山坡上，无所不在的强烈绿光笼罩着山坡。他光着脚，身穿睡袍，他企图行走，却发现双脚几乎抬不起来。水汽的漩涡遮盖了所有东西，他只能看见身旁的山坡地面，想到什么样的声音有可能从水汽中喷涌而出，他不禁畏缩。

这时他看见两个身影费力地爬向他——老妇人和毛皮小怪物。老太婆跪着勉强挺直身体,以奇异的方式抱起双臂;布朗·詹金明显非常艰难地抬起可怖地酷似人类的前爪,指着某个方向。冲动不知从何而来,吉尔曼在它的驱策下拖着身体前进,老妇人双臂的夹角和畸形小怪物的爪子所指的方向决定了他所走的路线,他才挪动三步就回到了微光深渊之中。几何形状在他周围翻腾,他感觉眩晕和时间无比漫长。最后他终于在可怖老屋有着疯狂夹角的顶层房间里自己的床上醒来。

那天上午他什么都做不了,无法去上任何一门课。某种未知的吸引力将他的视线拉向一个似乎毫无意义的方向,他忍不住要盯着脚下一块空荡荡的地方看。白昼向前推进,他茫然双眼的焦点随之改变,中午前后,他克服了盯着虚无看个不停的冲动。下午两点左右,他出门去吃午饭,他穿行于城市的狭窄街巷之间,却发现他一次又一次地转向东南方。在经过教堂街的时候,他强迫自己走进了一家小餐馆,吃过饭,他感觉那种无名的吸引力变得更加强烈。

看来他终究还是要去看神经科的专家了——这次的事情或许和他的梦游症有关联——但另一方面,他至少可以尝试一下自行打破这病态的魔咒。毫无疑问,他依然能够从吸引力要他去的方向转开,因此他以极大的意志力背对吸引力而行,拖着身躯沿加里森街走向北方。走到米斯卡托尼克河上的大桥时,他浑身冷汗,抓住铸铁栏杆,望着河流上游那个声名狼藉的小岛，午后阳光阴郁地勾勒出岛上那些古老立石的规则轮廓。

这时他忽然一惊。因为他在荒芜的小岛上清清楚楚地看见了一个活动的身影，仔细再看，他发现它无疑就是那个怪异的老妇人，她险恶的面貌灾难性地侵入了他的梦境。她身旁的高秆草也在摆动，就好像还有另一个活物在贴近地面的高度爬行。老妇人开始转向他，他逃命似的跑下大桥，冲进河畔仿佛迷宫的街巷以寻求庇护。尽管小岛离他很远，但他感觉有某种他无法匹敌的恐怖邪恶从弯腰驼背、身穿棕色衣袍的年迈身影那仿佛魔鬼的视线中流淌了出来。

东南方向的吸引力依然如故，吉尔曼凭借极大的毅力拖着自己的身体走进老屋，爬上年久失修的楼梯。他一言不发、漫无目的地坐了几个小时，眼睛一点一点转向西方。下午六点，他变得异常灵敏的耳朵隔着两层楼捕捉到了乔·马泽尔维奇哀怨的祈祷声，他在绝望中抓起帽子，走上被落日染成金色的街道，让已经毫不掩饰的吸引力带着他朝南走向它要他去的地方。一小时后，黑夜在绞刑溪另一侧的开阔地吞没了他的身影，春季的星尘在前方闪烁明灭。步行的冲动渐渐变成跃入虚空的神秘冲动，忽然间他意识到了吸引力的源头何在。

是天空。是群星中一个特定的点控制了他、召唤着他。这个点似乎位于长蛇座和南船座之间的某个位置，他知道自从黎明时分他醒来后不久，吸引力就在催促他向它靠近。

上午它位于脚下，下午它在东南方升起，此刻它大约在正南方，但正在转向西方。这个新发展有什么意义？他发疯了吗？这种事会持续多久？他再次坚定了意志力，转身拖着自己返回险恶的老屋。

马泽尔维奇在门口等他，急于向他报告一些新出现的迷信传言，但似乎又不怎么情愿。事情和女巫魔光有关。昨晚乔在外参加庆祝活动，那天是马萨诸塞州的爱国者日，午夜之后他才回家。他在室外抬头向上看，吉尔曼的窗户刚开始一片漆黑，但随即他见到里面有一丝微弱的紫色亮光。他想提醒先生当心那亮光，因为阿卡姆的居民都知道那是凯夏的女巫魔光，总是伴随着布朗·詹金和老太婆的鬼魂出现。他以前没提过这件事，但现在他必须说清楚了，因为魔光意味着凯夏和她的长牙魔宠缠上了年轻的先生。有时候他、保罗·考延斯基和房东多姆布罗夫斯基会觉得他们见到了那种魔光从年轻先生房间之上封死的屋顶空间的缝隙渗漏出来，但他们一致同意对此绝口不提。然而，先生最好还是换个房间居住，找伊万尼奇神父这样的好修士要个十字架。

听着他絮絮叨叨说个不停，吉尔曼觉得被无可名状的惊恐攫住了喉咙。他知道乔昨夜回家时肯定喝得半醉，但他提到阁楼窗口出现紫光有着令人害怕的重要意义。在他坠入未知深渊前比较浅和清晰的梦境中，老妇人和毛皮小动物身边总是围绕着这种微妙的光雾，清醒的旁观者也能见到他梦中的景象，这个念头完全超出了健全神智的容忍范围。然而那家伙是从哪儿得到这么一个古怪念头的呢？难道他睡着了不但会在屋子里游荡，还会说梦话？不，乔说，你没有——但他必须深究此事。尽管他不愿开口询问，但也许弗兰克·艾尔伍德能给他一些答案。

发烧——狂野的怪梦——梦游——幻听——天空中某个位置的吸引力——现在又多了疑似精神失常的梦呓！他必须停止研究，向神经科专家求助，重新掌握自己的生活。他爬到二楼，在艾尔伍德的门口停下脚步，却发现这位年轻同伴不在家。他不情愿地走向自己的阁楼房间，在黑暗中坐下。他的视线依然被拉向西南方，同时不由自主地竖起了耳朵寻找从上面封死的屋顶空间传来的声音，他仿佛看见了邪恶的紫色光雾从低矮而倾斜的天花板上的一条细微缝隙中渗漏而出。

那天夜里，吉尔曼入睡时，笼罩他的紫色魔光变得愈加强烈，老巫婆和毛皮小动物来到了前所未有的近处，用非人类的吱吱叫声和恶魔般的手势嘲笑他。他很高兴自己能坠入隐约咆哮的微光深渊，尽管彩虹色泡泡聚集体和万花筒般的小多面体的追赶让他既感到威胁又觉得恼怒。随后情况陡变，他的上方和下方隐然出现了许多个彼此汇聚的巨大平面，它们由某种看似很光滑的物质构成——这个转变结束于一闪而过的谵妄幻象和一道炫目而陌生的未知强光，黄色、洋红色和靛青色在这道强光中疯狂而不可救药地混合在一起。

他半躺在一块台地上，台地边缘奇妙地筑着栏杆，底下是难以想象的怪异尖峰、平衡表面、圆顶、宣礼塔、横向置于尖塔顶端的圆盘和不计其数、更加巨大的狂野物体构成的无垠森林，它们有些是石质的，有些是金属的，多色的天空投下混杂而近乎酷烈的光芒，照得它们绽放耀眼的强光。向上望去，他看见了三个大得惊人的火焰圆盘，颜色各不相同，以不同高度悬挂在遥远得不可思议的弯曲地平线上的低矮群山之上。他背后是一层又一层更高的台地，堆积着延伸到他看不见的地方。底下的城市向四面八方铺展到视野的尽头，他希望不要有声音从城市汹涌扑向他。

他轻而易举地从地上爬起来，地上铺着带脉络的抛光石块，辨认其质地超出了他的能力范围，地砖切割成角度怪异的形状，他感觉它们并非不对称，而是遵从着某种他无法理解的怪异的对称法则。栏杆齐胸高，精致典雅，锻造的技法堪称绝妙，沿着栏杆每隔一小段距离安放着一个小雕像，雕像的形状光怪陆离，做工极为优美。它们和整个栏杆一样，质地似乎是某种闪闪发亮的金属，原本的颜色在混杂的辉光之中无从猜测，用途就更是彻底超乎想象了。它们刻画的是某种有脊的桶状生物体，细长的肢体像辐条似的从中央圆环向外伸展，桶体的头部和底部各垂直鼓出一个节瘤或鳞茎。每个节瘤都是五条平坦、细长、锥形收束的肢体的汇聚点，肢体围绕节瘤排列，就像海星的触手——近乎水平，但弯曲得稍微偏离中央桶体。底部节瘤的根部与栏杆融接在一起，接触点非常精细，有几个小雕像已经折断失踪。小雕像高约四英寸半，尖刺般的肢体使得直径约有两英寸半。

吉尔曼站起身，赤足踩在地砖上觉得很烫。他完全独自一人，第一反应是走到栏杆前，头晕目眩地俯视两千英尺之外看不见尽头的庞然巨城。他侧耳细听，觉得他听见某种音域宽广、节奏混乱、仿佛音乐的笛声从底下狭窄的街道飘了上来，他希望他能亲眼见到这座城市的居民。过了一段时间，眼前的景象让他感到头晕，要不是他本能地抓住了有金属光泽的栏杆，只怕会重重地跌倒在地。他的右手落在一个凸出的小雕像上，触感使得他稍微镇定了一点。然而他的体重超出了精致的异域金属工艺品的承受范围，带刺的小雕像被他掰了下来。晕眩还没有过去，他一只手依然抓着雕像，另一只手抓住了一段光滑的栏杆。

然而此刻他过度敏感的耳朵捕捉到了背后的异常响动，他顺着平坦的台地向后望去。五个身影正在轻轻地接近他，但动作并不显得鬼祟，其中两个是险恶的老妇人和长牙的毛皮小动物。另外三个吓得他魂不附体——因为它们是活体，高约八英尺，模样与栏杆上的那些带刺小雕像如出一辙，它们用身体底部仿佛海星触手的肢体像蜘蛛似的蜿蜒爬行。

吉尔曼在床上惊醒，冷汗浸透了整个身体，面部、双手和双脚都有一种刺痛感。他跳到地上，发疯般地匆忙洗漱更衣，就好像他必须以最快速度离开这幢房屋。他不知道想去什么地方，但感觉今天只能再次牺牲他的课业了。来自天空中长蛇座和南船座之间某个位置的怪异吸引力已经消退，但另一种更强大的力量取代了它的位置。此刻他感觉他必须向北走——无限遥远的北方。他不敢走米斯卡托尼克河上能看见荒凉小岛的那座桥，于是改走皮博迪大道过河。他屡次磕绊，因为他的眼睛和耳朵都被拴在了浩渺碧空中一个极高的地方。

大约一个小时过后，他稍微控制住了自己一些，发现他已经远离了城区。他周围全是绵延不断的空旷盐沼，前方狭窄的道路通往印斯茅斯——一个半荒弃的古老小镇，阿卡姆人极为古怪地不愿前往那里。尽管向北的吸引力没有减退，但他像抵抗以前那种吸引力一样抵抗它，最终发现他几乎能用这股吸引力平衡先前那股吸引力。他艰难地跋涉回城里，在一家饮料店喝了杯咖啡，拖着脚步走进公共图书馆，漫无目标地翻阅比较轻松的杂志。其间他遇到几个朋友，他们说他脸上有奇异的晒伤，但他没有说出他步行去了那么远的地方。下午三点，他找了家餐厅吃午饭，注意到吸引力既没有减退也没有自行分化。吃过午饭，他在一家廉价电影院消磨时间，一遍又一遍观看那些乏味的表演，却没有投入任何注意力。

晚上九点，他游荡着踏上回家的路，跌跌撞撞地走进古老的房屋。乔·马泽尔维奇又在哀怨地说着他听不懂的祈祷词，吉尔曼快步上楼，钻进他的阁楼房间，途中没有停下来看艾尔伍德在不在家。他打开微弱的灯光之后吓了一跳。他立刻看见桌上有一件不属于此处的东西，第二眼则打消了怀疑的任何可能性。这件东西侧放在桌上，因为它本身无法立起来，正是他在怪诞梦境中从精致的栏杆上掰下来的那个带刺的奇特小雕像。所有的细节都完全相同。有脊的桶状身躯，细长的辐条状肢体，上下两端的节瘤，节瘤上伸展出的轻微向外弯曲的海星触手状平坦肢体——全都历历在目。电灯的光线下，它的颜色似乎是一种闪耀虹光的灰色，带着绿色的脉络，吉尔曼在惊恐和困惑中看见它一端的节瘤上有个参差不齐的断口，与它在他梦中栏杆上的连接点恰好能够对应起来。

若不是他感到茫然无措，吉尔曼恐怕会大声尖叫。梦境与现实的融合超出了他的承受范围。头晕目眩之际，他抓起带刺的小雕像，踉踉跄跄地下楼，走向房东多姆布罗夫斯基的住处。迷信的织布机修理工的呜咽祈祷还在散发霉味的走廊里回荡，但吉尔曼此刻已经无暇顾及。房东在家，愉快地招待了他。不，他从没见过这件东西，对此也一无所知。但他妻子说她中午打扫房间时在一张床铺上发现了一个古怪铁质东西，很可能就是它。多姆布罗夫斯基喊他妻子进来。对，就是这东西。她在年轻先生的床上找到的——靠近墙壁的那一侧。她觉得这东西看上去非常古怪，但年轻先生的房间里本来就有很多古怪东西——书籍、古董、照片和纸上的符号。她对它自然一无所知。

于是吉尔曼回到楼上，脑海里乱成一锅粥，他认为他要么还在做梦，要么梦游症发展到了难以想象的极端境界，使得他劫掠了某些未知的场所。这个异乎寻常的东西究竟来自何方？他不记得他在阿卡姆的任何一个博物馆里见过它。但它肯定有个出处。他在梦游时抓住它导致他梦到了栏杆台地的怪异一幕。明天他必须非常谨慎地打听一下——也许还要向神经科专家寻求帮助。

另一方面，他要搞清楚他的梦游路径。他找房东借了些面粉，对其用途直言不讳，然后上楼把面粉洒在阁楼的走廊上。路上他去了一趟艾尔伍德的门口，发现屋里黑洞洞的。他回到自己的房间，将带刺的小雕像放在桌上，他的精神和肉体都非常疲惫，连衣服都没脱就躺下了。他觉得从倾斜天花板以上封死的屋顶空间传来了微弱的抓挠声和肉垫行走的脚步声，但他的思维已经混乱得懒得在乎了。北方的神秘吸引力再次变得异常强大，但此刻似乎来自天空中一个较低的地方。

老妇人和长牙的毛皮小动物再次走出梦中炫目的紫色光雾，今天比以往任何时候都要清晰。这次他们真的碰到了他，他感觉到老太婆的枯瘦手爪抓住了他。他被拖下床，拽进虚空，一瞬间听见了有节奏的咆哮声，看见模糊而无定形的微光深渊在他四周沸腾。但这个瞬间非常短暂，因为一转眼他就待在了一个简陋而没有窗户的狭小空间之中，粗糙的桁条和木板在刚过他头部的高度搭成尖顶，脚下的地板奇异地倾斜着。许多个矮箱子平放在地板上支撑桁条和木板，装满箱子的是年代和解体程度各不相同的书籍。空间中央是桌子和长凳，两者似乎都固定在那儿。箱子上摆着不明形状和用途的各种小东西，吉尔曼觉得他在火焰般的紫色光雾中看见了另一个曾让他困惑得可怕的带刺小雕像。地板在左侧突兀地断开，留下一个三角形的黑色洞口，片刻单调的叽嘎声过后，长着黄色利齿和人类胡须面庞的可憎的毛皮小动物从里面爬了出来。

邪恶狞笑的老太婆依然抓着他，一个他从未见过的身影在桌子的另一侧站了起来——一个高大瘦削的男人，皮肤是毫无生气的那种黑色，但相貌没有黑色人种的任何特征。他没有头发和胡须，只披着一件厚实的黑色织物做成的丑陋长袍。桌子和长凳挡住了视线，所以吉尔曼看不见他的脚，但他肯定穿着鞋，因为每次他改变站姿，就会发出咔哒咔哒的声音。男人没有说话，棱角分明的瘦脸上没有一丝表情，只是指着桌上一册摊开的巨大书籍，老太婆把一支特大号的灰色鹅毛笔塞进他的右手。巨大的恐惧笼罩了一切，越来越让人崩溃，直到毛皮小怪物攀着做梦者的衣服跑到肩头，然后顺着左臂跑下去，恶狠狠地一口咬在手腕紧靠袖口的地方。鲜血喷涌而出，吉尔曼昏了过去。

他醒来时已是22日，手腕剧痛难当，他看见已经变干的鲜血将袖口染成了棕色。他的记忆非常混乱，未知空间和黑暗之人那一幕却异常鲜明。他睡着后肯定被老鼠咬了，恐怖噩梦因此被推向高潮。他打开门，发现走廊地板上的面粉几乎没有动过，只多了住在阁楼另一头那位粗汉的巨大脚印。

因此这次他没有梦游。然而他必须想办法处理那些老鼠。他要找房东谈一谈这个问题。他再次尝试堵住倾斜墙壁底部的窟窿，找了一根差不多尺寸的蜡烛架插进去。他的耳朵嗡嗡作响，耳鸣极其严重，梦中听见的恐怖怪声似乎还在久久回荡。

洗澡换衣服的时候，他努力回想他在紫光照亮的空间那一幕后还梦到了什么，但意识中无法形成任何清晰的印象。那一幕本身肯定与被封死的屋顶空间有关联，最近它在极为猛烈地攻击他的想象力，然而后续的印象微弱而模糊。他隐约记得朦胧的微光深渊和在此之外更浩瀚和黑暗的深渊——任何形体都不存在固定状态的深渊。总是跟着他的泡泡聚集体和小多面体带着他来到那里，但它们和他一样，也在这更遥远的终极黑暗的虚空化作了几乎不可见的乳白色丝缕光雾。前方还有另一个存在物——一团更大的丝缕光雾，偶尔凝结成无可名状的类似实体的东西——他觉得他们的路线并非直线，而是沿着某种无形旋涡中的怪异曲线或螺线前进，这个旋涡所遵循的法则不为任何可想象的宇宙的物理和数学所知。后来似乎还有许多不断跃动的庞大阴影、半声学的可怖脉动、不可见的笛子吹奏出的单调声音——但也只有这些了。吉尔曼认为最后一个概念来自他在《死灵之书》中读到的无智个体阿撒托斯，它在混沌中心被怪异之物包围的黑色王座统治所有时间和空间。

洗掉血迹之后，他发现手腕上的伤口其实很小，吉尔曼看着被刺破的两个小孔陷入沉思。他发现他身下的床单上并没有血迹，考虑到他手腕和袖口的凝血数量，这一点非常奇怪。难道他梦游了？老鼠咬他的时候，他莫非坐在椅子上或停在了某个地方？他在房间里的每个角落寻找棕色血滴或血渍，却一无所获。他心想，他不但该在门外洒面粉，房间里也必须洒——尽管现在他已经不需要用证据来证明他的梦游了。他知道他确实梦游，现在要做的是中止这种行为。他必须向弗兰克·艾尔伍德寻求帮助。今天上午，来自天空的奇异吸引力似乎有所减弱，但取而代之的是另一种更加难以解释的感觉。那是一种模糊而顽固的冲动，他想飞离目前所在之处，但丝毫不知他想去往哪个方向。他拿起桌上那怪异的带刺雕像，觉得较早出现的向北吸引力变得稍微强烈了一点，然而即便如此，新出现的那种更加令人困惑的冲动依然完全占据了上风。

他拿着带刺雕像走向楼下艾尔伍德的房间，织布机修理工的哀怨祈祷声顺着楼梯井从底层传来，他硬起心肠不去理会。谢天谢地，艾尔伍德在家，似乎正在踱来踱去。在出门吃早饭和去大学之前还有一小段时间可供交谈，因此吉尔曼以最快速度讲出了他最近的梦境和恐惧。房间的主人对他非常同情，也认为必须采取一定的措施。客人憔悴而枯槁的面容让他大吃一惊，他旋即注意到了过去一周内其他人已经众说纷纭的怪异灼伤。然而他能说得准的事情毕竟有限。他没见过梦游外出时的吉尔曼，也不清楚那个怪异雕像有可能是什么。但某天晚上他听见住在吉尔曼楼下的法裔加拿大人和马泽尔维奇聊天。他们彼此感叹他们是多么担忧即将到来的瓦尔普吉斯之夜，再过几天就是这个可怕的日子了，两人都对厄运临头的年轻先生表示惋惜和同情。戴尔欧谢，也就是住在吉尔曼楼下的那个人，他说他在夜里听见过脚步声，有时穿鞋，有时不穿鞋，某天晚上他满怀恐惧地爬上楼，打算从锁眼偷窥吉尔曼的房间，结果见到了紫色的光雾。他对马泽尔维奇说，他瞥见光雾从房门四周的缝隙泄漏出来，因此丧失了看锁眼的勇气。他还听见了轻之又轻的交谈声——讲到这里，他压低声音，艾尔伍德没听清他到底说了什么。

艾尔伍德无法想象这些迷信的低等人在传播什么样的谣言，但他猜测激起他们想象力的一方面是吉尔曼的深夜梦游和说梦话，另一方面则是一向恐怖的五朔节前夜的临近。吉尔曼说梦话是显而易见的事实，戴尔欧谢通过锁眼偷听到的内容使得他产生了紫色光雾扩散的虚妄念头。这些人心思单纯，听说不寻常的事情，很容易就会想象他们也亲眼见过。至于行动计划——吉尔曼最好搬进艾尔伍德的房间，尽量避免一个人睡觉。若是他说梦话或在睡梦中起身，艾尔伍德只要醒着就可以立即制止他。他还必须尽快去看神经科的专家。在此期间，他们要把带刺雕像拿给各个博物馆和某几位教授看，声称这是他们在公共垃圾箱里发现的，希望能够鉴别一下它究竟是什么。还有，他们必须敦促多姆布罗夫斯基毒死墙板里的老鼠。

艾尔伍德的陪伴给了吉尔曼勇气，当天他出现在课堂上。奇异的冲动依然在牵引他，但他能够在一定程度上成功地忽视它们了。课间休息的时候，他向几位教授展示那尊怪异的雕像，他们全都表现出浓烈的兴趣，但对于它的本质和起源，谁也说不出个所以然来。那天晚上，艾尔伍德请房东搬了一张沙发到他的二楼房间，吉尔曼在沙发上睡觉，几周来的第一次，令人不安的怪梦完全没有打扰他。然而发烧依然如故，织布机修理工的哀怨祈祷声使得他精神紧张。

接下来的几天，吉尔曼几乎完全远离了那些病态现象的滋扰。据艾尔伍德说，他在睡梦中没有说梦话和起身的征兆。与此同时，房东把老鼠药洒遍了整幢房屋。唯一令人不安的因素是在迷信的外国移民之间传播的流言，他们的想象力极大地受到了激发。马泽尔维奇总想说服吉尔曼去弄一枚十字架来，最后干脆塞给他一枚，声称它经过好神父伊万尼奇的祝福。戴尔欧谢也有话想说——事实上，他坚称他顶上已经空置的房间在吉尔曼搬出后的第一和第二个夜里曾经响起小心翼翼的脚步声。保罗·考延斯基认为夜间他听见走廊和楼梯上传来过异响，声称有人轻轻地尝试开他的房门，而多姆布罗夫斯基夫人发誓说她从去年万圣节以来第一次见到了布朗·詹金。然而这些幼稚的故事无法说明任何问题，吉尔曼漫不经心地把廉价金属十字架挂在了房间主人衣柜的抽屉把手上。

接下来的三天，吉尔曼和艾尔伍德跑遍当地所有的博物馆，想鉴别一下那尊怪异的带刺雕像究竟是什么，可惜每一次都失望而归。不过，无论他们去哪儿，雕像总能引来强烈的兴趣，因为这东西太异乎寻常了，对科学家的好奇心构成了无比巨大的挑战。他们折断了一根辐条状的肢体进行化学分析，其结果到现在依然是学院圈子里的讨论话题。艾勒里教授在这奇特的合金里发现了铂、铁和碲，但另外还有至少三种用化学手段完全无法鉴别的高原子量元素。它们不但不符合所有已知元素的特性，甚至无法嵌入元素周期表给有可能存在的元素保留的空位。谜题直到今天依然未被解开，那尊雕像陈列在米斯卡托尼克大学博物馆里。

4月27日清晨，吉尔曼做客的房间出现了一个新老鼠洞，多姆布罗夫斯基当天就用铁皮封死了洞口。老鼠药收效甚微，因为墙板里的抓挠声和奔跑声毫无减退之意。那天夜里艾尔伍德回来得很晚，吉尔曼坐在那儿等他。他不想一个人在房间里入睡，尤其是他觉得他在暮霭中见到了那个可憎的老妇人，其形象恐怖地转移进了他以往的梦境之中。她身旁一个肮脏庭院的入口处有一堆垃圾，他琢磨着她究竟是谁，又是什么在垃圾堆里弄得罐头盒叮当作响。老妖婆似乎注意到了他，朝他露出邪恶的狞笑——不过后者也许仅仅是他的想象而已。

第二天，两个年轻人都觉得非常疲惫，知道今晚他们会睡得活像两块木头。傍晚时分，他们睡意蒙眬地讨论彻底占据了吉尔曼心神甚至有可能对他造成伤害的数学问题，推测古代魔法与民间传说之间很可能存在的黑暗联系。他们谈到老凯夏·梅森，艾尔伍德同意吉尔曼的推测有着坚实的科学依据，也就是她很可能在偶然间发现了某些怪异而重要的知识。这些女巫所属的神秘异教往往守护并传承着来自早已被遗忘的远古时代的惊人秘密。凯夏真正掌握了穿越维度之门的技艺也并非绝对不可能的事情。传说总是强调物质障碍无法阻隔女巫的行动，谁能说清骑着扫帚飞越夜空的古老故事背后究竟隐藏着什么真相呢？

一名现代学生能否仅仅通过研究数学就获得类似的力量，这个猜想还有待证实。吉尔曼又说，成功或许会导致难以想象的危险局面，因为谁能准确预测一个相邻但通常无法接触的维度的所有情况呢？然而另一方面，奇异的可能性也多得数不胜数。时间在特定的空间地带中根本不存在，进入并在这种地带停留，你或许能够长生不死和永葆青春。新陈代谢和衰败老化将再也不是问题，它们只会在你重新探访原本的空间或类似位置时才会少量发生。举例来说，一个人或许能够进入一个不存在时间的维度，在地球历史的另一个遥远时代现身，却和从前一样年轻。

对于是否有人真的做到了这些，你恐怕无法进行任何有可信度的猜测。古老的传说含糊而模棱两可，历史上所有企图跨越禁忌天堑的努力似乎都在外来个体或信使的怪异而可怖的盟约影响下变得混乱难解。隐秘的恐怖力量有个古老得无法想象的代理人或信使——女巫异教称之为"黑暗之人"，

《死灵之书》称之为"奈亚拉托提普"。另外还有一些次等的信使或媒介——准动物或怪异的混血种,传说故事将其描述为女巫的魔宠。吉尔曼和艾尔伍德疲惫得无法继续讨论了,正准备休息时听见乔·马泽尔维奇醉醺醺地回来,他哀怨的祈祷声中饱含近乎疯狂的绝望,使得两人不寒而栗。

那天夜里,吉尔曼再次见到了紫色光雾。在梦中,他听见墙板里传来抓挠声和啃咬声,还觉得有人在笨拙地摸索门锁。随后他看见老妇人和毛皮小怪物踩着地毯走向他。老太婆的面孔洋溢着非人类的狂喜,黄牙的病态小魔鬼嘲弄地窃笑,对在房间对面另一张沙发上沉睡的艾尔伍德指指点点。恐惧让吉尔曼动弹不得,扼杀了他叫喊的企图。和上次一样,可憎的老太婆抓住吉尔曼的肩膀,把他拽下床,拖进虚空之中。无穷的微光深渊再次呼啸着从他身旁掠过,然而下一瞬间,他似乎身处一条黑暗、泥泞、散发恶臭的未知小巷之中,左右两边都耸立着古老房屋的腐朽墙壁。

穿长袍的黑色男人站在他前方,吉尔曼在另一个梦里的尖顶空间中见过他。老妇人站在更近一些的地方,满脸傲慢的狞笑,招呼他跟他们走。布朗·詹金绕着黑色男人深陷烂泥之中的脚踝,以怀着爱意的嬉戏之姿蹭来蹭去。右侧有一个敞开的黑暗门洞,黑色男人无声无息地指着那里。狞笑的老太婆走向门洞,揪着吉尔曼的睡衣袖子拖着他。散发邪恶气味的楼梯不祥地吱嘎作响,踏上楼梯的老妇人似乎辐射出微弱的紫色光晕。台阶尽头的楼梯平台上有一扇门。老太婆摸索了一会儿门闩，最后推开门，示意吉尔曼在外面等着，自己消失在了门里的黑暗之中。

年轻人过度敏感的耳朵捕捉到了从被扼住的喉咙里发出来的骇人叫声，老妇人拎着一个毫无知觉的小生物走出房间，把那东西塞到梦中人怀里，像是在命令他抱着它。见到这个小生物和它脸上的表情，梦魇的魔咒顿时被打破了。他依然晕眩得无力喊叫，只能不顾一切地跑下散发有毒气息的楼梯，冲进外面泥泞的小巷。但他没有跑远，因为等在那里的黑色男人抓住他，掐住了他的脖子。意识消失的瞬间，他听见长牙似鼠的畸形怪物发出微弱尖细的窃笑声。

29日清晨，吉尔曼在仿佛大漩涡的恐惧中醒来。睁开眼睛的那一刻，他就知道他遇到了可怕的大麻烦，因为他回到了有着倾斜墙壁和天花板的阁楼房间里，身体摊开躺在没整理过的床铺上。他的喉咙难以解释地剧痛，他挣扎着坐起来，愈加惊恐地看见双脚和睡衣下摆裹着棕色的烂泥。他的记忆刚开始还朦胧得令人绝望，但他知道自己至少又梦游了。艾尔伍德睡得太死，没有听见响动和阻止他。地板上有乱糟糟的泥脚印，但奇怪的是它们没有一直延伸到门口。吉尔曼越是打量脚印，就越是觉得它们有问题。除了他能辨认出属于自己的脚印之外，还有一些比较小、近乎圆形的印痕——就像一把大椅子或一张桌子的支撑腿会留下的那种印痕，但它们大多数都几乎分成两半。还有一些老鼠留下的泥爪印，从一个新老鼠洞开始，最后又回到洞口。吉尔曼陷入彻底的困惑和对自己精神状态的担忧，他跟跟跄跄地走到门口，发现外面没有任何泥脚印。他越是回忆那个骇人的噩梦，他就越是感到惊恐，听见乔·马泽尔维奇在两层楼下哀怨地祈祷，他的绝望又加深了几分。

他下楼回到艾尔伍德的房间，叫醒还在酣睡的主人，讲述他醒来时发现自己身处何方，但艾尔伍德对真正发生的事情提不出任何猜想。吉尔曼有可能去了哪儿，他如何能回到自己房间却又不在走廊里留下任何痕迹，酷似家具腿的泥印为何会在阁楼房间里与他的脚印混在一起，这些问题的答案彻底超出了想象范围。还有吉尔曼喉咙上的青紫色手印，就好像他尝试过掐住自己的喉咙。吉尔曼把双手放在手印上，却发现两者完全对不上。就在他们交谈的时候，戴尔欧谢敲门进来，称他在最黑暗的深夜时分听见楼上响起了可怕的咔哒咔哒怪声。不，午夜之后没有人上过楼梯，但午夜之前他听见阁楼上传来过微弱的脚步声，还有他尤其厌恶的小心翼翼下楼的声音。他还说，最近是阿卡姆一年里最不好的一段时间。年轻先生最好随身佩戴乔·马泽尔维奇给他的十字架。连白天也不安全，因为黎明后屋里有过一些怪异的声音——特别是刚响起就被掐断的仿佛孩童哭号的尖细叫声。

那天上午，吉尔曼机械地坐在教室里，但完全无法把精神集中在学习上。骇人的忧惧和大难临头的情绪占据了他的心神，他仿佛在等待足以湮灭自我的打击重重地落下。中午，他在大学餐厅吃饭，等甜点时随手拿起隔壁桌子上的报纸。

但他根本没有吃甜点，因为报纸上的一则消息让他瞪大双眼瘫软下去，只剩下了付账和踉跄返回艾尔伍德房间的力气。

奥恩弄昨晚发生了一起怪异的绑架案，一个名叫安娜斯塔西娅·沃列杰科的蠢笨洗衣女工的两岁孩子忽然消失得无影无踪。根据调查，母亲对此事的担忧似乎已有一段时间，但她的理由却过于怪诞，没有人愿意认真看待。她声称自3月初起就时常在住处附近看见布朗·詹金，它的怪相和窃笑让她知道女巫盯上了小拉迪斯拉什，孩子将在瓦尔普吉斯之夜沦为可怖的巫妖狂欢祭品。她请邻居玛丽·赞内克来家里睡和保护孩子，但玛丽不敢。她没法去找警察，因为警察绝对不会相信这种事。从她记事以来，每年都有孩子被这么抢走。她的男朋友彼得·斯托瓦奇也不肯帮忙，他巴不得那孩子消失别碍事。

让吉尔曼浑身冒出冷汗的是两名纵酒狂欢者的报告，午夜刚过的时候，他们恰好经过奥恩弄的巷口。他们承认自己喝醉了，但都发誓称见到三个衣着怪异的人鬼鬼祟祟地走进那条黑洞洞的弄堂。他们说三个人一个是穿长袍的高大黑人，一个是衣着褴褛的小个子老妇人，还有一个穿睡衣的年轻白人。老妇人拖着年轻人走，还有一只被驯服的老鼠在棕色烂泥里穿梭，在黑人的腿脚处挨挨蹭蹭。

吉尔曼整个下午都恍惚地坐在房间里，艾尔伍德回家时看见他依然如此，艾尔伍德同样看见了新闻报道，从中得出了可怕的猜想。这次两人都毫无疑问地认为有某种骇人的庞然恐怖正在逼近。噩梦的幻象和客观世界的真实之间正在形成某种怪诞而难以想象的联系，只有以最大限度保持警醒才能避免事态变得更加糟糕。吉尔曼必须尽快去看神经科专家，但不是现在，因为报纸上全是绑架事件的消息。

事实上究竟发生了什么？这是个令人发疯的谜团，吉尔曼和艾尔伍德一时间只能压低声音，彼此诉说最稀奇古怪的狂野猜想。难道吉尔曼对空间及其维度的研究在他不知道的情况下无意识地取得了进展？那些梦见恶魔异域的夜晚，他会不会真的离开了房间？假如是真的，那么他去了什么地方？咆哮的微光深渊，绿色山坡，酷热的台地，来自星空的吸引力，终极的黑色旋涡，黑暗之人，泥泞的小巷和楼梯，年迈的女巫和恐怖的长牙毛皮小动物，泡泡聚合体和小多面体，怪异的灼伤，手腕的伤口，无法解释的小雕像，踩过烂泥的双脚，颈部的掐痕，外国人迷信的传说故事和恐惧——这些都代表着什么？理性的法则在如此怪事上能应用到何等的程度？

当晚两人一夜无眠，但第二天都逃课打瞌睡了。那天是4月30日，随着暮色降临，所有外国人和迷信老人所恐惧的巫妖狂欢日即将到来。六点钟，马泽尔维奇回到家，说纺织厂工人之间有传闻称今年瓦尔普吉斯之夜的狂欢会在牧场山另一侧的黑暗溪谷中举行，那里有一块寸草不生的怪异区域，耸立着古老的白色巨石。有些工人甚至建议警察去那里寻找沃列杰科家失踪的孩子，但并不认为警察会真的照他们说的做。乔坚持要可怜的年轻先生戴上镍合金项链串起的十字架，为了让他高兴，吉尔曼套上项链，把十字架塞进衬衫里。

深夜时分，两位年轻人坐在椅子上昏昏欲睡，楼下织布机修理工有节奏的祈祷声哄着他们坠入梦乡。吉尔曼边听边打瞌睡，他被磨砺得异乎寻常的听觉似乎在古老房屋的各种声响中寻找某种令人恐惧的喃喃低语。《死灵之书》和《黑暗之书》里的阴森内容涌上心头，他发觉自己在跟随一些可怖得无法形容的节奏摇摆，这些节奏据说与巫妖狂欢日最黑暗的仪式有关，其起源超出了我们所理解的时间和空间。

很快，他意识到了他在听什么——遥远的黑暗山谷中仪式上地狱般的吟唱。他为什么会如此了解那些人在期待什么？他怎么会知道纳哈布及其助手何时该在献祭黑公鸡和黑山羊后奉上那只满溢的碗？他看见艾尔伍德已经睡熟了，他企图唤醒朋友。但某些东西堵住了他的喉咙。他不再是自己身体的主人了。难道他终究还是在黑暗之人的书本上签署了自己的名字？

这时他狂热的超常听觉捕捉到了风带来的遥远音符。它们与他之间隔着许多英里的山峦、田野和街巷，但他依然轻而易举地辨认出了它们。篝火肯定已经点燃，人们肯定已经开始跳舞。他该如何克制住自己想去参加的欲望？究竟是什么恶魔在苦苦纠缠他？数学、民间故事、这幢屋子、老凯夏、布朗·詹金……此刻他看见靠近沙发的墙根上有个新出现的老鼠洞。在遥远的吟唱和近处乔·马泽尔维奇的祈祷之外，他又听见了另一种声音——墙板里鬼祟但坚定的抓挠声。他希望电灯不会熄灭。然后他在老鼠洞里看见了那张长牙的胡须小脸——那张该诅咒的小脸，他终于意识到一件令人震惊、渎神的事：他的面容酷似老凯夏——他听见门上响起了微弱的拨弄声。

刺眼的微光深渊在他眼前闪过，他感觉自己无可奈何地落入了彩虹色泡泡聚集体那无定形的魔爪。万花筒般变幻的小多面体在前方飞驰。虚空翻滚沸腾，模糊的音调模式充斥其中，变得越来越响、越来越快，似乎预示着语言无法表达、感官难以承受的某种高潮。他似乎知道即将到来的是什么——瓦尔普吉斯之曲的恐怖爆发，一切最原始最终极的时空搅动凝聚在它浩瀚如宇宙的音色之中，那些搅动潜藏于物质汇集的天球背后，偶尔以有规律的残响隐约穿透每一个实在层次突破而出，在所有世界为某些令人备感恐惧的时期赋予可憎的含义。

然而这些全都在瞬息之内消失了。他再次置身于那个紫光笼罩、逼仄狭窄的尖顶空间之内，脚下是倾斜的地板，身旁是放满古籍的低矮书架、桌子和长凳、怪异的物品和处于一侧的三角形洞口。桌上躺着一个小小的白色身影——一个小男孩，没穿衣服，失去意识——可怖的老妇人站在桌子对面睨视着他，右手拿着一把寒光闪烁、刀柄怪诞的利刃，左手拿着一个比例奇特的暗色金属碗，碗身遍覆怪异的雕镂花纹，侧面装有精致的把手。她用沙哑的声音吟诵某些仪式颂词，吉尔曼听不懂她使用的语言，但警惕地想到了《死灵之书》。

眼前的景象变得越来越清晰，他看见老妇人弯下腰，隔着桌子将空碗递给他——他无法控制自己的动作，向前伸出双手接过空碗，发觉这东西并不重。与此同时，布朗·詹金那令人厌恶的身影爬上了他左手边三角形黑色深洞的边缘。老妇人示意他以一个特定的姿势端着空碗，她尽其右臂所能在小小的白色祭品之上举起怪诞的利刃。长牙的毛皮小怪物窃笑着持续不断地念诵不可知的祭文，女巫用沙哑的声音可憎地与之应和。吉尔曼感觉到令人痛苦的剧烈厌恶感忽然刺穿了麻木的精神和情绪，金属空碗在他手里颤抖起来。片刻之后，匕首落下的动作彻底打破了魔咒，他扔下碗，在如铃声般共鸣的叮当声响中疯狂地伸出双手，企图阻止这一幕恐怖的惨剧。

一瞬间之后，他已经顺着倾斜的地板绕过桌子的一头，从老妇人的手爪里夺下匕首。匕首叮叮当当地滚过三角形深洞的边缘。然而下一瞬间，事态陡然逆转；因为那双嗜血的手爪紧紧掐住了他的喉咙，丧失理性的狂怒扭曲了遍布皱纹的苍老面容。他感觉到廉价十字架的链子嵌进了颈部的皮肤，危急关头他心想，不知道见到这东西会对这个邪恶的生物造成何种影响。老妇人的力量完全超过了人类，就在她继续收紧手爪的时候，吉尔曼无力地从衬衫里拉出那枚金属护身符，一把扯断链子，将它举到半空中。

见到十字架,女巫似乎陷入惊恐,一时间松开了双手,吉尔曼抓住机会,完全挣脱她的束缚。他把钢铁般的手爪从脖子上扳开,在手爪重新获得力量、再次收紧前,拖着老妇人走到三角形深洞边缘。这次他决心要以牙还牙,向老妇人的喉咙伸出双手。她还没来得及看清他在干什么,吉尔曼就已经把十字架的链子绕在了她的脖子上,然后勒紧链子,足以切断她的呼吸。在她垂死挣扎的过程中,吉尔曼觉得有什么东西咬住他的脚踝,低头一看,发现布朗·詹金来帮助它的主人了。他使出蛮力,一脚把这个病态怪物踢得飞过了深洞边缘,听见它在底下很遥远的地方呜咽哀叫。

他不知道他有没有杀死那个老巫婆,只是听凭她跌倒在地躺在那儿。他转过身,在桌上见到的景象抹杀了他的最后一丝理性。肌肉发达的布朗·詹金有四只恶魔般敏捷的小手,在女巫忙着想掐死吉尔曼的时候并没有冷眼旁观,吉尔曼的所有努力都变得徒劳无功。他成功地阻止匕首插进祭品的胸口,亵渎神圣的毛皮怪物的黄牙却对手腕做了相同的事情——先前掉在地上的空碗摆在失去生命的小小躯体旁边,已经盛满了鲜血。

吉尔曼在昏迷的梦境里听见了从无尽遥远之处传来的像是来自地狱、节奏怪异的狂欢日吟唱,他知道黑暗之人肯定就在那里。混乱的记忆与数学知识混合在一起,他相信潜意识一定知道该撑开何种角度才能引导他返回正常世界——这将是他第一次在无人协助的情况下单独这么做。他确定他就在自己住处之上被封死了许多年的屋顶空间内,然而无论想通过倾斜的地板还是经由早被堵住的活门逃离此处,恐怕都极为困难。另外,逃出梦境中的屋顶空间会不会只是让他回到梦境中的屋子里,而那仅仅是他想去的地方的一个异常投影?他这些经历中梦境与现实的错综关系已经完全让他不知所措。

穿过朦胧深渊的通道会非常可怕,因为瓦尔普吉斯之曲正在那里振荡,他必须面对可怕得要死的宇宙脉动。即便是此时此刻,他也能觉察到一种怪诞的低频振颤,其中的节拍他已经了然于心。每逢巫妖狂欢日,它就会达到高潮,扩散到所有的世界,召唤信徒,开启无可名状的祭拜仪式。巫妖狂欢日的吟唱中有一半是在模仿这仅能微弱听到的搏动节奏,凡人的耳朵绝不可能毫无阻隔地直面它的完整形态。吉尔曼同样不知道他能否相信自己的本能可以带他返回正确的空间区域。他怎么能确定自己不会去往某个遥远星球上绿光笼罩的山坡、银河系以外俯瞰触手魔怪的城市的棋盘格台地、无智的恶魔君王阿撒托斯统治的混沌那彻底虚无的黑色旋涡?

就在他跳进通道前的那个瞬间,紫色光雾忽然熄灭,完全的黑暗吞没了他。女巫——老凯夏——纳哈布——这个变化意味着她肯定死了。巫妖狂欢日遥远的吟唱声和布朗·詹金在深洞底下的呜咽声混杂在一起,但他觉得他又听见了另一种更疯狂的哀怨叫声从不知名的深渊里传来。乔·马泽尔维奇——抵御爬行混沌的祷告变成了无法解释的欣喜尖叫——嘲讽的现实世界与虚幻的梦境世界碰撞在了一起——

> 咿呀！莎布·尼古拉斯！孕育万千子孙的黑山羊……

离天亮还很遥远的时刻，有着怪异夹角的阁楼房间里响起一声恐怖的尖叫，戴尔欧谢、考延斯基、多姆布罗夫斯基和马泽尔维奇立刻冲上楼，坐在椅子里熟睡的艾尔伍德也醒了，他们打开房门，发现吉尔曼躺在地上。他活着，睁着眼睛瞪视前方，但似乎没有多少意识。他的喉咙上有企图掐死他的爪痕，左脚踝上有非常凄惨的老鼠咬痕。他衣衫凌乱，乔给他的十字架不见踪影。艾尔伍德不禁颤抖，他甚至不敢猜想他这位朋友的梦游症演变出了什么新形式。马泽尔维奇似乎精神恍惚，因为他声称他的祈祷得到了一个所谓的"征兆"回应，听见倾斜墙板里传来老鼠的吱吱叫声和哀怨呻吟，他疯狂地在胸前画十字。

他们把做梦者搬进艾尔伍德的房间，放在沙发上，叫来马尔科夫斯基医生——他在当地执业，不会造成有可能导致尴尬的任何传言——他给吉尔曼打了两针，帮助他放松下来，进入类似自然睡眠的休息状态。天亮之后，患者数次恢复意识，断断续续地向艾尔伍德讲述他最新的梦境。这是个令人痛苦的过程，刚开始就引出了一个令人不安的新事实。

吉尔曼的耳朵最近变得异乎寻常地敏感，此刻却聋得像块石头。艾尔伍德连忙再次叫来马尔科夫斯基医生，医生说吉尔曼的两侧耳膜都撕裂了，像是遭遇了超越人类的全部概念和承受力的巨大噪声的冲击。如此响亮的声音在过去这几个小时里震聋了他，却没有吵醒米斯卡托尼克山谷的任何一位居民，我们诚实的好医生无法解释其中的原因。

艾尔伍德把交谈中他的话语写在纸上，两人之间恢复了颇为顺畅的交流。他们谁也不知道该如何看待这一整件混乱的事情，决定还是不要多做思考比较好。但两人都赞成他们必须尽快安排离开这幢被诅咒的古老房屋。晚间的报纸称警方在黎明前夕突袭了牧场山另一侧溪谷中的怪异狂欢人群，并提及那里有一块白色巨石，多年以来围绕它有许多迷信传闻。无人被捕，但有人在一哄而散的逃跑者中瞥见了一名高大的黑人。另一篇专栏文章称依然未找到失踪的小拉迪斯拉什·沃莱杰科的任何踪迹。

恐怖在当晚达到了顶点。艾尔伍德永远也不会忘记这件事，它造成的精神崩溃导致他在这个学期剩下的时间里只能休学静养。那天晚上他一直觉得墙板内部有老鼠活动的声音，但没怎么留意。他和吉尔曼睡下很久以后，房间里响起了极为骇人的叫声。艾尔伍德跳起来，打开灯，跑向客人睡觉的沙发。沙发上的人正在发出人类绝不可能发出的惨嚎，像是遭受了无法用语言形容的可怕折磨。他在被单下蠕动，一大块红色湿斑在毯子上逐渐扩散。

艾尔伍德几乎不敢碰他，但惨叫声和蠕动都慢慢平息了下来。这时多姆布罗夫斯基、考延斯基、戴尔欧谢、马泽尔维奇和顶层的另一名住客都冲进了他的房间，房东派妻子回去打电话叫马尔科夫斯基医生。所有人都尖叫起来，因为一个仿佛大老鼠的身影突然从浸透鲜血的被单底下跳出来，顺着地板跑向不远处刚挖穿的老鼠洞。医生赶到，掀开那块可怕的被单，发现沃尔特·吉尔曼已经死了。

至于是什么杀死了吉尔曼，仅仅暗示一下就足够残忍了。他的身体内部出现了一条真正的隧道，某种东西吃掉了他的心脏。多姆布罗夫斯基因为他毒杀老鼠的努力终告失败而懊悔得发疯，抛开他对房租的所有顾虑，在一周内就带着全部租客搬进了胡桃街一幢破败但没那么古老的房屋。在很长的一段时间内，最难做到的事情就是让乔·马泽尔维奇保持安静，因为这位阴郁的织布机修理工总是喝得醉醺醺的，永远在呜咽着喃喃诉说各种阴森和可怖的事情。

在最后那个可憎的夜晚，乔似乎曾忍着不适仔细查看从吉尔曼所躺的沙发延伸到不远处的老鼠洞的猩红色鼠爪印痕。它们在地毯上非常模糊，但地毯边缘和护壁板之间有一小段地板裸露在外。马泽尔维奇在那里发现了恐怖得难以置信的东西——至少他认为他见到了，因为其他人并不赞同他的看法，只承认脚印的样子无疑很奇怪。地板上的印痕确实与一般性的老鼠爪印大相径庭，但就连考延斯基和戴尔欧谢也不会承认它们像是四只极小的人手留下的掌印。

这幢房屋再也没有租出去。多姆布罗夫斯基迁出后，荒弃的命运终于降临在了它头上，人们对它避而远之，既因为这幢房屋过去的名声，也因为最近出现的恶臭气味。或许前房东的老鼠药毕竟还是见效了，因为他离开后没多久，这里就成了区域性的公害。健康部门的官员追查气味来源，发现它来自东侧阁楼房间以上和旁边的封闭空间，认为死在里面的老鼠肯定为数众多。然而他们认为不值得花时间撬开墙板，清理那些封闭多年的恐怖事物，因为臭味很快就会散尽，而附近的居民对卫生标准本来就不怎么严苛。事实上，当地隐约有传闻称在五朔节前夕和万圣节过后，女巫之屋的楼上会飘出无法解释的恶臭。左邻右舍习惯性地一边抱怨一边默然容忍，但臭味还是给此处又增加了一项不利因素。建筑物检查员最终将这幢房屋定为不适合居住。

吉尔曼的梦境及与其相关的种种变故一直没能得到解释。艾尔伍德对整件事情的看法有时逼得他自己几乎发疯，来年秋天他回到校园，隔年6月毕业。他发现本市那些阴森的坊间传说减少了很多，尽管在那幢房屋尚存于世的时间里，始终有人声称在荒弃的建筑物里听见可怖的窃笑声，但自从吉尔曼死后，就再也没有人喃喃说起他们又见到了老凯夏和布朗·詹金。随后的那一年，某些事情使得古老的恐怖流言再次在当地传得沸沸扬扬，幸运的是艾尔伍德当时不在阿卡姆。事后他当然听说了这些传闻，阴森而纷乱的推测无法言喻地折磨着他。尽管如此，比起身临其境地目睹某些景象，这依然要容易接受一些。

1931年4月，狂风摧毁了空置的女巫之屋的屋顶和大烟囱，风化的砖块、苔藓丛生的发黑木瓦、朽烂的木板与房梁塌进屋顶空间，砸穿了底下的楼板。自上方落下的瓦砾塞满了整个阁楼，拆除这座衰败的建筑物已是不可避免之事，因此没有人愿意费工夫去收拾烂摊子。当年12月，最终的处置行动开始了，心怀恐惧的工人不情愿地清理吉尔曼曾经居住的房间时，流言开始传播。

　　在砸穿倾斜的古老天花板的瓦砾之中，有几件物品促使工人放下手里的事情，打电话叫来了警察。警察转而向验尸官和几位大学教授求助。他们发现了一些骨头，这些骨头在严重碾压下成为碎片，但能够轻易辨认出属于人类。证据表明它们属于现时代，然而令人困惑地与它们唯一有可能的来源之处的古老年代相互矛盾，这个地方就是倾斜地板以上低矮的屋顶空间，被封死后断绝了人类进出的所有可能性。法医认为部分骨头属于一名幼儿，而另外一些属于一名体型较小的老年女性，后者与棕色衣物的朽烂残骸混合在一起。仔细筛查瓦砾后发现其中还混有大量的细小骨头，有些属于在坍塌时被压死的老鼠，还有一些年代较为久远的老鼠骨头上存在尖牙啃噬的痕迹，这些痕迹在当时和现今都引发了大量争议和思索。

　　同时发现的物品包括许多书籍和手稿的散乱残片，另外还有一些泛黄的尘土，那是更古老的书籍和手稿完全解体后留下的遗骸。所有物品无一例外地都与最高等和最可怖的黑巫术有关。部分物品明显来自较近的年代，它们和现时代的人骨一样，到现在依然是不解之谜。一个更大的谜团是在大量纸张上发现的潦草古体字完全出自同一人之手，而这些纸张的保存情况和水印说明其出产时间分布于至少一百五十到两百年之间。然而对一些人来说，最大的谜团是被发现散落于废墟中、受损程度各异的许多物件，这些物件种类繁多、莫名其妙，其形状、材质、工艺类型与用途难住了所有研究者。里面有一件东西是个严重损坏的怪诞雕像，与吉尔曼交给大学博物馆的小雕像十分相似，但这件雕像更大，材质不是金属，而是用某种泛着蓝色的特殊石块凿刻而成，棱角怪异的底座上有一些不可解读的象形文字。

考古学家和人类学家直到今天还在尝试解释镂刻在一个被压扁的轻质金属碗上的怪异图案，碗的内侧沾着一些不祥的棕色污渍。人们在瓦砾堆里发现了一枚现时代的镍合金十字架和它被扯断的链子，乔·马泽尔维奇颤抖着辨认出那是他几年前送给可怜的吉尔曼的礼物，外国人和迷信的老祖母提到此事就停不下嘴。有些人认为老鼠将十字架拖进了封死的屋顶空间，还有一些人认为它一直就在吉尔曼那个房间的角落里。包括乔在内的另一些人却提出了过于疯狂和离奇的看法，神志清醒的人无论如何都不可能相信。

人们挖开了吉尔曼房间的倾斜墙壁，这面墙和房屋北墙之间被封死多年的三角形空间重见天日，其中的房屋瓦砾比房间里的要少得多，即便按照尺寸比例来衡量也同样如此。

但它的地面上恐怖地覆盖着一层更古老的东西，负责拆毁房屋的工人吓得瘫倒在地。简而言之，地面上密密麻麻地遍布孩童的骸骨，有些较为接近现时代，有些可以追溯到无数世代以前，岁月已经将骨头几乎完全化作齑粉。骸骨之中扔着一把巨大的匕首，明显是一件古物，造型怪诞，雕饰精美，花纹带着异域色彩——成堆的遗骸压在上面。

瓦砾之中、嵌在一块塌落的木板和几块被水泥粘合在一起的烟囱红砖之间，有一样东西比这座被诅咒的闹鬼建筑物里发现的其他东西，都能在阿卡姆引来更多的困惑、隐藏的恐惧和公开的迷信传言。这件物品是一具患病的巨大老鼠被部分压碎的骸骨，米斯卡托尼克大学比较解剖系的成员直到今天依然会为它的畸形体态争论不休，同时又奇异地对外界保持沉默。这具骸骨的消息极少泄露在外，但发现它的工人曾用震惊的语气悄声谈论连接着骸骨的棕色长毛。

传闻称，骸骨上细小手爪的骨骼体现出许多抓握的特征，对小型猿猴来说更为典型，而非老鼠。而长着凶狠的黄色尖牙的头骨则极为畸形反常，从特定的角度看去，它异常可怖地酷似严重退化的微型人类头骨。工人挖出这个亵渎神明的怪物时，纷纷充满恐惧地在胸前画十字，但事后都去圣斯坦尼斯拉斯教堂里点蜡烛表示感恩，因为他们相信从今往后再也不会听到那刺耳的阴森窃笑了。

土丘[1]

-I-

直到最近几年，大众才不再将西部视为新的国土。"新"的想法之所以会根深蒂固，我猜是因为我们这个特定的文明对此处来说凑巧比较新，然而当代的探索者掘开表面，挖出了历史被记录之前就在那些平原和群山之间崛起与衰落的完整的生命篇章。一个有着两千五百年历史的普埃布洛人村庄早已不足为奇，即使考古学家将墨西哥的下佩德雷加尔文明回推到公元前一万七千至一万八千年，我们也几乎不会感到惊讶，毕竟还听说过更古老的事物的传闻，例如原始人类曾与已灭绝的动物共存，今天我们只能通过极少的骨骼碎片和古老器物知晓其存在，因此"新"这个概念很快就烟消云散了。比起我们，欧洲人通常更擅长把握难以追溯的古老时代和前后接续之生命源流的深层积淀所带来的

---

[1] 本篇为洛夫克拉夫特与齐里亚·毕夏普合著。

感觉。仅仅几年前，一位英国作家提到亚利桑那时还说它是"月光下的朦胧地域，自有其可爱之处，荒凉而古老——一片有历史的孤寂大地"。

然而我认为，我对西部那惊人甚至骇人的古老的认识比任何一名欧洲人都更加深刻。这些认识完全来自1928年的一桩往事。我非常希望能将这件事的四分之三视为幻觉，然而它在我的记忆中留下了深刻得可怕的烙印，我无法轻易将其抛诸脑后。事情发生在俄克拉荷马，身为一名美洲印第安人民族学家，工作时常让我造访此处，我在这里接触过一些恶魔般怪异和令人惊惶的事物。请不要误会——俄克拉荷马不仅是开拓先锋和地产推广人眼中的边疆。这里有一些非常古老的部落，传承着极为久远的记忆。每到秋天，手鼓的节拍无休止地回荡在阴郁的平原上，裹挟着人们的灵魂危险地接近了某些只在窃窃私语中被提及的古老事物。我是白人，出身东部，然而任何人想了解众蛇之父伊格的祭典都会受到欢迎，无论何时何地想到这些，我都会真正地不寒而栗。这种事情我听得太多也见得太多，已经算是"见多识广"了。1928年的这件事也是如此。我很愿意当成玩笑，但我做不到。

我去俄克拉荷马是为了追溯一个鬼故事，它是目前在白人定居者之间传播的诸多鬼故事之一，但在印第安部落中竟有着强烈的对应关系，我确定最终能查到它的印第安起源。它是那种极其怪异的荒野怪谈，尽管从白人嘴里说出来显得平淡无奇，却和土著神话中某些最寓意深长和最晦涩的篇章有着明确的联系。这些传说都围绕俄州西部那些辽阔、孤独、不自然的土丘展开，故事里的鬼魂都有着异常奇特的面貌和装束。

在那些最古老的传闻中，流传最广的那个在1892年曾轰动一时，一位名叫约翰·威利斯的政府法警进入土丘地带追捕盗马贼，回来时讲述了一个疯狂的奇谈，他声称深夜有骑兵队伍在半空中交战，与看不见的幽灵大军殊死搏斗，战场上能听见马蹄和人脚冲锋的声音、重击落到实处的砰然巨响、金属撞击金属的铿锵震响、战士模糊不清的嘶喊声、人体和马匹颓然倒下的声音。这些事情发生在月光下，既惊吓了他的马，也让他感到害怕。这些声音每次持续一小时，栩栩如生，但微弱得像是被风从一段距离外送来的，而且没有伴随军队本身的任何影像。后来威利斯得知他听见那些声音的地方是个恶名昭著的闹鬼之处，定居者和印第安人都尽量避而远之。许多人在天空中见过或隐约见过交战的骑手，据此留下了一些不明确的模糊描述。定居者将鬼魂战士描述为印第安人，但不是任何一个众所周知的部落，交战者的服装和武器都极为独特。他们甚至更进一步声称不敢确定交战者骑的是真正的马匹。

另一方面，印第安人似乎也不承认幽灵是他们的亲族。他们称之为"那些人""古老者"或"下面的人"，似乎对后者怀着畏惧和崇敬的心情，不敢多说什么。没有哪位民族学家能从任何一名说故事者嘴里问出幽灵的详细描述，似乎也没有人看清楚过他们的模样。印第安人对这种现象有一两句流传已久的谚语，说什么"人非常老，灵魂就非常大；不怎么老，就不怎么大；比时间都古老，灵魂会大得近乎血肉。那些古老者和灵魂混在一起——变得不分彼此"。

对民族学家来说，这些当然都是"老东西"，它们全都属于在普埃布洛人和其他平原印第安人之中流传已久的一类传奇，这些传奇牵扯到隐藏的奢华城市和埋葬地下的族群，几个世纪前曾诱使科罗纳多[1]徒劳无功地寻找传说中的奎维拉。吸引我深入俄克拉荷马西部的东西则要明白和确凿得多，那是流行于当地的一个独特传说，尽管本身非常古老，对外界的研究者来说却是全新的材料，它第一次对所涉及的鬼魂给出了明确的描述。另外还有一项事实又为它增添了一份魅力，那就是传说源自偏僻的宾格镇，小镇位于喀多县，我早已知道这里发生过与蛇神相关、解释不清楚的恐怖事件。

这个传说从表面上看非常幼稚和简单，围绕着平原上一座巨大而孤独的土丘或小山展开，这座土丘位于某个村庄以西三分之一英里处，有人认为它是大自然的产物，也有人认为是史前部落的墓地或典礼台。村民声称这座土丘多年来一直有两个印第安鬼魂作祟。他们轮流出现，一名老人，无论天气好坏，从黎明到黄昏总是在土丘顶部来回踱步，只会短

---

1. 科罗纳多（1510—1554），西班牙探险家，在寻找传说中的黄金城时曾到达亚利桑那和新墨西哥。

暂地间歇性消失不见；还有一个女人，她到晚上接替老人，手持蓝色火焰的火把，火光一刻不停地燃烧到天亮。月光明亮的时候，你能相当清楚地看见女人的奇异形象，超过半数村民认为这个幽灵没有头部。

当地人对这两个影像的行为动机和鬼魂与否的看法不尽相同。有人认为男人根本不是幽灵，而是一个活生生的印第安人，他为了黄金残杀了一个女人并砍下后者的头颅，将尸体埋在土丘上的某处。抱着这种看法的人认为，他在土丘顶上踱来踱去纯粹是出于懊悔，只在天黑后才会显形的受害者的灵魂束缚着他。但抱着鬼魂看法的人的意见更加统一，他们认为男人和女人都是鬼魂，男人在非常遥远的过去杀死了女人和他自己。这两种看法和另一些较少见的变体自1889年威奇托地区被殖民以后就开始流传，而且根据我听说的情况，故事里的现象到现在依然存在，任何人都可以用自己的眼睛验证，因此也有一定的可信度。没有多少鬼故事能提供如此丰富和不加掩饰的证据，这个不为人知的小村庄远离人潮汹涌的道路和科学知识的无情检视，我非常希望能去看一看那里潜藏着什么样的怪异奇景。就这样，1928年夏末的一天，我坐上开往宾格的火车，列车沿着单行轨道战战兢兢地晃动前行，外面的地貌变得越来越荒凉，我沉思着各种奇异的谜团。

宾格位于红色尘土飞扬的多风平原地带，只是一片丛生的简朴木屋和店铺。除了临近保留地的印第安原住民，村里有大约五百名定居者，主要产业似乎是农垦。土地相当肥沃，采油风潮还没有刮到俄州的这片区域。我乘坐的列车在暮色中进站，列车撇下我呼哧呼哧地向南而去，切断了我与普通的日常事物之间的联系，我因此颇为惶惑和不安。站台上满是好奇的闲汉，向他们打听的话，每个人似乎都乐于给我指路。他们领着我沿着一条没什么特色的主街向前走，遍布车辙的路面被此处的砂岩土壤染成红色，最终将我送到要招待我的主人家门口。为我安排各种事情的人考虑得很周到，因为康普顿先生非常聪明，在当地负责公职；他母亲和他同住，人们亲切地称呼她"康普顿奶奶"，她是首批来到此处的殖民者的一员，是一座奇闻异事和民间传说的宝库。那天晚上，康普顿一家为我介绍了在村民中流传的所有民间故事，证明我前来研究的现象确实重要且令人困惑。宾格的全部居民似乎都接受了那两个鬼魂的存在，将其视为理所当然的事情。在怪异的孤独土丘和上面不肯安息的身影的陪伴下已经诞生了两代人。人们对于土丘附近的区域自然满怀畏惧并规避，因此村庄和农场在四十年的垦殖之中不曾朝那个方向扩展分毫，只有一些敢于冒险的个人前去探访过几次。有人回来后声称接近那个可怖山头时没有看见任何鬼魂。孤独的哨兵在他们抵达前不知怎么躲到了他们的视野之外，任凭他们爬上陡峭的山坡，探索山顶的平地。他们说山顶什么都没有——仅仅是一大片乱糟糟的矮树丛。对于印第安守望者能消失到哪儿去，他们一无所知。按照他们的看法，他肯定顺着山坡跑到了平原上，躲在他们看不见的某个地方，然而视线内并没有合适的隐藏地点。另一方面，土丘上似乎没有深入地下的洞口，这个结论是在颇为细致地搜索了四面八方的灌木丛和高秆草之后得出的。在少数几次冒险中，更敏感的探索者声称他们感觉到某种不可见的抑制性障碍，但除此之外他们也无法给出更明确的描述。感觉就像他们一旦想朝某个方向移动，空气就会变得稠密，阻挡他们的脚步。不消说，这些大胆的尝试都是在白天进行的。宇宙间没有任何力量能让一个人——无论是白皮肤还是红皮肤的——在天黑后接近那片险恶的高地。事实上，哪怕在最明亮的阳光下，印第安人也绝对不想靠近这座土丘。

然而鬼魂土丘所造成的恐惧情绪却并非来自这些神智健全、观察力敏锐的探索者讲述的故事。假如他们的经历很常见，那么在当地传说中就不会占据如此显赫的位置了。最凶险的一点是另有许多探索者回来时怪异地出现了精神和肉体的损伤，甚至根本没有回来。第一起事件发生于1891年，一位名叫西顿的年轻人带着铁铲去看看他能挖掘出什么隐藏的秘密。他从印第安人那里听说了一些怪异的传说，对去土丘后空手而归的另一名年轻人的无趣报告冷嘲热讽。另一名年轻人出发探险时，西顿在村里用望远镜观察土丘。随着探险者接近目的地，他看见印第安守望者从容地钻进了土丘，就好像山顶有个翻板活门和相应的楼梯。另一名年轻人没有看清印第安人是如何消失的，只知道当他爬上土丘时后者已经不见踪影。

西顿自己出发时决心要揭开这个谜团,村里的观察者看见他斗志昂扬地劈砍土丘顶部的灌木丛,然后看见他的身影慢慢地消失得无影无踪。他在好几个小时的漫长时间里不曾露面,直到黄昏时分无头女人的火把在遥远的丘顶绽放骇人的光华。夜幕降临后两小时,他踉踉跄跄地回到村里,铁铲和其他物品都不在身边,他尖叫着前言不搭后语地喊出连珠炮般的疯话,嚎叫着骇人的深渊和怪物、恐怖的雕塑和神像、非人类的俘获者和怪诞的折磨,还有复杂和荒谬得甚至难以记住的其他虚妄奇谈。"古老!古老!古老!"他一遍又一遍地呻吟道,"伟大的上帝啊,他们比地球更古老,从其他地方来到此处——他们知道你在想什么,使得你知道他们在想什么——他们半人类半鬼魂——跨越了界限——融化和重新成形——变得越来越像这样,但我们一开始全都源于他们——图鲁的子孙——所有东西都是用黄金做的——畸形的动物,半人类——死去的奴仆——疯狂——咿呀!莎布-尼古拉斯!——那个白人——啊,我的上帝,他们对他做了什么……"

西顿当了八年村里的傻瓜,最终死于癫痫发作。在他的不幸遭遇之后,村里还有两起因土丘而发疯和八起彻底失踪的事例。西顿疯疯癫癫地回到村庄后不久,三个不顾一切、意志坚定的男人结伴前往孤独土丘。他们全副武装,带着铁铲和锄头。观望的村民看见印第安鬼魂随着探险者的接近而消散,然后看着他们爬上土丘,在矮树丛里四处勘察。三个人突然消失得无影无踪，再也没有人见过他们。一名观望者有一架倍数特别大的望远镜，觉得他看见另有几条黑影在三个无助男人的身旁隐约现身，把他们拖进了土丘，然而没有人能够证实他的说法。不消说，这三个人失踪后，村民没有阻止队伍前去搜索。接下来的许多年，再也没有人前往土丘探访。只有在1891年的事情被大多数人遗忘后，才有人胆敢考虑继续探索这个地方。1910年前后，有个年轻得对骇人往事毫无印象的男人去了一趟大家避而远之的那个地方，却一无所获。

到了1915年，1891年往事引起的激烈恐惧和疯狂传闻已经基本消散，在白人中演变成了目前流传的毫无想象力的普通鬼故事。相邻的保留地里，年长的印第安人对此依然顾虑重重，保持着自己的看法。就在这段时间前后，村民中掀起了第二波好奇和探险的风潮，几个大胆的探索者前往土丘又顺利返回。紧接着有两个东部人带着铁铲和其他工具前往土丘，这一对业余考古学家来自一所小型大学，当时正在印第安人群中从事研究。没有人在村里观望他们的行程，但这两个人再也没能回来。村民组织搜索队寻找他们的踪迹，招待我的主人克莱德·康普顿也在队伍里，但在土丘上未能发现任何异常之处。

接下来是老劳顿上尉的单人探险，这位头发花白的拓荒者在1889年协助开辟了这片地区，但后来一直没有回来过。多年来他一直记挂着土丘和它的怪异传说，如今既然已经在享受舒适的退休生活了，于是就下定决心试一试解开这个古老的谜题。他很熟悉印第安神话，因此心里有一些比单纯村民的想法要怪异许多的念头，他为大规模挖掘活动做足了准备。1916年5月11日星期四上午，他爬上土丘，超过二十人在村里和附近平地上用望远镜观看他的一举一动。他消失得很突然，但当时他正在用砍刀清理灌木丛。所有人都只知道前一瞬间他还在视线内，下一瞬间就不见了。接下来的一个多星期，宾格没有收到他的任何消息，然后在某一天半夜，一个怪物拖着自己的身躯爬进村庄，围绕它而起的争论到今天依然非常激烈。

这个怪物自称是——或者说曾经是——劳顿上尉，然而它无疑比爬上土丘的老人年轻至少四十岁。它头发乌黑，脸上毫无皱纹，面容因为无可名状的恐惧而扭曲。但它确实让康普顿奶奶惊异地想到了上尉在1889年的模样。它的双脚从脚踝处被干净利落地截断，对一个仅仅一周前还在直立行走的人来说，断面愈合到了光滑得近乎不可思议的地步。它胡乱说着谁也听不懂的话，一遍又一遍重复"乔治·劳顿，乔治·E.劳顿"这个名字，像是要让自己相信它本人的身份。在康普顿奶奶看来，它的胡话与已故年轻人西顿在1891年的谵妄狂言有着怪异的相似之处，只在一些细微之处存在区别。"那蓝光！——那蓝光……"怪物喃喃自语，"一直在底下，早于任何生物存在的时代——比恐龙更古老——始终如一，只会变弱——永生不死——潜伏、潜伏、潜伏——同一群人，半人半气体——死者能行走和劳作——噢，那些巨兽，那些半人的独角兽——黄金的房屋与城市——古老、古老、古老，比时间更古老——来自群星——伟大的图鲁——阿撒托斯——奈亚拉托提普——等待，等待……"怪物在黎明前死去。

事后当然展开了调查，保留地的印第安人受到无情的盘问。但他们什么都不知道，也什么都不肯说。至少没人愿意开口，只有老灰鹰除外，他是威奇托族的一名酋长，一个多世纪的年龄使得他超脱了世俗的恐惧。唯独他愿意屈尊给出一些忠告。

"白人，不要打扰他们。不好打交道——那些人。全都在这底下，那些古老者，全都在这底下。伊格，众蛇的大父，他在那里。伊格是伊格。泰尔华，众人的大父，他在那里。泰尔华是泰尔华。不死。不老。和空气一样永恒。只是活着，等待着。有朝一日他们会出来，活着，征战。用泥土建造帐篷。带来黄金——他们有很多黄金。离开，建造新的居所。我是他们。你是他们。然后大水来了。一切改变。没有谁出来，不让任何人进去。进去就出不来。你不要打扰他们，你不懂坏巫术。红人知道，他不会被抓住。白人乱来，他回不来。别靠近小山丘。没有好事。听灰鹰一句。"

假如乔·诺顿和兰斯·韦洛克接受了老酋长的建议，他们多半能够活到今天，但他们没有。他们博览群书，是唯物主义者，天不怕地不怕。他们认为某些印第安恶棍在土丘内部建立了秘密总部。他们去过那座土丘，现在打算再去一趟，为老劳顿上尉报仇——他们夸口说宁可把土丘夷为平地也要完成心愿。克莱德·康普顿用高倍望远镜观望，见到他们绕着险恶土丘的底部走向另一侧。他们显然想非常有条理和细致地勘测这片区域。几分钟过去了，他们没有出现。从此再也没人见过他们。

土丘再次成为了惊吓和恐慌的源泉，若不是因为世界大战造成的波澜，它肯定不会返回宾格地方民间传说的背景深处。1916至1919年，无人探访这座土丘，倘若不是因为从法国服役归来的某些年轻人的鲁莽大胆，这种情况应该会保持下去。从1919至1920年，过早变得铁石心肠的年轻退伍军人之间掀起了探访土丘的风潮，随着一个又一个年轻人毫发无损、满脸轻蔑笑容地归来，这股风潮变得越来越流行。到了1920年——人类是何等健忘啊！——土丘几乎是个笑话了。被杀女人的平淡故事重新出现，渐渐替换了人们嘴里更阴森的传说。这时有一对做事不计后果的年轻兄弟，克雷家特别欠缺想象力和死脑筋的那两个小子，他们决定上山去挖出被埋葬的女人和黄金，据说印第安老人杀死她就是为了那些黄金。

他们在9月的一个下午出发——印第安人的手鼓刚好在这段时间每年一次地敲响，鼓声不间断地在红土飘扬的平原上回荡。无人观望他们的行动，数小时后两人没有回到村里，他们的父母也并未开始担心。过了一段时间，人们才警觉起来，组织队伍前去搜寻，结果再一次无可奈何地输给了充满沉默与怀疑的谜团。

但他们中的一个终究还是回来了。回来的是哥哥艾德，他稻草色的头发和胡须变成了白化症般的雪白色，从根部算至少长两英寸。他的额头有一个怪异的伤疤，状如烙印的象形文字。他和弟弟沃克失踪三个月后的一个夜晚，他偷偷摸摸地潜入自己家，没穿任何东西，只裹着一条图案怪异的毛毯，他飞快地套上一身自己的衣服，立刻把毛毯塞进火炉。他告诉父母，一群奇特的印第安人——不是威奇塔人或喀多人——俘获了他和沃克，将他们关押在西边的某个地方。沃克死于残酷折磨，他逃了出来，但付出了极高的代价。这段经历过于恐怖，此刻他无法详细描述。他必须休息——再说搞得村民群情激昂、前去搜寻和惩罚那些印第安人也毫无意义。他们不是你能逮住或惩罚的那种人，另外为了宾格全村乃至于整个世界着想，还是不要把他们赶进他们的秘密巢穴比较好。事实上，你甚至不能称他们为真正的印第安人——他以后会解释最后这句话是什么意思的。另一方面，他必须休息。最好不要用他回归的消息惊扰全村老小——他要上楼睡一觉。在他爬上陈旧的楼梯回自己卧室前，他拿走了客厅桌上的记事本和铅笔，还有他父亲写字台抽屉里的自动手枪。

三小时后，楼上传来了枪声。艾德·克雷用左手攥紧手枪，一粒子弹干净利落地打穿了两侧太阳穴，一张稀稀拉拉写了几行字的纸放在床边的破旧木桌上。从削得只剩下最后一截的铅笔头和塞满炉膛的纸灰来看，他原本写了许多文字，但最终决定不透露他的见闻，只留下一些语焉不详的暗示。仅存的残缺片段仅仅是疯狂的警告，怪异地倒着写下潦草字母——显然是因为苦难而心智错乱之下的胡言乱语——读起来感觉也是这样。对一个向来感觉迟钝和讲求实际的人而言，会写出这么一段文字委实令人吃惊：

> 看在老天的分上千万不要靠近那座土丘它是某个邪恶和古老得不能提及的世界的一部分我和沃克去了被抓进土丘那东西时而融化时而再次成形比起他们能做到的事情整个外部世界只能绝望旁观——他们只要愿意就能永远年轻地存活你分不清他们究竟是人还是鬼魂——他们的~~~~~所作所为不能被提及而这仅仅是一个入口——你们想象不出整个地方有多大——见过我们看到的那些事物之后我不想活下去了
>
> 法国相比之下什么都不是——人们一定要~~~~远离那里上帝啊若是他们见到可怜的沃克最后变成了什么样子他们一定会的
>
> 你们真挚的
> 艾德·克雷

验尸时法医发现，年轻人克雷体内的所有器官都从右到左反了过来，就好像他曾被内外调转了一遍似的。他难道一直就是这样吗？当时谁也说不清，然而后来从军方的记录得知，1919年5月艾德退役时身体完全正常。究竟是什么地方搞错了，还是确实发生了某种前所未有的变异过程，这个问题到现在依然没有得到解答，同样找不到答案的还有他额头上那个宛如象形文字的疤痕。

人们对土丘的探索到此为止。接下来到现在的八年间，再也没有人靠近那地方，连愿意拿起望远镜看它的人都寥寥无几。人们时不时紧张地瞥向突兀耸立于平原上、西方天空映衬下的孤独山丘，见到白天巡行的黑色身影和夜晚舞动的闪烁鬼火就会不寒而栗。人们不折不扣地接受了现实，认为那东西是个不该被探索的谜团，全村一致赞同对这个话题避而不谈。说到底，想避开这座山丘其实很容易，因为其他各个方向都有无穷的空间可资利用，人们的社会生活只遵循既定的轨道展开。村庄朝着土丘的那一侧始终连个辙印都没有，就仿佛那里是水域、沼泽或沙漠。然而警告孩童和外来者远离土丘的惊恐传闻很快沉寂，嗜血的印第安鬼魂和被他杀死的女人的平淡故事再次抬头，为人类这种生物的迟钝和欠缺想象力写下了一个古怪的注脚。只有保留地的印第安部落和康普顿奶奶这种多虑的老一辈还记得那邪恶景象背后的暗示和回来后性情大变、精神崩溃者的胡言乱语所蕴含的深刻威胁。

时间很晚了，等克莱德讲完所有事情，康普顿奶奶早已上楼歇息。我不知道该如何看待这个令人恐惧的谜团，然而与理性的唯物主义相矛盾的任何想法都让我感到厌恶。对探访土丘的那么多人来说，是何等力量催生了疯狂，还有逃跑与游荡的冲动？这些故事给我留下了深刻的印象，却更多地驱策了我，而不是阻挡我的脚步。我当然必须追根究底，只要我能保持头脑冷静和意志坚定，就应该能查明真相。康普顿读懂了我的情绪，担忧地摇着头。他示意我跟他出去。

我们离开木屋，走进安静的侧街或小巷，在8月渐亏的月亮下走了一段路，来到房屋变得稀疏的地方。半轮月亮还很低，月光尚未掩住天空中的诸多星辰，因此我不但能看见西面璀璨的牵牛星和织女星，也能看见银河那神秘的辉光，我的视线越过广阔的大地和天空，望向康普顿指给我看的方向。忽然，我看见了一团不是星辰的亮光——这个发蓝的光点在地平线附近的银河映衬下移动和闪烁，给人以比天穹中的任何事物都更加邪恶和凶险的模糊感觉。我又看了一小会儿，确定这个光点位于远处一片高地的顶端，这片高地耸立于一望无际、微光照耀下的平原上，我带着疑问转向康普顿。

"对，"他答道，"这就是蓝色的鬼火——那里就是土丘。历史上没有哪个夜晚我们不曾看见它——宾格没有任何一个活人愿意越过这块平原走向它。那里只有坏事，年轻人，你要是聪明就不会去打搅它的安宁。你还是取消你的计划吧，孩子，在附近另找一些印第安神话去研究。老天在上，这儿有足够多的故事，可以让你忙得不可开交！"

-II-

然而我无意于接受任何忠告，尽管康普顿为我安排的房间很舒服，我却彻夜难以合眼，因为我期待着能在天亮后亲眼目睹白昼出没的鬼魂并去保留地向印第安人询问情况。我打算缓慢而彻底地仔细调查整件事情，在启动实际的考古学调查之前，先用来自白种人和红种人双方的所有资料武装自己。黎明时分，我起床穿衣，但等到听见别人的响动才下楼。康普顿正在厨房生火，他母亲在食品储藏室忙碌。康普顿看见我，对我点头致意，随即邀请我去初升的迷人朝阳下散散步。我知道我们要去哪儿，沿着小路向前走的时候，我隔着西面的平原极目眺望。

土丘就在那里——很远，人为的规则线条显得非常奇异。它高约三十到四十英尺，按照我的估计，从北到南约长一百码。康普顿说从东到西没这么宽，轮廓仿佛被压扁的椭圆形。我知道他曾数次前往土丘并全身而退。我望着西面深蓝色天空映衬下的土丘边缘，尝试在上面寻找微小的不规则之处，产生了一种有东西沿着它表面移动的感觉。我的脉搏变得有点狂热，康普顿默不作声地递给我一副高倍望远镜，我迫不及待地接了过去。我飞快地调好焦距，第一眼只看见了遥远土丘轮廓线上的一片灌木丛——这时某样东西刚好大踏步地走进视野。

它无疑是一条人影，我立刻意识到我见到的正是白昼出没的所谓"印第安鬼魂"。我不再怀疑前人对它的描述了，因为这是一个高大、瘦削、身披黑袍的男人，黑色的头发扎着羽饰，古铜色的脸上遍布皱纹，鹰隼般的面孔毫无表情，比我遇到过的任何事物都更像一名印第安人。然而我受过民族学训练的眼睛立刻告诉我，他不属于迄今为止我们已知的任何一种红种人，而是剧烈种族变异的产物，并且来自迥然不同的文化源流。现代印第安人是短颅形的，也就是俗称的圆头，除了在两千五百年甚至更久以前的古普埃布洛遗址中，你找不到任何一个长颅形（也就是长头）的印第安人。然而这个人的长头特征非常显著，我一眼就认了出来，连遥远的距离和望远镜里摇动的视野也没有构成障碍。我还看见他那件长袍所遵循的装饰传统与我们熟知的西南部土著艺术毫无相似之处。他身上闪闪发亮的金属饰物和挂在侧面的短剑或类似的武器也是这样，其样式完全不同于我听闻过的所有事物。

他在丘顶前后踱步，我用望远镜盯着他看了几分钟，观察他迈步时的运动学特征和他昂着头摆出的姿势，这些使得我强烈而确切地认为这个男人——无论他是谁或什么东西——绝对不是一个不开化的野人。我本能地感觉，他是文明教养的产物，但具体是哪个文明我就说不准了。过了一段时间，他消失在土丘远离我们的另一侧，就好像走下了对面我看不见的山坡。我放下望远镜，困惑引起的各种情绪怪异地混合在一起。康普顿好奇地看着我,我不置可否地点点头。"你怎么看?"他问我,"这就是我们在宾格从小到大每一天见到的景象。"

中午时分,我们来到印第安保留地找老灰鹰谈话——缘于某些奇迹,他还活着,但我觉得他足有一百五十岁了。他是个古怪的人,给人以深刻的印象——这是一位从不妥协、毫无畏惧的领袖,打过交道的对象有穿流苏鹿皮衬衫的歹徒和商贩,也有穿马裤戴三角帽的法国官员——我对他表现出了顺从与尊重的态度,因此很高兴地见到他似乎挺喜欢我。然而,当他得知我的来意之后,他对我的欣赏反而不幸地变成了障碍。因为他想做的只有劝说我放弃我打算展开的调查工作。

"你年轻人——你别去打扰那座山。坏巫术。底下有许多恶鬼——你挖土就会来抓你。不挖,不伤害。去挖,回不来。我年轻的时候就是这样,我父亲和他父亲年轻的时候也是这样。他一直在白天行走,没头的女人在夜里行走。穿铁皮衣服的白人从日落处和大河下游来的时候就是这样——很久很久以前——比灰鹰的年纪还要早三四倍——比法国人那时候早两倍——从那时候起就是这样。比那时候还早,没人靠近小山和有白色洞窟的深谷。再早一些,那些古老者不躲藏,出来建造村庄。带来许多黄金。我是他们。你是他们。然后大水来了。一切改变。没有谁出来,不让任何人进去。进去就出不来。他们不会死——不像灰鹰,脸上长出山谷,头上积满白雪。就和空气一样——部分是人，部分是鬼魂。坏巫术。有时候夜里鬼魂骑着半人半角马出来，在人们曾经战斗过的地方战斗。远离他们的地方。没好事。好孩子，你走远些，别打扰那些古老者。"

老酋长愿意对我说的就是这些了，其他的印第安人根本不肯开口。假如说我心里不安，灰鹰显然更加如此，因为想到我即将侵入他无比恐惧的区域，他明显产生了深深的遗憾情绪。我准备离开保留地的时候，他叫住我，仪式性地和我道别，再次尝试让我放弃研究。当他意识到他终于还是拦不住我，于是有点胆怯地从身边的鹿皮包里取出一样东西，非常庄重地递给我。这是一枚金属圆盘，直径约两英寸，磨得很旧但做工精美，刻着奇异的雕纹，穿孔后吊在一根皮绳上。

"你不答应我，灰鹰也说不清什么会来抓你。但假如说有什么能帮助你，那就是这个好巫术了。来自我父亲——他父亲给他的——他父亲的父亲给他父亲的——可以一直追溯回泰尔华，众人的父。我父亲说：'你要避开那些古老者，避开小山丘和有岩石洞穴的山谷。假如古老者出来抓你，你就给他们看这个巫术。他们知道。他们很久以前制作了它。他们看见，也许不会对你行那些坏巫术。但没人说得准。你还是别去比较好，和我们一样。他们不做好事。说不准他们会怎么做。'"

灰鹰一边说，一边把那东西挂在我的脖子上，我注意到这是个非常奇特的物品。我看得越久，就越是暗自惊叹，不仅因为它沉重、发暗、斑驳和有光泽的材质是一种我完全陌生的金属，更因为残存的图案似乎极其富有艺术性，但我从未见过类似的工艺风格。就我能看清的部分而言，它一面镌刻着无比精致的长蛇图案，另一面描绘的是某种章鱼或其他有触手的怪物。圆盘上还有一些磨损严重的象形文字，没有哪一位考古学家能够辨认出甚至猜测其所属种类。后来在征得灰鹰许可的前提下，我请专业的历史学家、人类学家、地理学家和化学家轮流仔细检验这枚圆盘，然而收获的却只有异口同声的"不明白"。它抵挡住了一切分类和分析的努力。化学家说它是某些高原子量的未知金属元素的合金，有一位地理学家称它的材质肯定来自从星际间未知深渊落到地面上的陨石。它是否真的拯救了我的生命或理性或作为人类的存在，我不敢妄下结论，但灰鹰对此非常确定。现在它又回到他的手上了，我怀疑它和他非同寻常的年龄有所关联。他所有的父辈，只要得到它的护佑，寿命就会远远超过世纪的界限，战斗变成了唯一的死因。灰鹰若是能做到不遭遇意外，会不会永生不灭呢？对不起，我跑题了。

我回到村庄里，尝试搜集与土丘有关的其他民间故事，但得到的只有小道消息和反对意见。见到人们对我的安全竟然如此关切，我实在是受宠若惊，然而我必须对他们近乎癫狂的劝告置之不理。我向他们展示灰鹰的护身符，但没有人听说过它的存在或见过哪怕只是稍微有些类似的东西。他们一致同意这不可能是印第安人的造物，认为肯定是老酋长的祖先从商贩手上弄来的。

宾格的村民发现他们无法打消我的探险念头，于是惋惜地尽其所能帮我准备行装。我来这里之前就知道我要完成什么工作，因此随身带来了大部分装备——用于清理灌木丛和挖掘的大砍刀和双刃短刀、用于可能的地下探险的手电筒、绳索、野外望远镜、卷尺、显微镜和用于紧急情况的各种物品——所有东西都妥帖地塞进了一个方便携带的旅行包。除此之外，我只加上了一把沉重的左轮手枪——这是治安官亲自强迫我收下的——和我认为能够为我的工作提供便利的锄头和铁铲。

我很快就发现我无法指望村民帮助我或与我一同探险，因此决定用一根结实的绳子拴着最后这些东西拷在肩膀上。村民无疑会用能找到的所有单筒和双筒望远镜关注我的行动，但绝对不会派遣任何一个人朝着孤独山丘的方向在平原上多走哪怕一码。我把出发的时间定在第二天清晨，那天剩下的时间里，村民对待我的尊重态度里充满了敬畏和不安，就像在款待一个即将走向注定的厄运的倒霉蛋。

早晨来临——多云，但并没有险恶的感觉——全村人都出来送我穿越尘土飞扬的平原。望远镜里能看见孤独的男人依然在丘顶踱来踱去，我决心在走向山丘的途中要尽可能平稳地将他留在视野内。最后一刻，某种朦胧的恐惧感慑服了我，软弱和异想天开一时间占据上风，使得我掏出灰鹰的护身符挂在胸口,任何有可能注意到它的生物或鬼魂都会一眼看见它。我向康普顿和他母亲告别,迈着轻快的步伐走出村庄,用左手拎着旅行包,锄头和铁铲在我背后叮当碰撞。我用右手拿着望远镜,每隔一段时间就看一眼丘顶的踱步者。靠近土丘之后,我完全看清了那个男人,觉得能在他皱纹丛生、没有毛发的脸上辨认出一个无比邪恶和堕落的表情。我很诧异地发现他金光闪烁的武器套上有一些象形文字,与我佩戴的未知护身符上的那些非常类似。这个生灵的所有服装和饰物都昭示着精致的做工和发达的文明。但是,忽然之间,我看见他朝着土丘的另一侧走去,很快消失在视野之外。出发大约十分钟后,我抵达了目的地,然而丘顶已经空无一人。

考察的初期阶段我是如何展开工作的就不必多说了,无非是勘测和环绕土丘并丈量尺寸,后退以从各个角度观察整个地貌。走到近处,土丘给我留下了极为深刻的印象,它过于规则的轮廓中似乎潜藏着某种威胁。辽阔而平坦的平原上只有这么一处高地,我瞬间就确定这是一座自然形成的"陵墓"。陡峭的侧面似乎毫无缺损,没有人类居住或通行的痕迹。我找不到通向丘顶的道路,我身负重物,因此付出可观的努力才爬了上去。等我来到丘顶,我发现那是一块还算整齐的椭圆形平地,长轴约300英尺,短轴约50英尺,满满地覆盖着丛生的青草和茂密的灌木丛,完全不符合永远有哨兵在此处出现的情况。这个结果让我大吃一惊,因为它毫无疑问地证明了所谓"印第安老人"尽管栩栩如生，却只可能是群体性的幻觉。

我怀着相当大的困惑和警觉环顾四周，时而愁闷地望向村庄和聚集在一起的许多黑点，我知道那是村民在观望我的行动。我拿起望远镜打量他们，发现他们正在用望远镜急切地注视着我；为了让他们安心，我向他们挥舞帽子以显示欢腾雀跃，然而我的心情却大相径庭。过了一阵，我开始履行职责，扔下锄头、铁铲和旅行包，从包里取出大砍刀，着手清理灌木丛。这是一项令人厌烦的工作，反常的怪风时而吹起，几乎是蓄意地阻挡我的动作，奇异的战栗感觉不禁油然而生。偶尔甚至似乎有某种半实在的力量将我向后推，仿佛我前方的空气忽然变得稠密，或是有无形的手臂在拉扯我的手腕。在没有得到我想要的结果前，我的能量似乎就耗尽了，不过我还是取得了一定的进展。

下午时分，我清楚地注意到靠近丘顶北侧尽头的树根纠缠的泥土中有一片碗状洼地。尽管或许并没有任何意义，但等我进展到挖掘阶段，那将是个适合开始的地点，我在脑海里记下一笔。另一方面，我注意到另一件事情，这个细节非常特别——简而言之：挂在我脖子上的印第安护身符在上述碗状地貌东南约十七英尺处表现得很奇怪。每次我在那个地点附近弯下腰，它的回旋摆动模式就会发生变化，而且像是受到土壤里的某种磁场吸引似的向下扯动。我越是留意，就越是觉得不寻常，最终我决定不再拖延，在那里进行一些先期挖掘工作。

我用双刃短刀挖开土地，发现该地区特征性的红色土壤相对较薄，不禁感到惊讶。附近区域完全被红色砂岩土壤所覆盖，然而在此处我只挖了不到一英尺就奇怪地见到了黑色肥土。这种土壤多见于西面和南面那些怪异的深邃山谷之中，在土丘形成的史前时代被搬运了非常可观的一段距离来到此处。我跪在那里挖掘，感觉拉扯我脖子上皮绳的力量逐渐越来越大，就仿佛土壤中有某种东西在越来越强烈地吸引沉重的金属护身符。不久，我感觉工具碰到了一个坚硬的表面，心想莫非底下是坚实的岩层。我用双刃短刀插进土壤探查，发现事实并非如此，而是挖出了一个由板结泥土覆盖的圆柱形沉重物体，它长约一英尺，直径约四英寸，挂在我脖子上的护身符像被胶水粘住似的贴在上面，令我感到极为惊讶，激起了我狂热的兴趣。随着我清理掉它外壳上的黑色肥土，逐渐出现在眼前的浅浮雕让我越来越诧异和紧张。整个圆筒，包括两端和侧面，都刻满了图画和象形文字。我愈发兴奋地注意到这些东西和灰鹰的护身符还有我通过望远镜看见的鬼魂的黄色金属佩饰遵循着相同的未知传统。

我坐下来，用灯笼裤粗糙的灯芯绒布料进一步清理有磁性的圆筒，发现它的质地和护身符一样，也是那种沉重而有光泽的未知金属——因此，毫无疑问，这就是那种独特的吸引力的来源。雕纹与镂刻的内容非常奇异也非常恐怖——无可名状的怪物，阴森邪恶的图案——全都是最精致的抛光与做工的产物。刚开始我难以确定这东西的头尾，漫无目标地摸索了好一阵，直到在一端发现了一个裂口。然后我开始急切地寻求能够打开它的办法，最后发现只需要简单地拧开那一端即可。

拧盖子费了些工夫，但最后还是成功了，它释放出一股奇异的芬芳气味。圆筒里只有厚厚的一卷类似泛黄纸张的东西，上面写着泛绿色的文字，一瞬间我怀着无比激动的心情幻想我拿到了通往未知的远古世界和超越时间的深渊的文字钥匙。然而展开这卷纸张的一端，我立刻就认出手稿使用的语言是西班牙文——不过是属于一个早已逝去的时代的正式而华丽的西班牙文。在金黄色的落日光线下，我看着标题和开头的段落，尝试解读早已消失的作者留下的句读怪异的难懂文字。这是一份什么样的文物？我碰巧发现了什么？最初映入眼帘的那些单词让我再次陷入了狂热的激动和好奇，因为它们没有将我从原本的征途上引开，而是令人惊诧地证明了我的努力没有白费。

用绿色笔迹写成的泛黄手卷始于标志性的粗体字标题，然后是隆重的绝望恳求，希望读者能够相信接下来揭示的不可思议的事实：

> RELACIÓN DE PÁNFILO DE ZAMACONA Y NUÑEZ, HIDALGO DE LUARCA EN ASTURIAS, TOCANTE AL MUNDO SOTERRÁNEO DE XINAIÁN, A. D. MDXLV
>
> En el nombre de la santísima Trinidad, Padre, Hijo, y Espíritu-Santo, tres personas distintas y un solo. Dios verdadero, y de la santísima Virgen muestra Señora, YO, PÁNFILO DE ZAMACONA, HIJO DE PEDRO GUZMAN Y ZAMACONA, HIDALGO, Y DE LA DOÑA YNÉS ALVARADO Y NUÑEZ, DE LUARCA EN ASTURIAS, juro para que todo que deco está verdadero como sacramento...

我停下来思考我读到的这些内容的不祥含义。"阿斯图里亚斯公国之卢阿尔卡的潘费罗·德·萨玛科纳-努涅兹绅士就昆扬地下世界的叙述，公元1545年"……仅仅这个标题就超过了任何头脑能够消化的极限。地下世界——又是这个持续不变的主题，印第安人的每一个传说和从土丘回来的那些人讲述的每一个故事都渗透着这个主题。至于时间——1545年——这代表着什么呢？1540年，科罗纳多和他的人马已经从墨西哥向北走进荒野，但直到1542年才回来！我的视线困惑地顺着书卷打开的部分向下移动，几乎立刻落在了弗朗西斯科·巴斯奎斯·德·科罗纳多的名字上。这份文件的作者显然是科罗纳多的部下之一——但他所属的队伍已经踏上归途三年后，他在这个荒郊野外的地方干什么？我必须读下去，再看一眼，我发现正在打开的部分仅仅是科罗纳多向北征程的概述，与历史上已知的记录并无本质区别。

　　阻止我继续打开纸卷读下去的只有一个原因，那就是光线正在变暗，急躁和困惑的心情使得我几乎忘记了因为黑暗逼近这个险恶之处而感到恐惧。但其他人并没有忘记潜伏于此的恐怖，因为我远远地听见了一阵响亮的呼喝声，叫声来自一群聚集在村庄边缘的男人。作为对焦急召唤的回应，我把手稿放回怪异的圆筒里。脖子上的圆盘依然粘在筒身上，直到被我用力扒开。然后，我收拾好圆筒和较小的工具，准备返回村庄。我把锄头和铁铲留在土丘上，因为明天挖掘还要用。我拎起旅行包，跌跌撞撞地爬下陡峭的山坡，一刻钟后就回到了村里，向人们展示和解释我奇异的发现。随着夜幕降临，我扭头望向不久前才离开的丘顶，战栗着见到夜晚出没的女性鬼魂所持的蓝色火把开始闪烁微光。

释读已逝的西班牙人的叙述将是个苦差事，为了更好地翻译手稿，我知道我必须拥有一个安静和放松的环境，因此不情愿地将这个任务推迟到了深夜时分。我向村民承诺明早一定会仔细解释我的种种发现，给了他们充分的时间查看这个怪异和撩动好奇心的圆筒。我和克莱德·康普顿回家，打算一有机会就上楼去我的房间开始翻译。招待我的主人和他母亲迫不及待地想听我讲述故事，然而我认为他们最好等我先读懂整个文本再说，这样我才能简明且准确地向他们复述所有的要点。

我在房间里唯一的电灯泡下打开旅行包，取出圆筒时注意到磁力立刻发挥作用，将印第安护身符牵引向它遍布雕纹的表面。有着细致光泽的未知金属外壳上，图案闪烁着邪恶的寒光，我研究着那些做工无比精致的亵渎神圣的畸形怪物，而它们睨视着我，使得我不禁战栗。此刻我真希望我仔细拍摄了所有的图案，尽管反过来我或许会希望我并没有拍摄。有一点我确实感到庆幸，那就是当时我还不认识在绝大多数装饰纹路中占据主要位置的那个蹲伏着的章鱼头怪物，手稿将其称为"图鲁"。最近我将它本身及手稿中与其有关的篇章和关于不能被提及的可怖怪物克苏鲁的一些新发现的民间传说联系到了一起，后者是在年轻的地球才半成形时从群星渗漏而至的恐怖之物。若是我早知道如此联系的存在，就绝对不可能和这东西待在同一个房间里了。图案中次要的主题是一条半人的巨蛇，很容易就能确定它是伊格、克特萨尔科瓦特尔和库库尔坎[1]的原型。在打开圆筒前，我在除灰鹰那个圆盘外的几种金属上测试它的磁性，却发现吸力并不存在。将未知世界的这块病态碎片与其同类联系在一起的并不是普通磁力。

最后，我取出手稿开始翻译——边读边用英语粗略地撰写摘要，遇到特别晦涩或古老的词语或句式时为身边没有西班牙语字典而感到遗憾。我在进行探索时被抛回近四个世纪之前，这其中有着某种难以描述的怪异感，因为那会儿我的祖先还在亨利八世统治下守着萨默塞特和德文郡的家业，这些好绅士从未动过冒险将血脉送往弗吉尼亚和新世界的念头，但此时新世界已经孕育了土丘中的阴森谜团，而同一个谜团现在又构成了我的整个世界和地平线。被抛回过去的感觉变得越来越强烈，因为我本能地觉察到西班牙人和我共同面对的难题超越了无比幽深的时间深渊，属于极为不洁和奇异的永恒范畴，而我们隔开的短短四百年相形之下毫无意义。只需要看一眼那个怪诞而险恶的圆筒，我就意识到了在已知世界的全人类和它代表的远古神秘之间横亘着令人眩晕的鸿沟。面对这道鸿沟，潘费罗·德·萨玛科纳与我同在，正如亚里士多德与我、基奥普斯与我一样。

---

1. 克特萨尔科瓦特尔是阿兹特克神话中的羽蛇神，库库尔坎是玛雅神话中的羽蛇神。具有"生有羽毛的蛇"形象的神明最早出现在奥尔梅克文明中，并普遍见于中美洲文明的神话。

-III-

萨玛科纳早年在比斯开湾一个名叫卢阿尔卡的宁静港口小城度过，关于这段时间他着墨甚少。他是家中的次子，生活过得狂放不羁，1532年来到新西班牙时年仅二十岁。他性格敏感，富有想象力，深深着迷于北方的富裕城市和未知世界的缥缈传言——尤其是圣方济各会修士马可斯·德尼萨讲述的故事，后者1539年旅行归来后绘声绘色地向人们描述不可思议的锡伯拉和它高墙大城中石砌的成排房屋。听说科罗纳多准备组织远征队去寻找这些奇迹——还有传闻中存在于更遥远的野牛之地的更璀璨的奇迹——年轻的萨玛科纳想方设法加入了精挑细选的三百人队伍，于1540年启程前往北方。

历史记录了那场远征的前后经过——他们如何发现锡伯拉仅仅是个祖尼人的肮脏村庄。德尼萨如何因为他的浮夸描述而被耻辱地赶回墨西哥。科罗纳多如何第一次见到大峡谷，他如何来到佩科斯河上的西库耶，听一个外号叫突厥佬的印第安人说遥远的东北方有一片富饶而神秘的土地，这个名叫基维拉的国度盛产黄金、白银和野牛，有一条宽达两里格的大河在那里奔流。萨玛科纳简要讲述了他们如何在佩科斯河上蒂盖科斯镇建立冬季营地，如何在来年4月启程向北而去，土著向导如何诓骗他们，领着队伍游荡于遍布土拨鼠、盐沼和捕猎野牛的流浪部落的土地之上。

后来科罗纳多解散大部队，带领一个他亲自选择的小分队继续最终的四十二天探险，萨玛科纳想方设法挤进了这支队伍。他提到肥沃的田野和极深的溪谷，树木只有从陡峭的河岸边缘才能看见，而所有人的食物只有野牛肉。接下来他提到了探险最终抵达的疆域，也就是声名在外但令人失望的奎维拉，那里有茅草屋组成的村落，有小溪和大河，有上佳的黑色土壤，出产李子、坚果、葡萄和桑葚，还有种植玉米、使用铜器的印第安居民。他随口提到诓骗他们的土著向导突厥佬如何被处决，还提到1541年秋科罗纳多如何在一条大河的岸边立起十字架，上面刻着"伟大统帅弗朗西斯科·巴斯奎斯·德·科罗纳多远征至此"的铭文。

所谓的奎维拉坐落于北纬四十度左右，我注意到纽约考古学家霍奇博士不久前将其定位于阿肯色河流经阿肯色州巴顿县与莱斯县之间的地域。在苏族将威奇托部落向南驱赶到如今的俄克拉荷马之前，那里曾是威奇托人的老家，考古学家在此处发现了多个茅屋村落的遗址并挖掘以搜寻器物。科罗纳多在这附近进行了可观的探索工作，多年来在印第安人口耳之间满怀敬畏地传播的富裕城市和隐藏世界的流言带着他东奔西走。这些北方土著似乎比墨西哥印第安人更加不敢和不愿谈论那些传说中的城市和世界，然而若是他们敢于和愿意开口，能够揭示的情况也比墨西哥印第安人多得多。他们的语焉不详触怒了西班牙人的首领，许多次徒劳无功的搜寻过后，他对待说故事的那些人越来越残酷。萨玛科纳比科罗纳多更有耐心，发现这些传说特别有意思。他学习当地人的口头语言，熟练得足以与一位名叫冲牛的年轻人进行长时间交谈，好奇心曾驱使后者去过比部落里其他人敢于涉足之处更加怪异的一些地点。

冲牛告诉萨玛科纳，在某些遍覆树木的陡峭深谷的底部——探险队在向北行进的路上见过这些溪谷——存在着奇特的石砌通道、大门和洞穴入口。他说，这些洞口大多数被灌木丛遮住了，难以计算的千万年间极少有人进去过。进去的人几乎再也没有回来过，寥寥无几的归来者不是疯了就是怪异地残疾了。然而这些全都是传说，因为在附近最年长的老人的祖父辈记忆中就没有人曾靠近那些地方到有限的距离。冲牛本人走得恐怕已经比其他人都要远，见过的事物足以克制他的好奇心和对传说中埋藏于底下的黄金的贪念。

他进入的洞口里是一条漫长的通道，这条通道令人发疯地上下左右盘旋迂回，墙壁上满是可怕的雕纹，所绘制的怪物和恐怖景象是没有人曾见到过的。最后，在无数英里曲折下降的行进后，前方出现了一团可怖的蓝光，通道前方豁然开朗，连接着一个骇人的地下世界。说到这里，印第安人再也不肯说下去了，因为他见到的某些东西使得他连忙后退。但黄金城市肯定就在底下的某个地方，他又说，带着能释放雷电魔法的棍子的白人也许能成功地抵达那里。他不想把他知道的情况告诉大首领科罗纳多，因为科罗纳多已经不会相信印第安人的任何话了。对——要是白人愿意脱离队伍，接受他的引导，他可以给萨玛科纳指路。但他不会陪白人走进洞口。里面有不好的东西。

那个地方在向南走大约五天行程之处，临近巨大土丘林立的区域。这些土丘与地底下的邪恶世界有所联系，很可能是连接那里的远古通道已被封死的入口，因为古老者在地面上曾经有过殖民地，与各处的人们有贸易往来，连后来被大水淹没的土地上的居民也不例外。就是在那些土地沉没的时候，古老者将自己封闭在地下，拒绝再和地面上的人们打交道。沉没土地的幸存者告诉他们，外部世界的神祇与人类作对，除了和邪神结盟的恶徒，外部世界的居民全都必死无疑。正是因为这些，他们才和所有地表居民断绝了往来，对胆敢入侵它他们栖息之地的人做出各种令人胆寒的事情。各个通道口曾经驻扎过哨兵，但随着世代交替，渐渐地不再需要哨兵了。没有多少人愿意谈论隐藏地下的古老者，若不是偶尔有一两件可怕的事情提醒人们记住他们的存在，关于他们的传说大概早就彻底消亡了。这些生物古老得近乎永恒，使得他们怪异地接近灵体的界限，因此他们幽魂般的投影出现得颇为频繁和生动。遍布巨大土丘的区域相应地在深夜时分经常因鬼魅之间的争战而躁动，它们反映的是通道口封闭前展开过的殊死搏斗。

古老者本身是半魂体的——事实上，据说他们不再衰老和繁殖，而是永远在介于肉身和灵魂之间的状态中摇曳存在。然而变化并不彻底，因为他们必须呼吸。地下世界需要空气，所以深谷里的隧洞和平原上的土丘隧洞一样没有完全堵死。冲牛还说，这些隧洞很可能是以土地中的自然孔隙为基础挖掘的。有传闻称古老者是在这个世界尚年轻时从群星降临的，他们进入地下建造纯金的城市，因为当时的地表还不适合生存。他们是全人类的祖先，但谁也无法想象他们来自哪颗星辰或群星外的什么地方。他们的隐藏城市依然遍地黄金和白银，但人们最好不要去招惹他们，除非有非常强大的魔法保护。

他们豢养混有一丝人类血脉的可怖兽类，将其充当坐骑，也用于其他场合。人们含蓄地提到，这些兽类和它们的主人一样，也是肉食动物，尤其喜欢人肉的味道。因此尽管古老者本身并不繁殖，但他们拥有某种半人类的奴隶阶层，同时也为它们和兽类提供血食。这个阶层通过怪异的手段补充成员，另有由复活尸体构成的次级奴隶阶层从旁辅助。古老者通晓将尸体变成自动机的手段，这些自动机可以近乎永恒地持续运转，能够在思维流的指挥下完成各种工作。冲牛说古老者仅仅通过思维就能进行交谈。在亿万年的探索和研究实践中，他们发觉语言是粗鲁和无用的，因此只有在宗教仪式和表达情感时才会使用。他们崇拜伊格，众蛇的大父，还有图鲁，将他们从群星带到地球上来的章鱼头存在体。他们向这两个骇人的畸形怪物献祭人类，其怪异的方式是冲牛无论如何都不肯详细描述的。

印第安人讲述的故事迷住了萨玛科纳，他立刻决定请冲牛当向导，带他去溪谷看一看那所谓的神秘石门。他并不相信传说中对隐藏种族的奇特习俗的描述，因为探险队的经验已经足以打破一个人对土著神话中未知国度的幻想了。然而他确实认为地下那些墙壁刻有怪异雕纹的通道必然连接着充满财富和冒险的神奇土地。刚开始他还想说服冲牛向科罗纳多讲述这个故事，许诺会承担首领那暴躁的怀疑情绪有可能造成的一切后果，但后来他决定还是一个人单独探险比较好。假如没有帮手，无论发现什么他都不需要和别人分享，而且有可能成为一位伟大的发现者，拥有不可思议的财富。胜利会让他成为比科罗纳多更伟大的人物，甚至整个新西班牙最伟大的人物，连一手遮天的总督大人安东尼奥·德门多萨也会黯然失色。

1541年10月7日，午夜前一小时，萨玛科纳悄悄离开茅屋村庄不远处的西班牙人营地，与冲牛会合后踏上了向南的漫长征程。他尽可能轻装上阵，没有戴沉重的头盔和胸甲。手稿没怎么详述旅程的细节，萨玛科纳只记录了他在10月13日抵达了那条深谷。他们没有花多少时间就沿着林木茂密的山坡降至谷底，印第安人在深谷微弱的光线中寻找隐藏在灌木丛中的石门遇到了一些麻烦，好在最后还是成功地找到了。就通道入口而言，这个洞口委实很小，用整块砂岩搭成门柱和门楣，刻着几乎磨损殆尽、现已无法解读的雕纹。它高约七英尺，宽度不到四英尺。门柱上有几个位置钻过孔，证明曾经存在过带铰链的门扇，然而这么一个东西留下的其他痕迹都早已消失了。

看见这个黑黢黢的深洞，冲牛表现出了极大的恐惧，扔下装满给养的背包，动作中流露出匆忙的迹象。他为萨玛科纳带来了足量的树脂火把和口粮，诚实而认真地履行了向导的职责，但拒绝和萨玛科纳一同完成即将展开的冒险。萨玛科纳给了他一些专门为这种场合储备的小饰品，请冲牛承诺他一定会在一个月后返回此处，然后再带萨玛科纳向南返回佩科斯河上的土著村庄。他们选择平原上的一块显眼岩石为会合地点，先抵达者应扎营等待另一人的到来。

萨玛科纳在手稿中表达了他对印第安人在会合地点等了多久的期冀与好奇，因为他终究没能守住这个约定。直到最后一刻，冲牛还企图说服他放弃进入深渊的念头，但很快就意识到这是白费力气，于是听天由命地挥手告别。在点燃第一支火把走进洞口之前，西班牙人目送印第安人瘦削的身影如释重负地匆忙穿过树林爬向坡顶。这切断他和世界的最后一道联系，此刻他还不知道他将再也不会见到其他人类了，至少从人类一词的公认意义上说是这样。

萨玛科纳走进那道不祥的石门，尽管从一开始就被某种怪异而不洁的气氛包围，但并没有立刻感觉到邪恶降临的征兆。通道本身比洞口稍高一些也稍宽一些，最初的一长段路是用巨石垒砌的平坦隧道，脚下是磨损严重的石板地面，墙壁和天花板是花岗岩和砂岩的石块，刻着光怪陆离的雕纹。从萨玛科纳的描述来看，那些雕纹肯定非常恐怖和令人厌恶；根据他的叙述，它们绝大多数围绕伊格和图鲁这两个怪异生物展开。它们与这位冒险家见过的任何事物都毫无相似之处，不过他也说在外部世界的所有事物中，墨西哥土著的建筑物与它们最为接近。走了一段距离，隧道陡然下降，上下左右都露出了不规则的自然岩石。通道似乎只有部分是人工建造的，装饰物仅限于偶尔出现的镶板和其中骇人的浅浮雕。

这段下降的距离非常长，地面的陡峭有时甚至造成了滑倒和滚落的迫切危险，通道随后变得方向极其不定、表面异常崎岖。它有时狭窄得变成一条缝隙，或者低矮得需要弯腰甚至爬行，而有时宽阔得变成了尺寸可观的洞穴或连串洞穴。显而易见的是极少有人工造物进入这部分隧道，不过偶尔还是会在墙壁上见到阴森的镶板或象形文字或堵死的侧向通道，提醒萨玛科纳想起这事实上是已被遗忘千万年的通衢大道，连接着一个居住着难以想象的活物的远古世界。

就他尽可能准确的估计而言，潘费罗·德·萨玛科纳跌跌撞撞地穿行于万古长夜中的这个黑暗区域，行进了足足三天，隧道时而向下，时而向上，时而水平，时而迂回，但总体趋势始终是向下。他偶尔会听见某些属于黑暗的隐秘生物从他前方的道路上走开或飞离，有一次还隐约瞥见了一只惨白的庞大生物，使得他战栗不已。空气质量大体而言尚可忍受，但时不时会经过散发恶臭的区域，还有一个遍布钟乳石和石笋的巨大洞穴潮湿得令人窒息。冲牛也曾遇到过这个洞穴，它颇为严重地挡住了去路，因为无数岁月中积累的石灰石在远古深渊居民通行的道路上筑起了一根根廊柱。然而印第安人先前已经突破了障碍，萨玛科纳此时也不觉得他被绊住了脚步。对他来说，想到还有其他外部世界的来客曾经来过这里，他在潜意识中就受到了安慰——印第安人的细致描述消除了惊讶和意外的情绪。更有甚者——冲牛对隧道的了解使得他提供了足以完成来去旅程的火把，因此萨玛科纳不会遭遇受困于黑暗的危险。萨玛科纳扎营两次，自然通风良好地处理了篝火的烟雾。

他所认为的第三天行将结束的时候——尽管他对自己估计时间的能力深信不疑，然而实际上未必靠得住——萨玛科纳遇到了一段陡降和紧接着的陡升坡道，按照冲牛的描述，这就是隧道的最后一部分了。从先前的一些地方开始，人工建筑的痕迹变得越来越明显，有几处陡峭的坡道上粗略地凿出了台阶。火把照亮了墙上越来越多的怪诞雕饰，走完最后一段向下的台阶，萨玛科纳向上攀爬，树脂燃烧的火光中似乎混合了某种黯淡的弥散微光。上升的坡道走到尽头，前方是一段由暗色玄武岩石块人工垒砌的水平通道。现在不再需要火把了，因为空气中弥漫着一种泛蓝色、准电离、如极光般闪烁的辉光。这正是印第安人描述的地下世界的那种怪异光线——没多久，萨玛科纳就走出隧道，来到了一片乱石嶙峋的荒芜山坡上，头顶上是沸腾翻滚、视线无法穿透的天空，涌动着泛蓝色的光辉，高得令人眩晕的山坡底下是看似广袤无垠的平原，笼罩着泛蓝色的雾气。

他终于来到了这个未知世界，根据手稿所述，他俯瞰着这片无定形的景象，那一刻骄傲和得意的情绪无疑能和其同胞巴尔沃亚踏上达里恩那座难忘高峰俯瞰新发现的太平洋时相提并论。冲牛来到此处就折返了，驱使他逃离的恐惧感来自他只肯闪烁其词地模糊描述为一群恶畜的东西，它们不是马匹也不是野牛，而是更像土丘鬼魂夜间骑行的那些动物——然而如此微不足道的小事可挡不住萨玛科纳。充斥他内心的不是畏惧，而是一种奇异的荣耀感。因为他拥有足够的想象力，知道单独来到一个别的白人甚至不曾梦想过其存在的神秘地下世界意味着什么。

在他背后急剧隆起、在他脚下陡峭地向下伸展的这座山峰的土壤是深灰色的，遍布石块，没有任何植被，很可能是玄武岩构成的。一种非尘世的怪异气息笼罩着山峰，他感觉自己像是来到外星球的入侵者。数千英尺之下广袤的平原上辨认不出任何地貌，首要的原因是缭绕的泛蓝色蒸汽似乎遮蔽了大部分土地。比起山峰、平原和雾气，给冒险家留下最深刻的奇妙感和神秘感的还是那散发蓝色辉光的天空。他无法想象是什么在一颗星球的内部创造了这片天空，但他知道北极光的存在，甚至亲眼目睹过一两次。他的结论是这种地下辉光与极光有着隐约的同族关系。当代人多半会赞同他的观点，不过特定的某些放射现象似乎也可以列入考虑范围。

萨玛科纳所走出的隧道口在他背后幽深地敞开着，框住它的石门很像他在地上世界走进的那道石门，但质地并非红色的砂岩，而是灰黑色的玄武岩。门上有一些保持完好的骇人雕纹，很可能与外部入口被时间几乎磨损殆尽的雕纹互相呼应。此处没有风化的痕迹，说明气候干燥而温和。事实上，西班牙人已经注意到这里的温度犹如春天，令人愉快地恒定不变，类似于北方内陆地带的天气。石头门柱上留有曾经存在铰链的痕迹，但门扇本身早已无影无踪。萨玛科纳坐下休息和思考，他取出足以帮他穿过隧道返回地面的食物和火把，借此减轻行李的重量。他用随处可见的碎石在门口垒成一个锥形石冢，把这些东西藏在底下。他重新调整已经变轻的行装，然后下山走向遥远的平原。他准备侵入的区域在一个多世纪内没有任何外部世界的活物曾经涉足，历史上白人从未来过这里，而且若是传说故事可以采信，进来的有机生物没有一个回去还能神智健全的。

萨玛科纳沿着看不见尽头的陡峭山坡轻快地大步向下走，松动的碎石和过于险峻的坡度时而阻挡他的行进。雾气缭绕的平原肯定遥远得不可思议，因为许多个小时的行走并没有让它比刚开始时稍显接近。他背后那座雄峰依然向上伸展，插向散发着泛蓝色辉光的明亮云海。寂静笼罩一切，他的脚步声和被他碰落的石块的滚动声听起来清晰得令人惊诧。到了他所认为的中午时分，他第一次见到了怪异的脚印，他不禁想到冲牛那些可怖的暗示、突如其来的逃跑和持续不变的怪异的恐惧。

遍布石块的土壤质地没有给任何种类的痕迹多少得到存留的机会，然而山坡上有一处的地势较为平整，松脱的碎石得以堆积成一道山脊，制造出一块面积可观的区域，灰黑色的肥土完全裸露在外。萨玛科纳在这里发现了那些怪异的脚印，它们杂乱无章，意味着有一大群动物曾在此漫无目标地游荡。非常可惜的是他未能更详细地描述这些脚印，而且手稿里显示出的语焉不详的恐惧超过了精确的观察结果。究竟是什么让西班牙人如此害怕，这就只能从他后面对那些兽类转弯抹角的描述来推测了。他提到那些脚印时称之为"不是蹄子，不是手，不是脚，也不完全是爪——就尺寸而言也没有大得足以引起警觉"。这些动物在多久前经过此处和为何在此停留，这是两个难以猜测其答案的问题。山坡上看不见任何植被，因此排除了放牧的可能性。不过另一方面，假如这些兽类是肉食的，那它们应该会捕食较小的动物，而后者的足迹往往会被前者消除。

他从这片高地回望更高的山坡。萨玛科纳觉得他分辨出了从隧道口向下通向平原的蜿蜒道路的残余痕迹。你只能从视野开阔之处得到这条道路的印象，因为松脱的岩石碎片如水流般淹没了它，不过冒险家还是能够感觉到它确实曾经存在过。它很可能不是一条精心铺设的主干道，因为它连接的小隧道恐怕算不上通往外部世界的主要通道。萨玛科纳选择了径直下山的路径，没有顺着它曲折的路线向前走，但他肯定曾经横穿过它一两次。此刻注意力完全放在了这条路上，于是他望向前方，看能不能顺着它下山走向平原，他最后的结论是可以。他决定等下次横穿的时候研究一下它的表面，若是能够看清道路的走向，就不妨顺着它走完剩下的距离。

萨玛科纳继续前进，走了一段时间，他踏上了他认为是古老道路的一个转弯的地方。这里能看见铺平地面和多年前切削岩石的迹象，但道路早已残破得不值得费力沿着它向前走了。他用佩剑在土里乱翻，挖出了一件在永恒的蓝色天光中闪闪发亮的物品，他激动地发现这是某种钱币和奖章，质地是某种有光泽的深色未知金属，两面都刻着骇人的图案。这东西让他觉得既困惑又陌生，根据他的描述，它无疑与灰鹰在四个世纪后给我的护身符完全相同。他怀着好奇心长时间地研究它，随后将它装进口袋，继续大步前行。过了一个小时，他猜测外部世界已经到了晚上，于是扎营休息。

第二天，萨玛科纳起得很早，他沿着山坡继续下行，穿过蓝光照耀下充满迷雾和孤寂、寂静得异乎寻常的世界。随着他的前进，他终于能够辨认出底下平原上的一些物体了——树木、灌木丛、岩石和一条小河，小河从右侧流入视野，在他预期路线左侧某处转弯流向前方。河上似乎有一座桥连接着下山的道路，探索者仔细查看后认为这条路在过桥后径直深入平原。沿着这条笔直的长带向前看，他甚至觉得他辨认出了散落其旁的一些城镇。城镇的左侧边缘延伸到河畔，有时还会过河到另一侧河畔。随着他继续下山，他发现在过河之处总能见到桥梁存在的迹象，有些桥梁已经损毁，有些依然完好。此时他置身于稀疏的草本植被之中，看见底下的植被变得越来越茂密。道路现在变得很容易分辨了，因为路面不像松软的土壤那样适合植物生长。岩石碎片越来越常见，比起此刻所处的环境，背后贫瘠的高处显得愈发凄凉和令人望而生畏。

就是在这一天，他看见远处的平原上有一团模糊的成群生物在移动。自从他第一次看见那些险恶的脚印，他再也没有遇到过类似的痕迹，但那一团缓慢而有目标地移动的成群生物有某些特征让他产生了极其厌恶的情绪。除了一群正在放牧的动物，没有任何东西能以这种方式移动，见过那些脚印之后，他非常不愿意遇到制造出此种痕迹的东西。不过，移动的成群生物并不靠近道路，而他对传说中的黄金的好奇和贪欲更加强烈。另外，一个人难道应该根据杂乱而模糊的脚印或者无知印第安人被惊恐扭曲的叙述做出判断吗？

萨玛科纳瞪大眼睛观察移动的成群生物，同时注意到了另外几件有意思的事情。首先是此刻已经清晰可见的城镇里有些区域在雾蒙蒙的蓝光中奇异地闪闪发亮。其次是除了城镇，还有一些同样闪闪发亮但单独耸立的建筑物散落于道路旁和平原上。它们似乎被簇生的植被包围，道路旁的那些有小径通往大路。所有城镇和建筑物都找不到炉烟或其他生命迹象的存在。萨玛科纳终于发现平原并非无穷无尽地延伸，只是朦胧的蓝色雾气使得它看起来如此。一列低矮的山峦在极远处为它画出边界，河流和道路似乎通向山脉上的一个缺口。萨玛科纳在永恒的蓝色白昼中第二次扎营，这时所有这些都已经变得非常清晰，尤其是城镇里某些闪闪发亮的尖顶。他还注意到了高飞的鸟群，但无法看清它们的模样。

第二天下午——用手稿从头到尾所使用的外部世界的语言来说——萨玛科纳踏上了死寂的平原，从刻有怪异雕纹、保存得颇为完好的黑色玄武岩桥梁跨越了无声无息地缓慢流淌的河流。河水很清澈，游动着面貌完全陌生的大型鱼类。此时的路面显然经过铺筑，但长满了杂草和藤蔓，时常能见到刻着晦涩符号的小立柱标出道路的边界。平坦的草地在道路两旁延伸，偶尔有一丛树木或灌木点缀其中，不知名的蓝色花朵毫无规律地到处生长。草丛偶尔会突兀地抖动片刻，证明那里有蛇类出没。旅行者行进了几个小时，终于来到一丛似乎非常古老的常绿植物前，从他在远处的观察得知，这丛植物遮蔽着一座那种屋顶闪闪发亮的孤立建筑物。他在蚕食道路的植被中分辨出路边一座石门的刻有骇人雕纹的塔柱，遍覆青苔的棋盘格步道两侧林立着巨大的树木和庞然的廊柱，他穿过重重荆棘勉力前行。

最后，他终于在寂静的绿色微光中见到了建筑物那风蚀剥落、古老得难以言喻的正立面——毫无疑问，这是一座神庙。你能见到不计其数的令人作呕的浅浮雕，描绘的景象和生物、物件和仪式在这颗或任何一颗居住者神智健全的星球上都绝不可能有容身之所。萨玛科纳只愿意间接描述这些事物，第一次显示出了震惊和虔信者的迟疑，因此削弱了手稿剩余部分的见闻价值。我们不得不遗憾于文艺复兴时期西班牙的天主教气氛如此彻底地渗透了他的思想与情绪。神庙的大门洞开，没有窗户的内部充满了无法穿透的黑暗。萨玛科纳克服了壁雕激起的反感情绪，取出燧石和钢块，点燃一支树脂火炬，他掀开仿佛帘幕的藤蔓，勇敢地跨过了散发不祥意味的门槛。

有一瞬间他被眼前的景象彻底惊呆了。惊呆他的不是无数岁月积累的灰尘和蛛网覆盖了一切，不是扑打着翅膀乱飞的生物，不是墙上可憎得让他想尖叫的雕像，不是为数众多的水盆和火盆的怪异形状，不是险恶的顶部凹陷的角锥状祭坛，不是阴森地蹲伏于刻着象形文字的台座上睨视众生的用暗色怪异金属打造的章鱼头恐怖怪物，尽管这尊塑像甚至剥夺了他吓得尖叫的力量。惊呆他的不是这些非尘世的神秘事物，而仅仅是因为除了灰尘、蛛网、有翅生物和翡翠眼睛的庞大塑像，视线内所有东西的每一颗粒子都完全由纯粹的黄金组成。

即便撰写手稿时萨玛科纳已经知道地下世界蕴藏着用之不竭的黄金矿脉，因此黄金在这里是最常见的金属，但他依然表达出了旅行者突然发现印第安人的黄金城市传说的真正源头时的狂热兴奋情绪。有好一段时间，仔细观察的能力离他而去，最后还是他紧身上衣口袋里传来的一种奇异的拉扯感觉唤醒了他。追寻之下，他发觉他在废弃道路上发现的怪异金属的圆盘受到了台座上章鱼头、翡翠眼塑像的强烈吸引，此时他看见塑像的质地也是同一种未知的奇特金属。他后来得知这种有磁性的特异物质——对地下世界和地上世界的居民来说同样陌生——是蓝光深渊中的一种贵金属。没有人知道它是什么和在自然界中产自何处，这颗星球上的全部该金属都是伟大的图鲁——也就是章鱼头的神祇——最初将这些居民从群星带到世间时一起带来的。因此它唯一的已知来源就是既有的传承物品，包括大量的庞然塑像。人们始终无法成功地找到其来源或分析其成分，连它们的磁性都只对同种物质起作用。它是隐藏居民最具仪式意义的金属，使用它必须遵循一定的习俗，以免其磁性造成任何不便。它与诸如铁、金、银、铜和锌等贱金属铸成的合金具有非常微弱的磁性，在隐藏居民历史上的一段时期曾构成他们专有的货币形式。

滔天的恐惧像巨浪打断了萨玛科纳对奇异塑像及其磁性的沉思，因为自从走进这个死寂的世界，他第一次听见了声音，这种非常清晰的隆隆声似乎正在向他接近。他不可能猜测声音的来源。这是一群大型动物奔跑时仿佛雷鸣的脚步声。西班牙人回想起印第安人的惊恐、他看到的脚印和远远望见其移动的成群动物，不禁在恐惧的预感中瑟瑟发抖。他没有花时间分析他的处境和一群庞大动物奔驰的意义，而是仅仅缘于自我保护的本能冲动做出了反应。奔跑的兽群不会停下来寻找躲在暗处的弱者，若是在外部世界，待在这么一座树林环绕的巨大建筑物里，萨玛科纳几乎不会甚至完全不会感觉到任何惊慌。然而此刻却有某种本能在他灵魂深处孕育出了深切而特别的畏惧心理，他疯狂地环顾四周，寻找能够确保安全的防护手段。

遍覆黄金的宽敞室内并没有任何藏身之处，因此他觉得必须关上那扇弃用了无数年的大门。门扇依然挂在古老的铰链上，背面贴着内侧的墙壁。泥土、藤蔓和苔藓从室外侵入了门洞，因此他必须用佩剑为黄金大门挖开一条通道。还好在越来越近的恐怖噪声的驱策下，他非常迅速地完成了这项工作。他奋力推动沉重的门扇，蹄声每时每刻都变得愈发震耳和凶险，他的恐惧一时间达到了令人发狂的高度，推动堵塞了无数年的金属大门的希望变得渺茫。但就在这时，随着吱嘎一声，那东西对他年轻的力量做出了反应，随之而来的是一阵癫狂的生拉硬拽。在庞杂的践踏声之中，他终于成功了，沉重的黄金大门铿然关闭，黑暗顿时吞没了萨玛科纳，只有他插在一个三角台水盆的两根支撑柱之间的火把还在绽放光芒。门上有门闩，惊恐的年轻人向他的主保圣人祈愿，希望门闩还能派上用场。

只有声音能告诉这位避难者后来发生了什么。喧嚣声来到足够接近的地方，逐渐变成了一个个单独的脚步声，大概是常绿树丛使得兽群必须放慢速度和散开。然而脚步声依然在接近，那些动物显然在树木之间穿行，绕着刻有可怖雕纹的神庙外墙转圈。门有一次在古老的铰链上不祥地咣咣作响，像是受到了巨大的冲击，所幸它还是熬过去了。过了似乎没有尽头的一段时间，他听见脚步声开始远去，意识到他的未知访客正在离开。动物的数量似乎并非非常巨大，因此再过半小时甚至更短的时间，他就可以安全地出去了。不过萨玛科纳没有冒险。他打开背包，准备在神庙的黄金地砖上扎营，沉重的大门依然牢牢地闩着，将所有不速之客挡在外面。最后他坠入了香甜的梦乡，他在外面蓝光照耀下的地方绝不可能睡得如此安稳。他甚至不再介意伟大图鲁那章鱼头的恐怖塑像，它用未知金属铸造的庞然身躯蹲伏在刻着怪诞象形文字的台座上，从他上方的黑暗中以海绿色的鱼类眼睛睨视着他。

　　自从离开隧道，黑暗第一次包围了他，萨玛科纳睡得既踏实又长久。这一觉不但弥补了他前两次扎营损失的睡眠，当时永不熄灭的天空辉光使得他尽管疲惫却依然清醒，而且在他陷入安稳无梦的沉睡时，其他活物的腿脚替他走完了许多旅程。他能如此舒坦地休息可真是太好了，因为在他下一个清醒的周期里，他将遭遇那么多怪异的事情。

-IV-

最终唤醒萨玛科纳的是雷鸣般的砸门声。声音穿透他的梦境，在他意识到这是什么之后，立刻驱散了所有残存的蒙眬睡意。他不可能听错——这是人类制造出的清晰而专横的砸门声，似乎是用某种金属器物敲出来的，背后存在着数量可观的意识或意图。惊醒的人笨拙地爬起身，一个尖锐的叫声加入了召唤的行列——有人在大喊，声音并不难听，手稿将喊叫的内容记录为"**oxi, oxi, giathcán ycá relex**"。萨玛科纳确信来访者是人类，而非魔鬼，认为他们不可能有理由将他视为敌人，决定坦然地立刻与他们见面。于是他摸索着拉开古老的门闩，黄金大门在外部的压力下吱嘎打开。

沉重的门扇向内打开，萨玛科纳站在门口面对着一群大约二十个人，他们的外貌并不足以让他感到惊恐。他们似乎是印第安人，但有品位的长袍、饰物和佩剑与他在地面世界的部落中见到的毫无相似之处，而且面容与印第安人也有诸多微妙的差别。有一点非常清楚，那就是他们似乎不打算无缘无故地显露敌意。因为他们没有以任何方式威胁他，而是用眼神专注而意味深长地试探他，像是希望用视线开启某种交流。他们盯着他看得越久，他似乎越是了解他们和他们的使命。尽管自从开门前用声音召唤他之后，这些人就再也没有开过口，但他发现自己慢慢地知道了他们来自低矮群山另一侧的巨大城市，兽类向他们报告了他的存在，他们骑着兽类来到此处。他们不确定他是什么种类的人、来自何方，但知道他肯定与他们模糊记得、在怪异梦境中偶尔造访的外部世界有关。他如何能从两三个头领的视线中读懂所有这些，这是他无法解释的事情，不过很快他就会知道原因了。

接下来，他试图用他从冲牛那里学来的威奇托方言与来访者交谈，未能得到口头回应后他接连尝试了阿兹特克语、西班牙语、法语甚至拉丁语——还尽可能从记忆中搜刮出他蹩脚的希腊语、加利西亚语和葡萄牙语的许多字词加进去，甚至没有放过他的故乡阿斯图里亚斯的农夫使用的巴布里方言。然而如此多种语言并列的努力——用尽了他所有的语言库存——依然未能得到任何回应。他停了下来，不知如何是好，这时一名来访者开口了，使用的是一种彻底陌生、非常有意思的语言，西班牙人在将其发音转录为文字时遇到了极大的困难。他无法理解这种语言，说话者首先指了指自己的眼睛，然后指了指额头，然后又指向眼睛，像是在命令对方注视他，以接受他想传送的内容。

萨玛科纳听话地照着做，发现他迅速掌握了一些特定的知识。他得知，这些人如今用不发声的思想波沟通，不过他们也曾使用一种语言交谈，这种语言如今只作为书写语言而存在，他们偶尔开口说话不是因为传统的习俗，就是强烈的感情需要一个自发的表达渠道。他只要将注意力集中在他们的眼睛上就能理解他们。若是想要回应，他可以在脑海里将他意欲传递的消息构想成一幅图像，然后将其内容通过视线发送给对方。思想说话者停下来，显然是在等待回应，萨玛科纳尽其所能按照教给他的方法传递思想，结果却不太如意。他只好点点头，尝试用手势描述他本人和他的旅程。他指向上方，仿佛那是外部世界，然后闭上眼睛，比画着模仿鼹鼠挖洞。然后他睁开眼睛，指向下方，以此指代他沿着陡峭山坡的下降过程。他尝试着在手势里混入一两个词语——比方说，他依次指着自己和所有来访者，嘴里说"un hombre"[1]，然后单独指着自己，非常慢地说出他本人的名字，潘费罗·德·萨玛科纳。

在这场怪异的谈话结束前，双方交换了大量的信息。萨玛科纳渐渐懂得了该如何投射思想，同时学会了此处古老的口头语言的一些字词。来访者反过来学会了许多西班牙语基础词汇。他们自己古老的语言与西班牙人听说过的任何语言都毫无相似之处，但后来他似乎觉察到这种语言与阿兹特克语之间存在某种极为遥远的联系，就仿佛后者反映了前者长期退化后的结果，或者有着非常稀薄的借词渗透的血缘关系。萨玛科纳得知，地下世界有个古老的名字，手稿将其记录为"Xinaián"，根据作者的补充说明和标记的变音符号，对盎格鲁-萨克逊人的耳朵来说，它的读音近似于"K'n-yan"——昆扬。

---

1. 西班牙语：一个男人。

不足为奇的是他们最初的交流仅限于最基础的事实，但这些基础事实也极为重要。萨玛科纳得知昆扬的居民古老得近乎永恒，来自太空中一个遥远的星球，那里的物理条件与地球上的几乎相同。当然了，所有这些如今只是传奇故事。谁也无法断定其中有多少事实，或者对章鱼头生物图鲁的崇拜有多少出于真心诚意，传说称它将他们带到地球来，他们依然为了美学原因敬畏它。他们确实了解外部世界，事实上地壳刚冷却得适合生存之后，最初在地表定居的就是他们。在冰河时代之间，他们创造出了伟大的地表文明，尤其是在南极洲卡达斯山脉附近的那一个。

在过去某个无比遥远的时期，地表世界的大部分土地沉没至海面之下，只有少数幸存者活下来将消息带到昆扬。这场灾难无疑源于某些太空邪魔的愤怒攻击，它们对人类和人类信仰的诸神都怀有敌意——这证实了更早的远古时代曾有另一场大沉没的传闻，诸神在这场沉没中未能幸免于难，连伟大的图鲁也不例外，它到现在还被囚禁在半宇宙城市雷莱克斯的水牢里沉睡做梦。传说称除了太空邪魔的奴仆，任何人都不可能在外部世界长时间生存。因此，结论是还居住在地表的生物都与魔鬼有着邪恶的联系。相应的，地下世界立刻中止了与太阳和星光照耀下的土地之间的所有往来。通往昆扬的地下隧道，只要他们还能想起来，就被堵死或驻兵看守。外来者全被视为危险的探子和敌人。

但那是很久以前了。随着时间的流逝，来拜访昆扬的人越来越少，最终未被堵死的洞口不再驻扎哨兵。大部分人忘记了外部世界的存在，只有经由扭曲的记忆、神话和非常怪异的梦境才会偶尔想起，不过受过教育的人们始终记得那些基础事实。记录中最后的那些来访者——已经是几个世纪前了——并没有被视为恶魔的探子，对古老传说的信念早已磨灭。他们曾热切地向来访者详细询问奇妙的外部世界的情况。因为昆扬人的科学好奇心始终非常强烈，与地表相关的神话、记忆、梦境和历史片段时常诱惑着学者外出探险，然而没有任何人敢于尝试。他们对来访者的要求只有一个，那就是禁止他们回去和将昆扬确实存在的消息告诉外部世界，因为他们对地表世界终究不太放心。外来者觊觎黄金与白银，有可能招来非常麻烦的入侵者。遵守命令的人都活得很快乐，但存活的时间总是短暂得令人痛心，他们将对外部世界的所有了解全部告诉了昆扬人——然而并不足够，因为他们的叙述往往支离破碎和自相矛盾，你分不清该相信什么，又该怀疑什么。昆扬希望能有更多的外来者到访。至于那些不服从命令和企图逃跑的人——他们的命运就非常不幸了。萨玛科纳受到了热烈欢迎，因为比起他们记忆中来到地下世界的其他人，他所处的阶层似乎比较高，对外部世界的了解也更多。他能告诉他们许多知识——他们希望他能安于终生待在这里。

在第一次会谈中，萨玛科纳得知的许多有关昆扬的事实让他惊讶得难以呼吸。举例来说，他得知在过去的几千年间，昆扬人已经征服了衰老和死亡。因此人们不再会变老，除了暴力因素和主观意志使然，也没有人会死亡。通过调整生理系统，你可以随心所欲地在肉体上永葆青春和长生不灭。若是有人愿意变老，唯一的原因就是他要享受生活在一个被停滞和陈腐统治的世界里的感受，而且只要他们愿意，随时都可以重新变得年轻。除了实验性的目标，生育已经终止，因为这个主宰了大自然和有机生命竞争者的优势种族认为大量人口是毫无必要的。不过，有许多个体在存活一段时间后选择了死亡，因为不管怎么用最刺激的手段发明新的乐趣，意识存在的折磨对于敏感的灵魂来说，迟早会变得过于枯燥——尤其是对其中一些人来说，时间与饱腻感蒙蔽了原始本能和自我保护的念头。萨玛科纳面前这群人的年龄都在五百岁到一千五百岁之间，其中有几位见过来自地表的访客，但时间已经模糊了记忆。另一方面，以往的访客经常会尝试复制地下种族的长寿特性，但仅仅取得了非常有限的成就，因为分隔了一两百万年以后，两者之间已经演化出了种族差异。

令人惊异的是，这些演化差异在另一个方面甚至更加明显——比永生本身还要怪异许多的一个方面——这就是昆扬人能够利用经过技术训练的纯粹意志力量调节物质与抽象能量之间的平衡，甚至在牵涉到有机活生物的躯体时也是一样。换句话说，一名受过训练的昆扬人付出一定的力量，就能非物质化和重物质化其自身，若是付出更大的力量，使用更加微妙的技法，还能对他选择的其他物体做出同样的事情：毫无损伤地将有形物质转换为自由粒子和将粒子重新聚集成物质。假如萨玛科纳没有像他先前那样回应来访者的敲门，他大概会在极其困惑的情况下见到这批客人，因为阻挡这二十个人不等回应就径直穿过黄金大门的障碍仅仅是过程中需要耗费的力量和麻烦。这套技法比永生技法还要古老，任何一名有智力的人类都能在一定程度上学会，但不可能完美地掌握。据说它在过去的亿万年间传到了外部世界，但只通过秘密教义和缥缈传奇辗转流传。外部世界的游荡者带下来的原始而不完整的鬼故事曾逗得昆扬人乐不可支。在实际生活中，这套技法有着一定的生产性用途，但大体而言乏人问津，因为这里没有需要使用它的理由。它留存至今的主要方式与做梦有关，梦境鉴赏家为了寻求刺激，使用它增进他们漫游梦境的逼真度。通过使用这种方法，某些做梦者甚至以半物质的方式造访过一个怪异而朦胧的地方，那里有土丘、山谷和变幻莫测的光线，部分人认为那就是早被遗忘的外部世界。他们会骑着他们的牲畜前往那里，在和平的年代重演上古先辈的壮丽战事。有些哲学家认为，在这种时候，他们实际上接触到了好战祖辈遗留下来的非物质力量。

昆扬人现在全都居住在群山另一侧高耸的巨大城市里，这座城市名叫撒托。地下世界向地心延伸到无法测量的深渊之下，深渊中除了蓝光照耀的区域，还有一个名叫幽斯的红光照耀的区域，考古学家在那里找到了更古老的非人类种族留下的遗迹。地下世界曾经栖息着多个种族。然而在时间的进程中，撒托的居民征服和奴役了其他种族，将他们与红光区域某种长角的四足动物配种杂交，后者的半人类倾向非常明显，尽管包含着某种人工创造的因素，但有可能部分是留下那些遗迹的生物的退化后代。随着亿万年过去，机械方面的发明使得生活变得异常方便，撒托人因此聚集在一起，所以昆扬的大部分土地变得较为荒芜。

聚居一处更方便生活，维持人口继续增长也毫无意义。许多古老的机械设备依然在使用，但也有许多设备遭到弃置，因为它们不再能够给予乐趣，或者对于一个人口数量持续减少的种族来说缺乏必要性，更何况这个种族还能用精神力量控制大量劣等和半人类的劳工有机生物。这个为数众多的奴工阶层是高度合成性的，杂交配种的来源有古代被征服的敌人，有外部世界的漫游者，有被奇异地重新唤醒的死尸，有撒托统治阶层中自然产生的劣等成员。统治者本身通过选择配种和社会进化变得极为优等——整个国家经历过一段理想主义和工业化的民主政治时期，所有人机会均等，将自然赋予的智力转变为权力就此耗尽了所有人的脑力和毅力。他们后来发现，除了用来满足基本需要和不可避免的某些欲望之外，工业大体而言毫无益处，因而变得非常简单。以标准化和易于维修为准绳建立的机械化都市确保了生理舒适，而科学化的农业和畜牧业满足了其他基本需求。长途旅行被彻底放弃，人们回到使用长角的半人兽类的时代，不再维护曾经穿梭于陆地、水面和天空的无数黄金、白银和钢铁的运输机器。萨玛科纳难以相信这些事物能够存在于梦境外的现实中，但他们说他可以去博物馆参观它们的样本。他还可以走一天的路程去督诃纳谷，参观其他有着魔法般伟力的巨型装置的残骸。在这个种族的成员还为数众多时，他们曾经将居住区域拓展到了那里。辽阔平原上的城市和神庙来自更加古老的年代，自从撒托族人夺取了地下世界的霸权，它们就仅仅被视为宗教和古文物遗址了。

在政体方面，撒托算是某种共产主义或准无政府主义的国家。决定日常事务的与其说是法律，不如说是习俗。长寿带来的阅历和让整个种族丧失斗志的倦怠为这一切奠定了基础，他们的需求和欲望仅限于最基础的生理需求和新鲜的感官刺激。千百年忍耐造成的反作用与日俱增，尽管尚未将根基侵蚀殆尽，但已经摧毁了关于价值和准则的所有幻象，剩下能够寻求或期待的也只有类似于习惯的东西了。为了确保寻求享乐这种共同自毁的行为不至于导致社会生活陷入瘫痪——他们希望达到的仅仅是这个目标——家庭组织很久以前就灭亡了，性别的文化与社会差异也消失了。日常生活按照仪式性的模式来组织。游戏、饮酒、折磨奴隶、做白日梦、美食与情绪的狂欢、宗教典礼、怪异实验、讨论艺术与哲学和其他类似的事情构成了主要的消遣。财产——以土地、奴隶、牲畜、撒托的市有企业的股份和曾是通用货币标准的图鲁磁性金属铸块计算——通过极为复杂的计算方法进行分配，其中有一定的总量均分给所有的自由人。贫穷闻所未闻，所谓的劳动只是行政管理，通过一套测试与选拔的精密体系将责任指派给个人。萨玛科纳发现他难以描述这些与他对世界的认知天差地别的情况，手稿这一部分的文本显得异乎寻常地令人困惑。

按照他们的说法，艺术与智性活动在撒托达到过极高的水平，但后来逐渐变得倦怠和颓废。机械占据主导地位曾在一段时间内打断了正常美学的发展，引入毫无生命的几何风格，扼杀了健全的表达方式。这种风格很快就被放弃了，但在所有图画和装饰实践中留下了印记。因此，除了传统主义统治的宗教艺术领域，他们后来的作品中几乎找不到深度和感情的存在。人们发现他们更喜欢从旧时作品的仿制品中寻找快乐。文学作品都是高度个人化和分析性的，对萨玛科纳来说完全不可理解。科学曾经发展得精深而准确，研究范围包罗万象，只有天文学除外。但后来也陷入衰落，因为人们发现动用脑力去记住庞杂得令人发疯的细节和分支变得越来越没有意义。他们认为更明智的做法是放弃深度思考，将自然科学限制在传统形式之内。技术这东西，毕竟可以全凭经验继续下去。历史越来越不受重视，但图书馆藏有详尽而丰富的年代记。人们对这个主题还感兴趣，萨玛科纳带来的外部世界的知识肯定会带来堪称海量的欣喜。然而，总体来说，当代的流行趋势是用感觉代替思考。因此发明新消遣的人比保存古老史实或向宇宙神秘之边界发动进攻的人更受到看重。

宗教是撒托居民的首要爱好，尽管极少有人真的相信超自然力量。他们渴求的是伴随丰富多彩的远古信仰而来的神秘主义的情绪和刺激感官的仪式所孕育的美学与情感冲击。伟大的图鲁，代表宇宙和谐的灵体，在古代被符号化为将所有人类从群星带到世间的章鱼头神祇，为它修建的神庙是全昆扬最华美的建筑物。另一方面，伊格，代表生命法则的灵体，符号化为众蛇之父，为它修建的神庙几乎同样奢侈和壮观。后来萨玛科纳知晓了与这个宗教相关的许多狂欢与祭祀仪式的情况，但似乎不愿在手稿中详细描述。他本人从未参与过这些仪式，除了偶尔将某些仪式误认为他自己的信仰的倒错曲解。他同时也抓住每一个机会，试图让昆扬人皈依西班牙人希望能传遍全世界的十字架信仰。

在当时撒托居民的宗教活动中，最显著的特征是图鲁金属崇拜的近乎虔诚的复兴——这种罕有而神圣的金属，这种有光泽的深色磁性物质，在自然界中无处可觅，但一向以神像和圣职用具的形式存在于他们之中。从最古老的时代起，人们只要见到它非合金的形态就会表达尊敬，所有神圣的档案和祷文抄本都必须保存在用最纯粹的这种物质铸造的圆筒里。近年来，对科学和智力活动的摒弃蒙蔽了懂得批判性分析事物的灵性，人们再次开始围绕这种金属，用曾经存在于远古时代的敬畏和迷信编织罗网。

宗教的另一个功能是校准日历，他们的历法诞生于时间与速度被视为人们情感生活中的头等崇拜对象的时代。清醒与睡眠交替的周期随情绪和生活的需要而延长、缩短或倒转，由伟大蛇神伊格的尾部敲击的节拍来定时，这个周期非常粗略地对应于地面上的白昼与夜晚，但萨玛科纳的感官告诉他，它们实际上肯定要长一倍。年度这个单位由伊格的蜕皮周期来确定，大约等于外部世界的一年半。萨玛科纳撰写手稿时认为他已经很好地掌握了这套历法，因而信心十足地将日期定为1545年。然而文本未能提供他对此事的信心确有道理的证据。

随着撒托居民的发言人继续讲述情况，萨玛科纳内心的反感和警觉越来越强烈。不仅因为他们讲述的内容，也因为所使用的怪异的心灵感应方法，还有返回外部世界已不再可能的明确推论，西班牙人因此希望他当时没有深入地下，来到这个充满魔法、变态和堕落的国度。然而他知道能够被接受的态度只有友好和默许，于是决定满足来访者的所有愿望，提供他们想要的一切信息。另一方面，他遮遮掩掩吐露的有关外部世界的消息深深地迷住了他们。

从亿万年前亚特兰蒂斯和雷姆利亚的避难者算起，这是他们第一次得到有关地表的翔实可靠的信息，因为后来从外部下来的那些人都是眼界狭隘的当地群体的成员，对整体而言的地表世界没有任何了解，他们基本上只知道平原上的无知部落的情况，顶多对玛雅、托尔特克和阿兹特克略知一二。萨玛科纳是他们第一次见到的欧洲人，他是一名受过教育、头脑敏捷的年轻人，这使得他作为知识来源的价值更加显著。来访者们屏息静气，对他经过考虑后透露的情况表达出了浓厚兴趣。他的到来无疑能够重新激起厌倦的撒托居民对地理与历史这些领域现已萎靡的兴趣。

唯一让撒托来客感到不悦的似乎是热衷于冒险的古怪陌生人近来像潮水似的涌入连接昆扬的通道所在的地表区域。萨玛科纳向他们讲述佛罗里达和新西班牙如何建立，探险热如何正在搅动外部世界的绝大部分地区，西班牙、葡萄牙、法国和英国如何相互竞争。墨西哥和佛罗里达迟早会统合为一个殖民大帝国，到时候就不太可能阻挡外来者探索传说中充满黄金和白银的深渊了。冲牛知道萨玛科纳进入地下的事情。若是他未能在预定的会合地点见到旅行者，他说不定会报告科罗纳多，消息甚至有可能传进总督阁下的耳朵。来访者的脸上流露出了对昆扬的私密和安全的担忧，萨玛科纳从他们的思绪中得知，从现在开始，哨兵无疑将再次驻扎在撒托居民能记起且未被堵死的连接外部世界的通道入口。

-V-

萨玛科纳与来访者的长时间交谈发生于神庙大门外树林中的蓝绿色微光下。有些人躺在隐约可见的步道旁的杂草和青苔上，包括西班牙人和撒托来客的发言人在内的其他人坐在林立于神庙小径两侧的低矮石柱上。交谈肯定耗费了地表上近一整天的时间，因为萨玛科纳数次感觉到饥饿，不得不打开补给充足的背包吃东西，撒托来客中的几位返回大路上去取口粮，他们将所骑的动物留在了那里。最后，这群人的首领结束了这次会谈，说现在该前往城市了。

首领说队伍里有几头备用的兽类，萨玛科纳可以骑其中的一头。想到要跨上这种不祥的混血怪物——它们的营养来源是那么地令人惊恐，而冲牛只看了它们一眼就发狂般地逃回地面——无论如何都不可能让旅行者感到安心。这些动物的另一个特征也令他极为不安——它们显然拥有超乎寻常的智力，前一天狂奔兽群中的部分成员向撒托居民报告他的行踪，带来了面前这个探险队。然而萨玛科纳不是懦夫，因此他勇敢地跟着他们踏上杂草丛生的步道，走向大路边那些动物停留的地方。

然而当他穿过藤蔓覆盖的塔门回到古老的大路上时，所见到的事物还是令他惊骇得忍不住叫出了声。他不再怀疑好奇的威奇托人为何落荒而逃，不得不暂时闭上眼睛以避免理性崩溃。非常可惜，某种程度上的虔诚与克制阻止了萨玛科纳在手稿中详细描述他见到的无可名状的景象。事实上，他仅仅转弯抹角地暗示了那些焦躁的白色巨物那令人震惊的畸形外貌，它们背部长着黑色皮毛，前额中央有一根未完全发育的独角，扁平的鼻子和突出的嘴唇确凿无疑地呈现出一丝人类或类人猿的血统。后来他在手稿中声称，无论是在昆扬还是在外部世界，这都是他一生中见过的最可怖的客观实体。它们最无与伦比的恐怖特质却不容易被辨认或描述。它们最令人不安的一点是它们并非完全的自然造物。

这群人注意到了萨玛科纳的惊恐，连忙尽可能地安慰他。他们解释道，这些名为杰厄-幽斯的兽类无疑非常怪异，但确实完全没有伤害性。它们的肉食绝非来自优势种族的高智能群体，而仅仅是一个特别的奴隶种族，它们在绝大多数方面都早已不是严格意义上的人类，其实根本就是昆扬的主要肉畜。它们——或者更准确地说，它们的配种先祖——最初在昆扬蓝光世界以下荒芜的幽斯红光世界的庞然遗迹中以野生形态被发现。它们有一部分血统来自人类，这一点似乎非常明显；但科学研究者始终无法确定它们是否就是曾经统治那片怪异废墟的居民的后代。这个假说的主要论据是众所周知的事实：幽斯现已消失的居住者是四足动物。研究者在幽斯最大的废墟城市底下的辛族墓葬发现了为数极少的手稿和雕像，从中得知了这件事情。然而同一批手稿也宣称，幽斯的居民拥有人工合成生命的技术，在其历史上曾创造和毁灭过好几种设计得极为精妙的劳力与运输动物——更不用说他们在漫长的衰落岁月中，还为取乐和新鲜刺激而创造了各种各样不可思议的活物。幽斯的统治者从血缘意义上说无疑曾是爬行动物，撒托绝大多数的生理学家都赞同这些兽类在与昆扬的哺乳动物奴隶阶层杂交前确实非常接近爬行动物。

事实证明文艺复兴时期的西班牙人胸中确实燃烧着无畏的烈火，因为潘费罗·德·萨玛科纳-努涅兹真的爬上一头撒托人的病态兽类，与队伍首领并肩骑行——首领名叫吉尔-哈萨-伊恩，先前双方交流各自世界情况时最活跃的就是他。骑着怪物赶路自然令人厌恶，但稳稳地坐着倒是不难，杰厄-幽斯看似笨拙，步伐却出奇地平稳和规则。不需要鞍座，这种动物似乎也不需要任何引导。队伍轻快地向前移动，一路上只在萨玛科纳感到好奇的荒弃城市和神庙稍作停留，吉尔-哈萨-伊恩亲切地带他参观和为他解说。这些城镇中最大的一座名叫毕格拉，是用黄金精雕细琢而成的伟大奇观，萨玛科纳带着渴求和兴趣研究那装饰怪异的建筑风格。建筑物追求的是高度和细长，屋顶突起变成无数尖顶。街道狭窄而曲折，时有风景画一般的山路，不过吉尔-哈萨-伊恩说昆扬后来的城市在设计上更加宽敞和规整。平原上所有这些古老城市都能找到已被夷平的城墙的痕迹，提醒人们想起现已解散的撒托军队如何在无数年前逐步征服这片土地。

吉尔-哈萨-伊恩还主动向萨玛科纳展示了一件物品，尽管去那里需要绕道沿着藤蔓纠缠的一条岔路行走一英里左右。这是用黑色玄武岩砌成的一座低矮神庙，它的墙壁上没有任何雕刻，里面只有一个空荡荡的缟玛瑙台座。这座神庙的特殊之处是关于它的故事，因为它与传说中一个更古老的世界有所联系，相比它的古老，连神秘的幽斯都近得仿佛就在昨天。他们模仿辛族墓葬里描绘的神庙修建了这座建筑物，用以供奉在红光世界中发现的一尊极其可怕的黑色蟾蜍神像，根据幽斯人的手稿，它名叫撒托古亚。这个神通广大的神曾广受崇拜，昆扬人接受它之后，用它为后来统治那片土地的城市命名。幽斯传奇称它来自红光世界之下一个神秘莫测的地下国度——那是一个黑暗国度，不存在任何光线，居住在那里的生物拥有特殊感官，但在幽斯的四足生物出现前就诞生了伟大的文明和强大的神祇。幽斯有许多撒托古亚的雕像，据说全都来自地球内部的黑暗国度，幽斯的考古学家认为它代表着那里万古以前就已灭绝的种族。在幽斯人的手稿中，黑暗国度被称为恩凯，这些考古学家尽可能详尽地探索了那里，发现的怪异石槽或地洞激起了无穷无尽的猜测。

昆扬人发现红光世界并破译了那些奇异手稿后，他们接纳了撒托古亚宗教，将可怖的蟾蜍雕像全都带到蓝光照耀的土地上来，供奉在用开采自幽斯的玄武岩修建的庙宇里，萨玛科纳此刻看见的就是其中一座神庙。这个宗教蓬勃发展，最终几乎能和伊格与图鲁的宗教相提并论，他们种族的一个分支甚至将它带去了外部世界，最小的一尊撒托古亚神像后来被发现于地球北极附近洛玛大陆的奥拉索埃城的一座神庙之中。据说这个外部世界的教团甚至熬过了大冰河期和多毛生物诺弗刻毁灭洛玛的灾祸，不过昆扬人不敢说他们确定地知道这些事情。这个宗教在蓝光世界终结得非常突然，只有撒托古亚这个名字存续至今。

结束了这个宗教的是对幽斯红光世界之下恩凯黑暗国度的部分探索。根据幽斯人的手稿所述，恩凯没有任何生命存活，但在幽斯人的时代和人类来到地球之间的亿万年岁月中，那里肯定发生了一些什么事情，那些事情与幽斯人的覆灭未必毫无关系。发生的可能是一场地震，它打开了无光世界更底层拒绝向幽斯考古学家开放的暗室。也可能是能量与电子之间更可怕的交叠作用，任何一种脊椎动物的大脑都无法理解。总而言之，当昆扬人带着原子能探照灯下降进入恩凯的黑暗深渊时，他们发现了活物——那些活物沿着石砌隧洞流淌涌动，崇拜用缟玛瑙和玄武岩雕刻的撒托古亚神像。但它们不是类似于撒托古亚的蟾蜍状生物。不，它们要恐怖得多——它们是有毒黑色黏液的无定形结块，能暂时改变形状以满足不同的功用。昆扬的探索者没有停下来仔细观察，侥幸逃生的那些人封死了从红光幽斯世界通往底下恐怖国度的隧道。人们用分解射线将昆扬大地上的所有撒托古亚神像化作虚无，永久性地废除了这个宗教。

亿万年后，人们忘记了发自肺腑的恐惧，科学研究的好奇心取而代之，撒托古亚和恩凯的古老传说起死回生，一支全副武装、装备精良的探险队下降进入幽斯，寻找通往黑暗深渊的封闭大门，去看一看栖息在底下的究竟是什么。然而他们没有找到那道门，后来千百年里怀着同样念头而去的其他人也一无所获。现在有些人甚至怀疑所谓深渊是否真的存在，但还能解读幽斯手稿的少数几位学者相信有充分的证据能证明这一点，尽管昆扬发现的、关于恐怖探险的二手记录还有待考证。后世有些宗教团体尝试阻止人们想起恩凯的存在，对提到恩凯的人施加严酷惩罚。然而在萨玛科纳进入昆扬探险时，人们还没有开始认真看待这些事情。

队伍回到古老的大路上，逐渐接近了低矮的山脉，萨玛科纳注意到那条河就在左侧不远处。过了一段时间，随着地势抬升，河流进溪谷，穿过山峦，道路从接近崖顶的较高处越过山口。这时飘起了濛濛细雨。萨玛科纳注意到雨点和雨丝断断续续落下，于是抬头望向散发蓝色辉光的天空，但怪异的光芒没有任何减弱的迹象。吉尔-哈萨-伊恩告诉他，水蒸气的凝聚和沉降过程在此处并不罕见，而且绝对不会让天穹的光耀变得黯淡。另一方面，昆扬地势较低的区域永远蒙着某种薄雾，弥补了真正云朵彻底缺失的遗憾。

山路所在的地势缓缓上升，萨玛科纳回头望去，他曾在对面见过的古老而荒芜的平原一览无余。他似乎能够欣赏这幅景象的奇异美丽，即将离它远去使得他隐约感到遗憾。吉尔-哈萨-伊恩催促他驱策驮兽走得更快一些。等他再次面向前方，坡顶已经非常近了，杂草丛生的荒凉道路通往上方，消失在蓝光映照的虚空之中。这幅景象无疑给他留下了极为深刻的印象——右侧是陡峭的绿色岩壁，左侧是幽深的河谷和另一道陡峭的绿色岩壁，前方是蓝色辉光沸腾搅动的海洋，向上的道路消融其中。他们随即爬到了坡顶，撒托世界的全景图惊人地在眼前无限铺展。

繁华的巨幅景象看得萨玛科纳不禁屏住了呼吸，因为这里如蜂巢般汇聚的垦殖场和人类活动远远超过了他见过甚至梦想过的任何事物。向下的山坡上相对稀疏地分布着小农场和偶尔一见的神庙，但从山脚开始则是一片广袤的平原，像棋盘似的遍覆种植的树木，从河流引出狭窄的水渠用于灌溉，几何线条般精确的宽阔大道穿梭其中，铺路的是黄金或玄武岩石块。粗大的银色线缆挂在金色高柱上，连接着各处低矮蔓生的建筑物和簇生的高大楼宇，有些地方能看见一排排已经弃用、没有线缆的高柱。缓缓移动的物体说明田野正在被耕耘，萨玛科纳在一些地方看见人们在可憎的半人类四足动物辅助下犁地。

然而在这一切当中，给他留下最深刻印象的是簇生高塔和尖顶组成的令人困惑的景象，它们耸立于平原上遥远的地方，在蓝色辉光中如花朵和幽魂般闪烁微光。萨玛科纳刚开始以为那是一座遍覆房屋和神庙的山峰，就像他的故乡西班牙那些风景如画的山城，然而再看一眼，他发现实际上并非如此。那是平原上的一座城市，但充满了直插天空的塔楼，因此其轮廓线确实仿佛山峰。这座城市上方悬挂着怪异的灰色雾霭，蓝光穿过它照在数以百万计的黄金塔尖上，为辉光增加了别样的色彩。萨玛科纳望向吉尔-哈萨-伊恩，意识到那就是撒托，一座畸形、庞大而不祥的城市。

随着道路转向下方的平原，萨玛科纳产生了某种不安和邪恶的感觉。他不喜欢他所骑的兽类和能够供应如此兽类的这个世界，更不喜欢笼罩着远方撒托城的阴沉气氛。队伍开始经过山坡上的零星农场，西班牙人注意到了在田地里劳作的生物。他不喜欢它们的动作和身体比例，更加不喜欢他在许多个体身上见到的肢体残疾。另外，他也不喜欢部分生物在兽栏里被蓄养的方式，尤其是它们啃食大把新鲜饲料的模样。吉尔-哈萨-伊恩说这些生物是奴隶阶层的成员，行为受到农场主的控制，农场主早晨用催眠印象告诉它们这一天都要做些什么。作为半有意识的机器，它们的生产效率近乎完美。兽栏里的那些是较为劣等的个体，唯一的用途就是作为肉畜。

抵达平原之后，萨玛科纳见到了一些更大的农场，注意到几乎所有工作都由令人厌恶的独角动物杰厄-幽斯完成。他也注意到还有一些更像人类的生物沿着犁沟辛勤劳作，其中一部分个体的动作比其他个体更加机械，他对它们产生了怪异的畏惧和厌恶的情绪。吉尔-哈萨-伊恩向他解释，那些就是人们称之为"伊姆-比希"的东西——它们是死去的有机生物，通过原子能和思想力量的手段复活为用于生产的机械。奴隶阶层不像撒托的自由人那样可以长生不老，因此随着时间流逝，伊姆-比希的数量变得非常巨大。它们像狗一样忠心耿耿，但不像活奴隶那样能够毫无困难地执行思想命令。最让萨玛科纳反感的是肢体残缺最严重的一些个体，有些失去了整个头部，其他一些的身体各处有着似乎毫无规律的缺损、变形、换位和嫁接。西班牙人无从想象这种情况的起因，吉尔-哈萨-伊恩解释称这些奴隶曾在大竞技场供人们取乐。因为撒托的居民最懂得欣赏精妙的感官体验，为了满足他们已经疲惫的神经，需要时刻追求花样百出的新鲜刺激。萨玛科纳无论从什么角度说都不算是有洁癖的人，对他的所见所闻却也无法产生任何好感。

走近之后，巍峨都市那畸形的辽阔和非人类的高度使得它变得隐约有些恐怖。吉尔-哈萨-伊恩解释说巨型塔楼的较高部分已经无人使用，其中大部分早被拆毁，以省去维修的麻烦。原本都市区域周围的平原遍布更新和更小的聚居区，许多人更喜欢住在那里，而不是古老的塔楼。伴随黄金和砖石的庞大聚合体里的各种活动而生的单调喧嚣传遍了平原，骑着兽类的队伍和兽类拉着的车辆如流水般在铺着黄金或石块的道路上进出城市。

吉尔-哈萨-伊恩停下几次，向萨玛科纳展示值得关注的事物，尤其是崇拜伊格、图鲁、纳各、耶伯和不可言喻者的神庙，它们稀稀落落地点缀在路旁，每座神庙都按照昆扬的习俗由树林环绕。这些神庙还在被人们使用，与山脉另一侧荒凉平原上的那些不同。骑着兽类的拜祭者川流不息，成群结队地来来去去。吉尔-哈萨-伊恩带着萨玛科纳参观每一座神庙，西班牙人怀着兴趣和反感观看深奥的狂欢仪式。祭祀纳各和耶伯的典礼尤其让他作呕，甚至到了他拒绝在手稿中进行描述的地步。他们经过一座低矮、黑色的撒托古亚神庙，不过它已经转而供奉莎布-尼古拉斯了，她是万物之母，不可言喻者的妻子。这个神祇有点像更加成熟和完备的阿斯塔蒂，对她的崇拜使得这位虔诚的天主教徒感到极为厌恶。他最不喜欢的一点是主持者发出的情绪激昂的声音，对一个不再用口头语言进行日常交流的种族来说，这种声音异常刺耳。

来到撒托拥挤的外围，完全置身于令人恐惧的高塔的阴影之中，吉尔-哈萨-伊恩指着一座怪异的环形建筑物请萨玛科纳看，大量人群在这座建筑物外排队。他说，这是城里诸多的圆形露天剧场之一，专门为昆扬的厌世居民提供奇特的运动表演和感官刺激。他正要停下，邀请萨玛科纳走进它巨大的弧形正门，西班牙人想到他在田地里见到的损毁躯体，于是激烈地表达了拒绝之意。这是口味不同引发的许多次善意冲突中的第一次，撒托的居民因此认为他们的客人肯定遵循着某些奇特而狭隘的行为准则。

撒托本身是怪异的古老街道组成的一个庞大网络。尽管感觉越来越恐惧和疏离，萨玛科纳还是被它蕴含的神秘和无处不在的奇景深深地迷住了。威慑心灵的塔楼庞大得令人头晕目眩，来来往往的人群犹如巨大得可怕的洪流，穿行于装饰华美的街道上，大门与窗户刻着怪异的雕纹，从栏杆包围的广场与层层叠叠的宽阔露台能望见奇特的风景，笼罩一切的灰色雾霭仿佛低矮的天花板，压在宛若河谷的街道上，所有这些加在一起，催生了他从未体验过的无比强烈的冒险与期待的感觉。他立刻被带到管理者组成的委员会面前，会议在黄金与青铜打造的宫殿里举行，宫殿的前方是有花圃和喷泉的园地。在壁饰的花纹繁复得令人眩晕的拱顶大厅里，他被友好而仔细地盘问了很长时间。他看得出来，在外部世界的历史知识方面，他们对他怀着很高的期待。作为回报，昆扬的全部秘密也将向他揭开面纱。但只有一点让他感到痛苦，那就是禁止他返回原先那个世界的冷酷命令，他将再也无法见到太阳、星辰和西班牙了。

他们为来访者定下了每日活动的安排表，时间明智地分配给几类不同的活动。他将在各种地方与有学识的人交谈，学习撒托人知识的许多分支。他们将给他自由研究的时间，等他掌握了书面语言，昆扬世俗和非世俗的所有图书馆都会向他开放。他可以观摩所有仪式和典礼——除非他本人强烈反对——还给他留出大量时间，供他参与文明人追求愉悦和情感刺激的活动，这些事情构成了昆扬人日常生活的目标和核心。他将分到一幢城郊的房屋或一套市区的公寓，他将被纳入不计其数的大型友爱团体之一，群体内包括许多贵族女性，她们拥有通过技术增强的极致美貌，近代的昆扬人由此代替了家庭单位。他将得到几头独角动物杰厄-幽斯，用于代步和跑腿。十名躯体完好无损的活奴隶将为他做家务，保护他不受盗贼、虐待狂和公共道路上的宗教狂欢者伤害。他必须学会使用许多种机械装置，吉尔-哈萨-伊恩会立刻教他使用其中最重要的一些。

萨玛科纳在市区公寓和城郊别墅中选择了前者，城市管理者彬彬有礼、郑重其事地送他出门，向导领着他穿过几条金碧辉煌的街道，走进一座七八十层高、仿佛峭壁一般的建筑物。人们已经收到通知，为他的到来做好准备。位于底层的一套宽敞的拱顶公寓里，奴隶正忙着调整帷帐和家具。房间里有涂漆、嵌花饰的矮几，有天鹅绒和丝绸的休憩角和坐垫，有望不见尽头的一排排柚木和乌木分类架，插在格子里的金属圆筒装着他很快就会读到的一些手稿——城区所有公寓都配备的公认经典。每个房间都有的书桌上放着成摞的羊皮纸和此处流行的绿色染料，还有从大到小排列的成套染料刷和其他稀奇古怪的零碎文具。机械书写装置搁在有雕纹的黄金三角台上，一切都笼罩在天花板上的能量球射出的明亮的蓝色光线之中。房间有窗户，但大楼底层位于阴影之中，因此窗户几乎没有照明价值。部分房间带有精致的洗浴设施，厨房堪称科技发明构成的迷宫。萨玛科纳得知，日用品通过撒托城底下的地下隧道网络送到家中，那里曾经运行着奇异的机械交通装置。地下层有棚厩供兽类栖息，向导向萨玛科纳展示了如何找到通往大街的最近一条通道。参观即将结束的时候，永远属于他的奴隶们来了，向导为双方介绍。没过多久，他未来所属的友爱团体来了五六名自由人男性和女性，接下来的几天内他们将陪伴着他，为他的教育和娱乐尽可能贡献力量。他们离开后，另一群人会取而代之，整个团体的大约五十名成员将如此轮换。

-VI-

潘费罗·德·萨玛科纳-努涅兹就这样融入了险恶的撒托城市的生活，在蓝光照耀的昆扬地下世界居住了四年。在此期间学到的知识、做过的事情都没有写进手稿。他开始用西班牙母语撰写手稿时，虔诚的缄默征服了他，同时他也不敢写下所有见闻。他对许多事情始终怀着强烈的反感，坚定不移地拒绝观看某些场景、参与某些活动和食用某些东西。对于另外一些事情，他通过不断数念珠诵《玫瑰经》来赎罪。他探索了整个昆扬世界，包括开满金雀花的尼斯平原上中古时代遗留的荒弃机器城市，还去了一趟红光照耀的幽斯世界，见识那些巍峨壮观的废墟。手工艺和机械造就的奇观看得他忘记了呼吸。人类变形、非物质化、重物质化和起死回生让他在胸前一次又一次画十字。日复一日见到的新奇迹逐渐过剩，钝化了他感到惊讶的能力。

然而他待得越久，他就越渴望离开，因为昆扬人内在生活所基于的情感动力明显超出了他能接纳的范围。随着他逐渐掌握了历史知识，他越来越理解他们，然而理解只是加剧了他的厌恶。他觉得撒托的居民是一个迷失方向的危险种族——他们对自己的威胁比他们所知道的更巨大——他们对抗一成不变的单调，想方设法寻求新鲜刺激，这种与日俱增的狂热正带领他们迅速走向社会崩溃的悬崖和彻底的恐怖境界。他看得很清楚，他的到来加剧了局面的动荡，不仅因为他造成了人们对外部世界入侵的担忧，还在许多人心中激起了探索多姿多彩的外部世界的欲望。时间流逝，他注意到人们越来越喜欢把非物质化当作消遣，因此撒托的公寓和竞技场成了货真价实的巫妖狂欢，他们改变形态、调整年龄、试验死亡和投射灵魂。他注意到随着无聊和焦躁的加剧，残忍、欺诈和对抗行为也在快速增加。变态异常越来越普遍，奇特的虐待行径越来越常见，无知和迷信越来越盛行，逃离物质存在、进入电子分散的半幽魂状态的欲望越来越强烈。

然而，他逃离昆扬的所有努力都一无所获。劝说纯属白费力气，接二连三的尝试证明了这一点。上层阶级早已有了思想准备，刚开始并未因为客人公开表示想离开而产生怨恨。一年后，也就是萨玛科纳计算中的1543年，他企图通过他进入昆扬的那条隧道逃跑，然而在跨越荒弃平原的疲惫旅行后，他在黑暗的通道中遇到了哨兵，他于是放弃了继续朝那个方向努力的念头。就在这段时间前后，为了保持胸中的希望，将家乡的印象留在脑海里，他开始起草讲述冒险历程的手稿。使用他热爱的西班牙语词汇和熟悉的罗马字母让他欣喜若狂。他幻想自己能用某种手段将手稿送往外部世界。为了说服自己的同胞，他决定将手稿封存在用于放置宗教文本的图鲁金属圆筒之中。这种有磁性的陌生物质无疑能够证明他讲述的不可思议的故事。

然而计划归计划，他对与地表建立联系这件事几乎不抱任何希望。他知道，所有已知的通道入口都有人类或哨兵把守，与之对抗并不是明智的选择。他企图逃跑更是雪上加霜，因为他看得出人们对他所代表的外部世界的敌意越来越强烈。他希望别再有其他欧洲人发现他进入地下世界的通道，因为后来者未必会得到他那么好的待遇了。他本人曾经是一个受到珍视的信息源泉，因而享受了拥有特权的地位。其他人就没那么重要了，受到的对待恐怕会大相径庭。他甚至开始怀疑，等撒托的贤者们认为他知道的新奇知识已被榨干，他会有什么样的下场。为了保护自己，他在谈论地表世界时变得有所保留，尽量给他们留下还有无限的知识的印象。

还有一件事威胁着萨玛科纳在撒托的地位，那就是他对红光世界幽斯下的终极深渊恩凯持续不变的好奇心，而昆扬占主导地位的宗教团体越来越趋向于否认这个地方的存在。探索幽斯的时候，他曾徒劳无功地尝试寻找被堵死的通道口。后来他努力练习非物质化和精神投射的技艺，希望他能借此将意识向下投入他凭肉眼无法发现的深渊。他始终没有能够真正掌握这些方法，却因此得到了一系列怪诞而奇异的噩梦，他相信这些关于恩凯的梦多少是有些真实的元素。他向伊格和图鲁崇拜的领袖讲述这些噩梦，极大地震惊和搅扰了他们的心灵，朋友们建议他隐瞒而不是公开这些情况。后来，这些噩梦变得非常频繁和令人疯狂，他不敢在这份主要手稿里描述其中的事物，但撰写了一份特别记录，供撒托一些有学识的人参考。

非常不幸——但或许是仁慈的幸运也未可知——萨玛科纳在许多地方保持缄默，将许多主题和叙述留给较为次要的那些手稿。主要文件帮助读者形成了撒托的外观和日常生活的清晰景象，同时也让你对昆扬人礼仪、习俗、思想、语言和历史的细节浮想联翩。你还会对那些人真正的动机产生困惑，他们思想消极，怯懦避战，虽然掌握了原子能和非物质化这些能使他们战无不胜的技术，他们还是对外部世界有着近乎卑微的恐惧。很明显，昆扬在衰败之路上已经走了很远，冷漠和歇斯底里交替着对抗中古时期的机械化给他们带来的严谨、标准化的生活。怪诞和令人反感的习俗、思维方式和感情都能追溯到这个源头。因为萨玛科纳研究历史时找到了证据，在某个早已逝去的年代，昆扬人也曾怀着类似外部世界古典时代和文艺复兴时代那些思潮的理念，拥有过欧洲人眼中充满了庄严、仁慈和高尚的国民性格和艺术。

萨玛科纳越是研究这些资料，就越是为他将要面对的未来而感到忧惧。因为他看得出道德和智性的瓦解无处不在，不但根源深固，而且在急剧下滑。仅仅在他逗留的这段时间内，衰败的迹象就增加了许多倍。理性主义愈发变质，让位于疯癫和放任的迷信——集中体现为对磁性的图鲁金属的狂热膜拜——各种各样的疯狂憎恨逐渐吞噬宽容，其中首当其冲的对象就是外部世界，而他们的学者从他这里搜集了大量的情报。他有时甚至担心这些人有朝一日会抛下他们坚持亿万年的冷漠和颓丧，像疯狂鼠群似的对顶上的未知土地发动攻击，用他们依然掌握的独一无二的科学力量荡平一切。不过，目前他们还在用其他方式消磨厌倦和空虚感。他们骇人的情感宣泄手段成倍增加，娱乐中怪诞和畸形的成分不断增长。撒托的竞技场本就是邪恶、无法想象的地方——萨玛科纳从未接近过它们。再过一个世纪，甚至再过十年，他们会变成什么样子，这是他不敢思考的一个问题。虔诚的西班牙人在那段时间比过去更频繁地画十字和数念珠。

1545年——按照他的估算——萨玛科纳开始了他逃离昆扬的最后一系列尝试。他的新机会来自一个始料未及的源头——他所属的友爱团体里的一名女性，她对撒托以往奉行一夫一妻制婚姻的年代尚有一些世代相传的记忆，因而对他产生了某种奇异的个人迷恋情感。这位女性名叫缇拉-尤布，属于贵族阶层，拥有中等的美貌和至少平均水准以上的智力，萨玛科纳对她有着非同寻常的影响力，最终成功地引诱她帮助他逃跑，向她承诺她将会陪他一起离开昆扬。偶然性在事态进程中扮演了重要的角色，因为缇拉-尤布来自一个古老的大门领主家族，口头传承的知识告诉她，至少有一条连接外部世界的通道在大封闭时期之前就早已被大众遗忘。这条通道的出口位于地表平原地带的一个土丘上，因此既未被堵死也无人看守。她解释说古老的大门领主不是看守或哨兵，而是仪式性和经济上的土地业主，类似拥有采邑的封建贵族，存在于昆扬与地表切断联系之前的年代。她的家族在大封闭之时已经完全没落，因此他们的大门被彻底忽略了。后来他们严守存在这么一条通道的秘密，将其视为某种世袭秘密——那是自豪感的来源，隐藏力量的象征，以此抵消时常令他们烦恼的失去财富和影响力的感觉。

萨玛科纳狂热地将手稿整理成最终形态，以防他遇到什么不测。他决定只带五头兽类能驮动的用于微小装潢的纯金锭踏上征程——按照他的计算，它们足以让他在他的世界里成为拥有无尽权力的显赫人物了。在撒托居住四年之后，他已经有了足够的勇气，可以直视那些畸形恐怖的杰厄-幽斯，因此他不会害怕使用它们。然而等他回到外部世界，他会立刻杀死并埋葬它们，找个地方存放黄金，因为他知道只需要瞥一眼它们就能吓疯一名普通印第安人。然后他会组织一支可靠的队伍将宝物运往墨西哥。他允许缇拉-尤布分享财富，因为她无论如何都并非毫无魅力。但他大概会安排她留在平原印第安人之中，因为他并不热衷于保留与撒托的生活方式之间的联系。就妻子而言，他当然会选择一位西班牙的淑女，最差也得是具备外部世界正常血统、有着靠得住的良好背景的一名印第安公主。然而目前他还需要缇拉-尤布担任向导。他会把手稿带在身上，装进一个用神圣的磁性图鲁金属铸造的书籍圆筒。

远行过程记录在手稿的补遗之中，这些文字是后来添加的，笔迹显得潦草紧张。他们极为谨慎地做足了预防措施，选择人们休息的时间段出发，尽可能远地沿着城市地下光线昏暗的隧道前进。萨玛科纳和缇拉-尤布乔装打扮成奴隶，背着装口粮的行囊，徒步领着五头负重的兽类，很容易就被别人误认为随处可见的工人。他们尽可能只走地下通道——他们利用了一条人迹罕至的漫长岔路，它曾是通往现已沦为废墟的勒萨城郊的机械运输装置所走的隧道。他们在勒萨的废墟中回到地表，随后尽可能迅速地穿过蓝光照耀下荒凉的尼斯平原，赶往低矮丘陵组成的戈赫-扬山脉。缇拉-尤布在那里彼此纠缠的灌木丛中找到了弃用已久、近乎传说的入口，走进早被遗忘的隧道。她此前只见过一次——无数年以前，她父亲带她来到这里，向她展示这个象征着家族骄傲的历史遗迹。想驱赶背负重物的杰厄-幽斯穿过拦路的藤蔓和荆棘是非常艰难的工作，其中一头兽类显示出不服从的态度，因而造成了极为可怕的后果——它飞奔逃离队伍，挥动它可憎的蹄垫，带着背上的黄金等物跑向撒托。

在蓝光火把的光线下穿行于潮湿而憋闷的隧道中是宛如噩梦的经历，他们向上爬，向下爬，向前爬，又向上爬，自从亚特兰蒂斯沉没以来的千万年间，这里不曾迎来过任何人的脚步。途中某个地方，缇拉-尤布必须诉诸非物质化的可怕能力帮助她自己、萨玛科纳和负重的兽类穿过一段被地层移动彻底堵死的隧道。对萨玛科纳来说，这是一种恐怖的体验。尽管他经常目睹其他人非物质化，甚至自己也练习到了梦中投射意识的那一步，但他在此之前从未成为过非物质化的目标物。然而缇拉-尤布对昆扬的各种技艺都非常熟悉，两次变形都完成得绝对安全。

他们于是继续在遍布钟乳石的恐怖地洞中穿行，每个转弯处都有怪诞的壁雕睨视他们。他们交替宿营和前进，萨玛科纳估计他们行进了三天，然而实际上也有可能更短。他们最终来到一个非常狭窄的地方，自然形成或粗略开凿过的岩壁让位于完全由人工垒砌、刻着可怖的浅浮雕的墙壁。这段隧道向上陡峭地攀升了大约一英里，终点有一对宽阔的壁龛嵌在左右两侧墙壁里，伊格和图鲁那结满硝石的恐怖雕像蹲伏其中，隔着隧道互相瞪视，一如它们在人类世界最年轻的时候那样。隧道在此处变成一个人类修建的带有庞大拱顶的圆形房间，墙壁上满是可怖的雕纹，对面能隐约看见一道拱门里是一段台阶的起点。根据家传的故事，缇拉-尤布知道此处肯定非常接近地表，但不确定究竟有多近。他们就地扎营，这本来应该是他们在地下世界的最后一次歇息。

过了几个小时，金属碰撞的铿锵声和兽类行走的脚步声惊醒了萨玛科纳和缇拉-尤布。伊格和图鲁神像之下的狭窄隧道里射出了泛蓝色的辉光，真相立刻变得显而易见。撒托发出警报，行动迅速的追击者前来逮捕逃跑者，后来他们得知，通风报信的是在遍布荆棘的隧道口背叛主人逃跑的那头杰厄-幽斯。抵抗显然毫无用处，他们束手就擒。一行十二个骑着兽类的追击者存心表现得彬彬有礼，他们立刻踏上归途，双方没有交流一个字或一个念头。

这是一段不祥与压抑的旅程，为了通过堵塞之处，他不得不再次承受非物质化和重物质化的折磨，先前逃向外部世界时因为希望和期待而减轻的恐惧此刻变得愈加可怕。萨玛科纳听见抓捕者讨论要尽快用强辐射线清理这块地方，因为以后必须在未知的地面出口处部署哨兵。他们将不允许地表居民进入通道，因为假如有人在得到恰当处理前逃出去，就有可能觉察到地下世界有多么广阔，从而产生足够强烈的好奇心，带着更强大的力量回来查看。在萨玛科纳抵达之后，其他所有通道都驻扎了哨兵，连最偏远的大门也不例外。哨兵来自奴隶阶层、活死人伊姆-比希和丧失资格的自由人。按照西班牙人的预测，数以千计的欧洲人将会在美洲平原上驰骋，因此每条通道都是一个潜在的危险源。它们必须得到严密的把守，直到撒托的技术专家蓄积能量，一劳永逸地彻底隐藏入口，他们在过去精力更旺盛的时候曾这么处理过许多条通道。

萨玛科纳和缇拉-尤布经过花圃与喷泉的园地，被带进黄金与青铜的宫殿，在最高法院的三名格恩-阿格恩面前接受审判，西班牙人因为他还有外部世界的重要信息可供榨取而重获自由。法官命令他回到自己的公寓和所属的友爱团体之中，像往常一样生活，根据近期所遵循的时间表，继续会见学者组成的代表团。只要他安安静静地待在昆扬，活动就不会受到限制——但他们警告他，假如他再次尝试逃跑，就不会得到如此宽大的处理了。萨玛科纳在主审格恩-阿格恩的告别词中觉察到了一丝讥讽，因为对方向他保证，他的所有杰厄-幽斯都会交还给他，背叛他的那一头也不例外。

缇拉-尤布的下场就没这么乐观了。留下她已经毫无意义,她古老的撒托血统使得她的背叛比萨玛科纳的行为更加罪孽深重,她被下令送往竞技场满足一些怪异的癖好。后来她残缺的躯体以半非物质化的形式被赋予伊姆-比希——也就是复活尸奴——的功能,与哨兵驻扎在一起,守护她知道的那条秘密通道。消息很快传到萨玛科纳耳中,可怜的缇拉-尤布残缺的无头身体出现在竞技场上,然后被安置在那条隧道尽头的土丘上,担任最靠近外部的哨兵。别人告诉他,她成了一名夜间哨兵,职责是用火把吓阻所有来客。假如有人无视警告继续靠近,她就通知底下拱顶圆形房间里的十二名伊姆-比希和六名活着但部分非物质化的自由人。人们还告诉他,她与一名日间哨兵轮流执勤——那是一名活着的自由人,他触犯了其他法律,选择用这种方法赎罪。萨玛科纳自然早已知道,守护大门的哨兵以这种丧失资格的自由人为主。

话已经说清楚了,尽管并非直接告知,假如再次尝试逃跑,他将得到的惩罚就是去担任大门哨兵——然而是以活死人奴隶伊姆-比希的形式,首先还要在竞技场遭受比缇拉-尤布所经历的更加异乎寻常的折磨。他们明确地告诉他,他——更准确地说,他的部分身体——将在死后复活,守护通道内部的某一段。在其他人的视线下,他残缺的身体将永远象征着背叛的代价。不过,前来通知他的人也总是说,他主动追寻如此厄运的未来是难以想象的。只要他安安静静地待在昆扬，他就永远是一个享有特权、备受尊重的显赫自由人。

然而最终潘费罗·德·萨玛科纳还是去追寻恐怖厄运了。是的，他并没有料到自己真会遭遇如此命运。但手稿中精神紧张的末尾部分说得很清楚，他准备好了去面对这种可能性。他最后一丝出逃的希望是越来越熟悉非物质化这门技艺了。他研究了这门技法好几年，在前两次体验的过程中也学到了很多，现在他愈发觉得自己能够独立而有效地使用它了。手稿记录了数次值得注意的试验——在他公寓里获得的小规模成功——说明萨玛科纳希望能尽快进入完全隐形的幽魂状态并尽可能长久保持。

他声称，一旦达到这个水平，通往外部的通道就将向他敞开。当然了，他不能携带任何黄金，但能够脱身就足够了。不过他打算把装有手稿的图鲁金属圆筒非物质化后带在身边，哪怕需要付出额外的努力也在所不惜。因为他必须不惜代价地将报告和证据送回外部世界。他现在已经了解了那条隧道，假如能够以原子弥散状态穿过它，他看不出任何人或力量能觉察或阻止他。唯一的问题在于他能否每时每刻都保持幽魂状态。他从自己的试验中得知，这种风险始终存在。然而冒险不就是一个人在拿死亡和更坏的结局赌命吗？萨玛科纳是古老西班牙的一名绅士，流着直面未知、开拓了半个新世界文明的血液。

在最终下定决心后的许多个夜晚里，萨玛科纳向圣帕菲利厄斯和其他主保圣人祈祷，数着念珠吟诵《玫瑰经》。手稿到末尾越来越像日记，最后一篇仅有一句话——

"Es más tarde de lo que pensaba—tengo que marcharme"

……"现在比我预想的晚了；我必须出发。"在此之后留给我的只有沉默和猜测——还有手稿本身的存在所代表的证据以及或许能从手稿中得出的结论。

-VII-

我从半麻木的阅读和摘抄中抬起头来,上午的太阳已经高挂空中。灯泡还亮着,但属于真实世界——现代化的外部世界的这些事物却远离了我混乱的大脑。我知道我在宾格村克莱德·康普顿家我的房间里——然而我偶然揭开的是何等怪诞的一幅风景?这是个巧妙的骗局还是一份疯病发作的编年史?假如是骗局,它是十六世纪还是现今的产物?手稿的年代在我这双并非没有经过训练的眼睛看来真实得骇人,而怪异的金属圆筒引出的问题则是我连想也不敢想的。

更有甚者,它为土丘那些令人困惑的现象给出了一个确切得堪称恐怖的解释——白昼和夜晚按时出现的鬼魂看似毫无意义的荒谬举动,还有发疯和失踪的离奇事例!假如你能够接受这个难以置信的故事,这个解释合理得甚至该受诅咒,吻合得异常险恶。它肯定是某个了解有关土丘的所有知识的人制造出的惊人骗局。在描述充满了恐怖和衰败的难以想象的地下世界时,语气中甚至有一丝社会讽刺的味道。它当然是某个学识出众、愤世嫉俗的人精心编造的赝品——就像新墨西哥的铅十字架,某个小丑将它埋在地下,然后假装发掘出了被忘记的黑暗时代欧洲殖民者留下的遗迹。

下楼去吃早饭的时候,我几乎不知道该对康普顿和他母亲以及已经陆续赶来的好奇村民说些什么。我依然头晕目眩，照着笔记念了几个要点，嘟囔说我认为这是以前来过土丘的探索者制造的精妙骗局——等我大致说完手稿的内容，他们纷纷点头赞同。说来奇怪，早餐桌上的所有人，还有后来辗转听说故事内容的其他村民，似乎都觉得有人在捉弄其他人的想法将阴沉的气氛一扫而空。大家一时间都忘记了土丘近期已知历史中的谜团与手稿里的那些同样怪异，而且这些谜团始终缺少可接受的答案。

　　我邀请志愿者陪我一起去探索土丘，但畏惧和怀疑回到了村民身上。我想组织一个更大的挖掘队伍，然而去那个令人不安的地方对宾格村民来说一如既往地毫无诱惑力可言。我望向土丘，见到一个来回移动的小点，我知道那是白昼出没的哨兵，这时我感觉到惊恐的情绪在胸中滋生。因为不管我如何信奉怀疑主义，手稿的骇人之处还是给我留下了印象，与土丘有关的所有事物也笼罩上了全新的怪诞含义。我完全没有勇气用望远镜仔细观察那个移动的小点，而是像我们在噩梦中常做的那样虚张声势——有时候我们知道自己在做梦，会存心扑向更恐怖的深渊，希望能让整件事情更快地结束。我的锄头和铁铲还在土丘上，因此我只需要用旅行包携带更小的那些物品。我把怪异的圆筒和其中的手稿放进旅行包，隐约觉得我或许能发现某些东西来验证绿色墨水书写的西班牙文手稿的部分内容。精妙的骗局很有可能得益于以前某位探索者在土丘上发现的一些特性，而那种磁性金属确实古怪得可恨！灰鹰神秘的护身符依然用皮绳挂在我的脖子上。

走向土丘的时候，我不敢仔细打量它。等我来到坡底，视线内见不到任何人。我重复前一天的攀爬历程，若是奇迹发生，手稿里随便哪个部分确实有几分是真的，近在咫尺之处就有可能埋藏着什么，这样的念头让我心烦意乱。我忍不住想到，假如确实如此，那位虚构的西班牙人萨玛科纳肯定几乎就要抵达外部世界了，却被某种灾难挡住了脚步——也许是非自愿的重物质化。假如真是这样，他自然会被哨兵抓住，无论当时执勤的是谁——也许是丧失资格的自由人，也许极度讽刺地凑巧是参与策划并协助他第一次逃跑的缇拉-尤布——在接下来的搏斗中，装着手稿的圆筒大概掉落在了丘顶上，它在哨兵的视而不见下逐渐被掩埋，直到近四个世纪后被我发现。但是，我必须多说一句，像我这样爬向丘顶的时候，你绝对不该琢磨这些稀奇古怪的事情。不过，假如故事里确有几分真相，萨玛科纳被抓回去以后必定面对了无比恐怖的厄运……竞技场……切断肢体……在结满硝石的湿冷隧道里执勤，作为一名活死人奴隶……遭到损毁的残缺尸体，充当机器驱动的地下哨兵……

将这些病态猜想从我脑海里驱散的是异常强烈的震惊，因为扫视椭圆形的丘顶一圈后，我立刻发现我的锄头和铁铲被偷走了。这是一个极度令人愤怒和不安的变化。同时也让人困惑，因为宾格的所有居民似乎都不愿造访这座土丘。他们莫非是在假装不情愿，爱开玩笑的村里人此刻难道正因为我的受窘吃吃发笑，而仅仅十分钟前还一脸肃穆地送我离开？我取出望远镜，扫视聚集在小村边缘的人群。不——他们似乎没有在等待某种戏剧性的高潮。这整件事说到底难道不就是一个巨大的玩笑吗，村庄和保留地的所有居民都牵涉其中——传说，手稿，金属圆筒，等等等等？我想到我如何在远处看见哨兵，然后发现他无法解释地消失了。我又想到老灰鹰的言行，想到康普顿和他母亲的语言和表情，想到宾格大多数村民脸上不可能作假的惊恐神色。整体而言，这不可能是个涉及全村人的大玩笑。恐惧和问题无疑是真实的，只是宾格显然有一两个胆大包天的滑稽家伙，趁我离开的时候偷偷爬上土丘布置好这一切。

土丘上的其他东西和我离开时一模一样——我用大砍刀清理开的树丛，靠近北侧尽头的碗状洼地，我用双刃短刀挖出因为磁性而被发现的圆筒时留下的坑洞。回宾格去取新的锄头和铁铲无疑是对不知名的恶作剧者做出的巨大妥协，于是我决定用行李包里的大砍刀和双刃短刀尽可能地继续下去。我取出工具，开始挖掘那片碗状洼地，因为我的眼睛告诉我，这里最有可能是昔日通往土丘内部的入口所在地。我刚开始动手，就感觉到了大风突然吹向我的奇异迹象，昨天我也注意到了同样的事情——随着我越来越深地挖开根系纠缠的红色土壤，抵达了底下奇特的黑色肥土层，这种感觉变得越来越强烈，仿佛有几只不可见、无定形、朝反方向用力的手拉住了我的手腕。我脖子上的护身符似乎在风中怪异地摆动——不是像被埋在土里的圆筒吸引时那样朝着一个固定的方向，而是没有明确方向地以完全无法解释的方式乱动一气。

就在这时，在毫无预兆的情况下，我脚下根系丛生的黑色泥土开始裂开和沉降，我听见底下深处传来泥土洒落的微弱声响。阻挡我的怪风或力量或隐形的手似乎就是从沉降之处涌向我的，我向后跳出坑洞以免被塌方卷进去的时候，我觉得它们像是用推力帮了我一把。我在坑洞边缘弯腰张望，用大砍刀清理裹着泥土的纠缠根系，这时我觉得它们又开始阻挡我了——然而从头到尾，它们都没有强大到足以妨碍我工作的地步。我清理开的根系越多，底下的泥土洒落声就越是清晰。最后，土坑开始朝着中心陷落，我看见泥土掉进底下的巨大空洞，束缚泥土的根系去除后，一个尺寸颇大的洞口出现在我眼前。大砍刀又劈了几下，又一块泥土掉下去，最后的障碍终于消失，怪异的寒风和陌生的气味扑面而来。在上午的阳光下，至少三英尺见方的巨大洞口向我敞开，一段石阶最顶上的部分重见天日，坍塌下去的松脱泥土还在沿着台阶滑动。我的追寻总算有了发现！成功的喜悦一时间几乎盖过了恐惧，我把双刃短刀和大砍刀装进行李包，取出大功率的手电筒，十分得意地准备一个人贸然进入这个神奇的地下世界。

刚开始的几级台阶很难走，既因为掉落的泥土堵住了道路，也因为底下吹来阵阵险恶的冷风。我脖子上的护身符怪异地左右摇摆，我开始怀念逐渐消失在头顶上的那一方阳光。手电筒照亮了巨型玄武岩石块砌成的潮湿、有水渍和矿物质沉积的墙壁，我时常觉得自己在硝石底下瞥见了雕纹的线条。我紧紧地抓住行李包，右侧外衣口袋里治安官沉重的左轮手枪的分量让我感到安心。走了一段时间，通道开始左右盘绕，阶梯也没有任何障碍物了。墙壁上的雕纹变得清晰可辨，那些奇形怪状的图像与我发现的圆筒上的怪诞浅浮雕相似得令我战栗。怪风或力量继续充满恶意地袭向我，在一两个拐弯的地方，我几乎认为手电筒光束让我瞥见了某种透明而稀薄的身影，它们与我用望远镜在丘顶看见的哨兵不无相似之处。我的视觉错乱居然发展到了这个阶段，我不得不驻足片刻以镇定心神。接下来我无疑将面临疲惫的考验和我职业生涯中最重要的考古发现，我绝对不会允许紧张情绪在刚开始的时候就征服我。

然而我衷心希望我没有选择在此处停下脚步，因为这个行为使得我的注意力完全不受干扰地集中在了某件东西上。它只是一个很小的物品，落在我底下一级台阶上靠近墙壁的地方，但这件物品严峻地考验了我的理性，一连串最令人惊惶的猜测由此而生。从灌木根系的生长情况和积土的厚度来看，我上方的洞口已向全部的有形物质封闭了数个世代之久。但我前方的那件物品却毫无疑问地不可能产自数个世代以前。因为它是一个手电筒，很像我手里的这个——在潮湿如坟墓的环境中弯曲变形且结满矿物质，但绝对不可能看错。我向下走了几级台阶捡起它，用我粗糙的外衣布料擦掉恶心的结晶物。手电筒外壳上的一条镀镍横带刻着其主人的姓名和住址，我刚辨认出那些文字就惊愕地意识到我知道他是谁。文字是"詹斯·C.威廉姆斯，特罗布里奇街17号，剑桥，马州"——我知道它属于1915年6月28日失踪的两位勇敢的大学教员中的一位。他失踪于仅仅十三年前，而我破开的土层却有几个世纪之厚！这东西怎么会出现在那儿？是这里还有另一个出入口——还是非物质化和重物质化的疯狂念头居然真有可能实现？

我沿着似乎没有尽头的台阶继续向下走，怀疑和恐惧在我内心滋生，这阶梯难道永远不会到头吗？壁雕变得越来越奇异，其图像叙事的特质使得我几乎惊慌失措，因为我认出了它们与我行李包里的手稿所描述的昆扬历史有着许多确凿无误的对应之处。我第一次开始认真思考向下走是否明智的问题，考虑是否应该即刻返回能自由呼吸空气的地方，以免遇到什么东西将我健全的神智留在地底下。不过我没有犹豫太久，身为一名弗吉尼亚人，我感觉到先祖斗士和绅士冒险家的血液在激动地抗议，阻止我在已知和未知的一切危险面前退却。

我向下走得更快而不是更慢了，尽量不仔细查看让我胆战心惊的可怖的浅浮雕和凹雕。很快，我看见前方有一个拱形的洞口，意识到长度惊人的阶梯终于来到了尽头。然而随着我意识到这一点，惊恐也成倍增加，因为前方向我敞开巨口的是个带拱顶的庞大房间，它的轮廓实在不可能更熟悉了——那是个巨大的圆形空间，所有细节都在呼应萨玛科纳手稿中描述的雕像林立的房间。

这就是那个地方。不可能有任何错误。假如怀疑还有任何容身之处的话，我隔着巨大的房间正面看见的东西也抹杀了这一点容身之处。那是第二道拱门，里面是一条狭窄而漫长的隧道的起点，门口有两个巨大的壁龛相向而立，其中是两尊庞大塑像，十分骇人。黑暗中，不洁的伊格和恐怖的图鲁永世蹲伏，隔着隧道彼此瞪视，一如它们在人类世界最年轻的时候那样。

我无法保证从此以后我的叙述——我认为我见到的事物——全都真实可信。它们完全悖逆自然，过于怪诞和难以置信，不可能属于神智健全的人类经历或客观现实。我的手电筒可以向前投出明晃晃的光束，却不可能同时照亮整个庞大的房间；因此我开始转动光束，一点一点扫视高阔的墙壁。然而这么一来，我惊恐地发现房间里绝对不是空荡荡的，而是散落着各种古怪的家具、器皿和成堆的包裹，说明不久前还居住着数量可观的人口——不是结着硝石的古代遗物，而是供现代人日常使用的形状怪异的物品和补给。然而只要手电筒光束落在某一件或一组物品上，其清晰的轮廓就立刻开始变得模糊，直到最后我几乎无法分辨这些事物究竟属于物质范畴还是灵体范畴。

与此同时，阻止我前进的风变得愈加狂暴，看不见的手怀着恶意拖拽我，拉扯我脖子上带有怪异磁性的护身符。疯狂的念头在我脑海里肆虐。我想到手稿和它提到的驻扎此处的卫戍队伍——十二名伊姆-比希和六名活着但部分非物质化的自由人——那是1545年——三百八十三年前……后来发生了什么？萨玛科纳预测会有变故发生……不可言喻的崩溃……进一步的非物质化……越来越虚弱……莫非是灰鹰的护身符阻挡了他们？——他们神圣的图鲁金属——他们难道在无力地企图抢夺护身符，然后对我做他们对以前进来那些人做过的事情？……我忽然战栗着想到，我这些推测的前提是我完全相信了萨玛科纳手稿的内容——事实不可能是那样的——我必须控制住自己——

然而，真是该死，每次我想控制住自己，就会看到一些从未见过的事物，从而更进一步地击碎我的理智。这次，就在我即将用意志力让那些半隐半现的物品彻底消失的时候，我随意的一瞥和手电筒的光束使得我见到了两样其本质迥然不同的东西。这两样东西来自极其真实和正常的世界，却比我先前见过的任何东西都更能摧残我已经动摇的理性——因为我知道它们是什么，也从内心深处知道，只要自然规律还成立，它们就不该出现在这里。它们是我失踪的锄头和铁铲，整整齐齐地并排靠在这个地狱魔窟那刻着渎神图案的墙壁上。上帝啊——我居然还自言自语胡说什么宾格村里有些爱开玩笑的家伙确实胆大妄为！

这成了压垮我的最后一根稻草。在此之后，手稿的催眠力量慑服了我，我确切地看见了那些东西半透明的形体在推搡和拉拽我。推搡和拉拽——那些恶心如麻风病患者、古老似来自早第三纪的怪物,还残存着一丝人类的特征——有完整的身体,也有病态而反常地不完整的……所有这些,以及骇人的其他个体——渎神的四足生物,猿猴般的面容和突出的独角……地下深处结着硝石的魔窟里,到现在为止始终没有任何声音……

这时响起了一个声音——扑通扑通,啪嗒啪嗒。一个单调的声音逐渐接近,毫无疑问预示着一个与鹤嘴锄和铁铲一样由坚实物质构成的客观存在物——它和包围着我的那些朦胧怪影迥然不同,但与地表正常世界所理解的生命形式同样没有任何相似之处。我崩溃的大脑试图让我准备好面对即将来临的东西,但无法形成任何符合逻辑的影像。我只能一遍又一遍地告诉自己:"它来自深渊,但不是非物质化的。""啪嗒啪嗒"的声音变得越来越清晰,我从机械的脚步声中听出在黑暗中走来的是个没有生命的物体。然后——啊,上帝啊,我在手电筒的光束正中看见了它。它像哨兵似的伫立在狭窄的隧道口,夹在巨蛇伊格和章鱼图鲁那噩梦般的塑像之间……

请允许我镇定一下再形容我见到了什么,解释我为何扔下手电筒和行李包,空着手在彻底的黑暗中逃跑,无意识状态仁慈地包裹着我,直到阳光和村里人远远的喊叫声唤醒我,这时我发现我气喘吁吁地躺在土丘顶端。我到现在依然不知道是什么指引我再次回到地表,只知道宾格的观望者看见我在消失三小时后跟跟跄跄地走进视野,看见我跳起来然后平躺在地上，就像挨了一颗子弹。他们谁也不敢出来帮助我，但知道我肯定情况不妙，于是尽其所能地齐声叫喊和对天放枪以唤醒我。

他们的努力最终奏效了，我渴望远离那个依然张开巨口的黑色深洞，连滚带爬地逃下山坡。我的手电筒和工具连同装着手稿的行李包全留在了地下，但读者很容易理解为什么我或其他人都没有去找回它们。我跌跌撞撞地穿过平原走进村庄，不敢透露我究竟见到了什么。我只是语焉不详地嘟囔了一些有关雕纹、塑像、巨蛇和恐慌的话。有人说就在我跟跄着回村走到一半的时候，鬼魂哨兵重新出现在土丘顶上，我再次失去了知觉。当天傍晚我离开宾格，再也没有回去过，不过他们告诉我那两个鬼魂依然日夜巡行于土丘顶端。

我已经下定决心要在此说出我不敢告诉宾格村民的事情：我在那个可怖的8月下午到底见到了什么。直到今天我依然不知道该如何开口——假如听到最后你认为我的缄默过于奇怪，请记住想象如此恐怖的事物是一回事，而亲眼见到则是另一回事。我看见了。读者应该记得我在先前的叙述中提到过一个名叫西顿的聪慧青年，1891年的一天他爬上那座土丘，回来或变成了村里的傻瓜，胡言乱语了八年各种恐怖事物，最后在癫痫发作中死去。他经常呻吟的一句话是："那个白人——啊，我的上帝，他们对他做了什么……"

唉，我也见到了可怜人西顿见过的东西——我在阅读手稿后见到了它，所以我比他更清楚这个东西的过往，因此情况变得更加糟糕——因为我完全清楚它象征着什么：所有的一切必定还在地底深处发酵、败坏和等待。我说过它机械地走出狭窄的隧道向我靠近，像哨兵似的站在伊格和图鲁这两个恐怖魔物之间的入口处。这是非常自然和无可避免的事情，因为这东西就是一名哨兵。它被制造成一名哨兵以示惩罚，它没有任何生命——它缺少头部、手臂、小腿和人类按惯例应有的其他部件。是的——它曾经是人类的一员，而且，它曾经是一个白人。假如手稿和我认为的一样真实，那么显而易见，这个生灵曾在竞技场被用于各种怪异的消遣活动，直到生机断绝，被改造成由外部控制的自动装置驱动。

它覆盖着少许体毛的白色胸膛上刻印或烙印了一些文字——我没有停下来仔细查看，只注意到那是蹩脚的西班牙语。它的蹩脚蕴含着讽刺的意味，使用这种语言的外族题字者既不熟悉其语法现象也不熟悉用来记录它的罗马字母。这段文字是

*Secuestrado
a la voluntad de Xinaián
en el cuerpo decapitado
de Tlayúb*

——"在昆扬之意志下由缇拉-尤布的无头躯体捕获。"

> 为了人类自身的平和与安定,绝对不要去触碰那些地球的黑暗角落或无底深渊。那将唤醒无以言说的怪形巨物,它们会自亵渎神明的噩梦中苏醒,蠕动着走出无光的巢穴,再一次统治地表世界。
>
> ——H.P. 洛夫克拉夫特

H.P. 洛夫克拉夫特

Howard Phillips Lovecraft

(1890 — 1937)

1890年出生于普罗维登斯安格尔街194号。

3岁时父亲因精神崩溃被送进医院,五年后去世。

14岁时祖父去世,家道中落,他一度打算自杀。

18岁时深受精神崩溃的折磨,未及毕业便退学。

29岁时母亲也精神失常,两年后死于手术。

34岁时结婚,但婚后生活并不幸福。妻子的帽子商店破产,身体健康恶化。他因此陷入痛苦与孤独,五年后离婚。

一贫如洗的他回到家乡普罗维登斯,将所有精力倾注于写作。然而直到46岁被诊断出肠癌,他的60部中短篇小说终究因为内容过于超前,未能为他带来名利回报。次年,他在疼痛与孤独的阴影中死去。

今天,洛夫克拉夫特和他笔下的克苏鲁神话,被认为是20世纪影响力最大的古典恐怖小说体系,业已成为无数恐怖电影、游戏、文学作品的根源。

姚向辉,又名BY,克苏鲁资深信徒,四处"发糖"。

克苏鲁神话 III

作者 _ [美] H.P. 洛夫克拉夫特　　译者 _ 姚向辉

产品经理 _ 吴涛　　装帧设计 _ 星野　　产品总监 _ 吴畏
技术编辑 _ 白咏明　　责任印制 _ 路军飞　　出品人 _ 吴畏

营销团队 _ 毛婷 滑麒义 孙烨　　物料设计 _ 星野

鸣谢（排名不分先后）

郭建　俞乐和　路佳瑄　乐博睿 _ 张昊　机核 _ 子高　机核 _Ann

果麦
www.guomai.cn

以 微 小 的 力 量 推 动 文 明

图书在版编目（CIP）数据

克苏鲁神话. Ⅲ / (美) H.P.洛夫克拉夫特著；姚向辉译. -- 杭州：浙江文艺出版社，2019.1（2024.4重印）
ISBN 978-7-5339-5509-0

Ⅰ.①克… Ⅱ.①H… ②姚… Ⅲ.①神话 - 作品集 - 美国 - 现代 Ⅳ.①I712.73

中国版本图书馆CIP数据核字(2018)第275701号

责任编辑：金荣良
书籍设计：星　野
内页插图：星　野
封面插图：郭　建

克苏鲁神话 Ⅲ
[美] H.P.洛夫克拉夫特 著　姚向辉 译

出版　浙江文艺出版社
地址　杭州市体育场路347号　　邮编　310006
经销　浙江省新华书店集团有限公司
　　　果麦文化传媒股份有限公司
印刷　河北鹏润印刷有限公司
开本　880mm×1230mm　1/32
字数　163千字
印张　8.5
印数　235,001-240,000
版次　2019年1月第1版　2024年4月第26次印刷
书号　ISBN 978-7-5339-5509-0
定价　72.00元

版权所有　侵权必究
如发现印装质量问题，影响阅读，请联系 021-64386496 调换。

Ph'nglui mglw'nafh Cthulhu

Per Ad...
...m. Adonai
Adonai Sabaoth
Ou Agla M...
Pythonicum,
...alamandrae Cenvem...